中华美学精神论集

严昭柱 主编

作家出版社

图书在版编目（CIP）数据

中华美学精神论集 / 严昭柱主编 .—北京：作家出版社，2020.9
ISBN 978-7-5063-8178-9

Ⅰ . ①中…　Ⅱ . ①严…　Ⅲ . ①文艺方针 – 中国 – 学习参考资料　Ⅳ . ① I200

中国版本图书馆 CIP 数据核字（2020）第 109010 号

中华美学精神论集

主　　编：严昭柱
责任编辑：徐　乐
装帧设计：丁　煜
出版发行：作家出版社有限公司
社　　址：北京农展馆南里 10 号　　**邮　　编：**100125
电话传真：86–10–65067186（发行中心及邮购部）
86–10–65004079（总编室）
E–mail:zuojia @ zuojia.net.cn
http://www.zuojiachubanshe.com
印　　刷：三河市紫恒印装有限公司
成品尺寸：170 × 240
字　　数：200 千
印　　张：15.25
版　　次：2020 年 9 月第 1 版
印　　次：2020 年 9 月第 1 次印刷
ISBN 978-7-5063-8178-9
定　　价：55.00 元

前　言

习近平总书记在文艺工作座谈会上的讲话高瞻远瞩，站在新的时代高度，创造性地运用马克思主义分析我国文艺工作的实际，阐明了文艺工作在实现中华民族伟大复兴历史使命中肩负的重任，为文艺发展指明了正确方向，提出了许多重要的新论断、新要求。其中，他鲜明地要求我们的文艺要结合新的时代条件传承和弘扬中华美学精神。这个指示，有着强烈的现实针对性和战略指导性。认真学习和贯彻落实讲话提出的这个新要求，对于发展马克思主义美学、繁荣社会主义文艺，对于团结和鼓舞全国人民、实现中华民族伟大复兴，都具有重大的意义。

基于上述认识，太湖世界文化论坛于 2015 年 1 月 23 日邀请有关专家学者，就“传承和弘扬中华美学精神，推动社会主义文化繁荣发展”召开座谈会。这部论文集，就是与会同志提交论文的结集。

这些论文围绕会议主题，从六个重要方面各抒己见、畅所欲言，这有助于读者比较全面地了解本议题的内涵。当然，各位作者在基本精神一致的总趋向下，其具体见解既有见仁见智的多样性和丰富性，又或多或少存有某些认识上的差异和分歧。这符合认识发展的规律，符合党的“双百”方针，也有助于包括读者和作者在内的人们，在不同见解的比较中引起思考、获得启迪、探索疑窦、追求真知，从而推动关于习近平总书记重要讲话的学习热潮进一步深入发展。

学习习近平总书记在文艺工作座谈会上的讲话，为什么要特别重视传承和弘扬中华美学精神这个新要求，并提出来加以专题研讨？我们又应该遵循什么样的世界观和方法论来传承和弘扬中华美学精神？这是论文集第一部分讨论的主要内容。这必然在理论上涉及文学艺术作为一种特殊的社会意识形态所特有的、不可替代的美学特性，因此，深入研讨传承和弘扬中华美学精神，对于贯彻落实讲话的基本精神具有重要的全局性意义。又由于文艺的美学特性是历史发展的，既有历史继承性又贯穿着与时俱进的创新发展，因而必然要求以马克思主义的历史观和美学观、以马克思主义的理论联系实际的学风和方法，来正确理解、切实贯彻传承和弘扬中华美学精神这个新要求。在讨论这些重大论题的同时，也无可回避地要回答一系列尖锐的理论问题，并分析相关的文艺现象。例如对历史虚无主义的挑战就必须做出有说服力的理论回应，同时也要正确说明和处理好在传承和弘扬中华美学精神过程中的古今关系和中外关系。

究竟什么是中华美学精神？它的核心理念、基本品格和社会作用是什么？它如何体现着民族精神与时代精神？又如何用马克思主义的立场、观点和方法对中华美学精神的历史发展和当代内涵做出具体的科学说明？这是论文集第二部分讨论的主要内容。讲话还提出了一系列重要的美学新论断、新要求，如我们的文艺要彰显信仰之美、崇高之美，为历史存正气、为世人弘美德，要文质兼美，要追求真善美，让人们的灵魂经受洗礼，让人们发现自然的美、生活的美、心灵的美，要传递真善美，传递向上向善的价值观，等等。这些新论断、新要求，与传承和弘扬中华美学精神有着怎样的关系？这无疑也是讨论本部分议题时应当涉及并加以明确阐释的课题。在本议题上，显然存在着学术探索和争鸣的广阔空间，也存在着一些严肃的、带有理论原则性的思想文化课题。其中，是割断历史、搞民族虚无，甚或按照西方话语来改造或重写中华美学精神，还是对中华美学历史发展的客观实际加以马克思主义的科学总结、用具有中国作风和中国气派的中华美学话语来概括、来传承和弘扬中华美学精神？是泥古不化、不加分析地全盘复古，还是立足于今天建设有中国特色社会主义的伟大实践，为涵养社会主义核心价值观而对传统文化加以创造性转化和创新性发展？这些都是本议题无可回避的带有理论原则性的思想文化问题。

中华美学精神不仅是一个内涵丰富的理论概念，而且实实在在、生动鲜活又富有魅力地存在于中华文化巨人的艺术实践和中华文艺宝库的传世经典之中，并通过它们而充分发挥出丰富和提升中华民族精神世界的巨大作用。论文集的第三部分鲜明地提出，毛泽东、鲁迅及其文艺实践是传承和弘扬中华美学精神的光辉典范，学习毛泽东和鲁迅是我们今天传承和弘扬中华美学精神的重要途径和指南。还有论文从传承和弘扬中华美学精神的角度，讨论了对古代文学经典《红楼梦》的批判继承问题。这组论文，用具体的个案生动展现了中华美学精神从古代到现当代的历史发展，特别是生动展现了中国共产党领导下的革命文艺在传承和弘扬中华美学精神方面的历史性贡献。

马克思主义中国化是中国革命、建设、改革不断取得胜利的根本保证和基本经验，也是中国共产党人坚持不懈、不断进取的伟大事业。让马克思主义在中国具体化，其中一个重要内容就是要运用马克思主义对中国传统文化加以创造性转化和创新性发展。那么，如何在这种转化和发展中传承和弘扬中华美学精神？中华美学精神的哪些基本品格和特征为我们提供了这种可能？这是论文集第四部分讨论的主要内容。这个讨论必然会涉及马克思主义美学的建设和发展，这也是传承和弘扬中华美学精神必然会达到的一个重要目标，有待于我们不断努力。

在如何传承和弘扬中华美学精神的探索中，进行中西美学的比较研究，考察中华美学在历史上对国外文化发展的影响，讨论借鉴外国美学资源帮助我国文化建设，是必要的和有益的。这是论文集第五部分讨论的主要内容。这组论文，有的高度概括，有的剖析个案，希望引起更多的研究者重视并加以拓展。

讲话强调，社会主义文艺从本质上讲就是人民的文艺。那么，传承和弘扬中华美学精神与社会主义文艺的本质有着怎样的关系？对我国马克思主义文艺学的建设和发展将产生怎样的推动作用？对我国社会主义文艺的繁荣和发展将带来如何强大的动力？这是论文集第六部分讨论的主要内容，也是学习贯彻讲话精神的一个重点。这必然会涉及传承和弘扬中华美学精神这个新要求所具有的强烈的现实针对性。就现状而言，我们的文艺理论和文艺创作还不能满足人民群众对丰富文化生活、提升精神境界的迫切需求，不能满足为实现中华民族伟大复兴提供强有力精神支撑、思想动力和道德支持的时代召唤。文艺要改变这种现状，就必须认清新的时代条件及其带来的严峻考验，如在改革开放条件下如何抵御西方腐朽文化侵蚀的考验、在市场经济条件下如何抵御拜金主义腐蚀的考验、在社会发生深刻变革和科技进步日新月异条件下如何加强社会主义核心价值观建设的考验、在我国国力不断增强而西方某些势力力图遏制我国条件下如何推动中华文化走出去并不断增强文化软实力的考验，等等。那么，传承和弘扬中华美学精神如何能够帮助我们正确应对这些新挑战？这些问题，都需要联系实际，探索如何通过传承和弘扬中华美学精神，加强理论建设和创作引导来切实加以解决。

在这部文集编辑过程中得到了董学文、马建辉等同志的大力帮助，在此鸣谢。为帮助读者阅读，我们将论文分为内容各有侧重的上述六个部分，但有的论文在内容上实际有所交叉，这是会议论文集在所难免的现象。现在，文艺界学习贯彻习近平总书记讲话的热潮正在深入。我们谨以这部论文集捐输己见，为推动社会主义文艺大发展大繁荣，为中华民族伟大复兴，尽一分力量。

严昭柱

2015 年 3 月 20 日

目　录

要科学地看待传统文化

中央政策研究室原副主任　郑科扬

第一，习近平同志在文艺座谈会上的讲话是运用实事求是的科学世界观和方法论，站在时代和历史的高度，从全面推进中国特色社会主义文艺事业出发而发出的动员令，是我们党在新时期指引文艺活动继续沿着正确方向前进的纲领性文件，关系到文艺发展的旗帜、道路和实现中国梦宏伟目标的一系列根本问题。建设中国特色社会主义，实现国强、民富、民族振兴的目标，需要全国各族人民极大地振奋起求真务实、改革创新精神，需要有反映时代进步要求的真、善、美来凝聚人民，给人民带来实实在在的幸福感和美的享受。意识形态领域的矛盾错综复杂，一个充满生机活力、不断创造奇迹发展奇迹的中国，正面临一个深刻变革的世界，挑战前所未有。交流、交融、交锋并存，躲不过、绕不开。这就更需要我们很好地研究、解决与全面建成小康社会、全面深化改革、全面依法治国、全面从严治党密不可分的繁荣社会主义文化的问题。由此，我感到，既然是党的总书记在此时此刻提出“要传承、弘扬中华美学精神”的任务，我们就应当认真学习和领会这次讲话的整个精神，用以指导研究和进一步回答什么是中华美学精神，怎样来弘扬和传承中华美学精神，这方面的历史经验和教训是什么，怎样把这件事情做好，而不是只就这句话的提法做一般性学术研究，不是就事论事研究和思考问题。

第二，研究“传承、弘扬中华美学精神”，需要我们搞清楚，什么是中华优秀文化的美学内涵，它的可贵之处何在。从字面上来看，古人和现代人都崇尚真、善、美，贬谪假、恶、丑，虽然所处社会历史发展的阶段不同，但是其思想内涵都有不少相近甚至相通之处，其中的优秀文化内涵反映了新旧社会由低级到较为高级转变进程中优秀文化成果的积累与升华，以及对不符合社会历史进步的腐朽没落文化的摒弃。中国今天的辉煌、今天的繁荣，是因为一代又一代中华子孙把民族历史上的优秀文化传承到现在的结果。在这个问题上，我们必须坚持马克思主义历史观、发展观。我们是历史唯物主义者，不是历史虚无主义者，不能搞历史虚无主义。孤立地、静止地、片面地、绝对地看待传统文化及其美学观，简单地否定一切、肯定一切，都是不科学的。我们尊重历史上的思想家，称他们为先贤，因为他们是站在自己那个时代的先知者，在他们对世界的认识中有些可贵的东西，超过了他们的前人，反映了一定历史阶段人们对改革不合理现状的良好愿望，具有进步性，历经数百年、几千年传承到今天。今天的中国、今天的中国人，在世界上的地位和分量大不同于三十年前，大大不同于新中国建立的时候，更是根本不同于一百多年前我们被外国列强欺负、凌辱的苦难处境。在九百多万平方公里广阔的土地上和国境所辖的海域里，我们几十个民族几经沧桑，经历了分离与统一、衰败与繁荣，但是仍然把包含了几十个民族的十几亿中华儿女汇聚在一起，共同维护、建设和发展成一个多民族的、统一的、强大的国家。在这个历史进程中，中华民族的优秀传统文化，作为与经济基础相互作用、与政治等上层建筑其他部分密不可分的重要因素，在我国社会发展变革中起到了什么作用？我们难道不应该给予应有的关注吗？纵观世界发展史，曾经创造过历史辉煌的一些古文明国家，现在有的连国家都没有了，我们这个具有中国特色的社会主义国家不但富有民族凝聚力，而且凝聚得很不错，虽然存在种种社会矛盾，甚至有的时候有的矛盾显得尖锐，但是没有出现有些国家那样直到今天还在不断发生尖锐的民族分裂、冲突和对抗。所以系统地、深入地研究包括中华美学在内的中华民族的优秀文化传统，及其在推动社会历史进步中的作用和经验，是件必不可少的事情。

这里还要注意一个问题。我们民族历史上的先贤们，特别是孔子、孟子、老子、庄子等人，在几百、几千年前就提出的许多富有哲理的思想，有关“大同世界”、社会和谐的设想，有关“修身、齐家、治国、平天下”的某些论述至今令人赞叹，确实了不起。然而先贤们提出的那些好东西始终难成为现实。有时也有过盛世，但没有也不可能根本解决阻碍社会发展的基本矛盾和主要矛盾。这不是先贤本身的罪过，而是当时的社会历史条件和环境制约了先贤们的认识。后人的历史责任绝不是苛求前人，恰恰相反，而是应当了解、尊重前人的创造成果，突破前人的局限，结合今天的时代特征和有利条件来传承和弘扬优秀文化传统，让它焕发出更加璀璨的光辉。

自从有了中国共产党，中国和中国人民、中华民族的精神面貌都为之一新。我们党领导各族人民艰辛探索、不懈奋斗，坚持马克思主义与中国国情相结合，不仅建立了人民当家作主的国家政权，不失时机地从新民主主义成功转为了社会主义，而且在风云变幻不断，国内外矛盾错综复杂的历史条件下推进社会主义自我完善和改革，开辟出了一条实现国强、民富、民族振兴的中国特色社会主义道路。我们党始终坚信人民群众是推动社会历史进步的决定性力量，坚持全心全意为人民服务；我们党善于与时俱进地推动马克思主义中国化，把马克思主义的基本原理与中国的国情和中华民族丰富多彩的优秀传统文化结合起来，转化为在人民群众中落地生根的共同精神力量；在这种精神力量和思想武器指导下，确立并不断完善着社会主义初级阶段的基本经济制度、政治制度和社会制度，为实现经济、政治、文化、社会和人与自然均衡发展，提供了可靠的制度保证。这都是当代中国实现自身发展、实现中华民族伟大复兴的中国梦的特有优势，也是当代中华子孙传承和弘扬我们民族优秀文化的有利条件。

第三，这里还有一个问题，就是我们尊重历史就必须继承符合社会进步要求的优秀文化，但光具有继承还不够，还要在立足现实、面对未来的奋斗中大力弘扬传统优秀文化的精华，在传承中创新。

人类的文明或文化，无论是物质形态的还是精神形态的，都属于人们的现实生活。在经济生活中有文化，政治生活中有文化，社会生活中有文化，人们日常生活中的相互交流都有文化。文化的发展进步，总体上必须要与经济、政治和社会发展同步。

现在，全国人民高举中国特色社会主义旗帜，满怀道路自信、理论自信、制度自信，朝着“两个一百年”的宏伟目标前进。我们研究对中华民族优秀传统文化传承、弘扬什么，怎样传承、弘扬，都应当以科学的态度和求真务实、开拓创新的精神，从方向、道路上去思考，去总结经验教训，把现在应该坚持的好东西坚持下来，把应该破除的落后东西破除掉。这样，我们才有可能把任务完成好。

从文化角度看，人们在日常工作、学习和生活中都有自己喜欢的东西，而喜欢什么、不喜欢什么，这都是与人们所处社会地位和人生追求息息相关。中国共产党是中国工人阶级的先锋队，同时也是中国人民和中华民族的先锋队。党的先进性决定着党的凝聚力、战斗力、吸引力。贯穿其中的一种处于首要地位的力量，就是马克思主义及其中国化的理论成果，就是中国特色社会主义理论科学。这是中国共产党内在拥有的先进文化力，这种先进的理论文化力，既体现在我们党加强自身思想、政治、经济、作风建设和反腐倡廉建设的制度和工作的方方面面，又体现在党领导人民、“五位一体”地推进中国特色社会主义现代化建设总体布局、实施“四个全面”的总体战略，以及为此而制定执行的路线、方针、政策和法律等方方面面。现在的改革，看起来都是体制改革、机制改革，实际在很大程度上渗透着文化改革的内容。深化对处于伟大事业领导核心地位的执政党拥有的先进文化力的研究和认识，深入发掘党的文化力的深厚源泉及其对国家繁荣昌盛、人民富裕幸福、民族全面振兴的巨大作用，对于我们完成好当前改革开放和现代化建设的各项工作，无疑是有益的、必要的。

我们应怎样传承和弘扬中华美学精神

——学习习总书记讲话的一些体会

中国社会科学院原副院长、学部委员　汝　信

学习了习近平总书记在文艺工作座谈会上的讲话和其他有关文化问题的讲话后深受启发，这些讲话是继毛泽东同志《在延安文艺座谈会上的讲话》之后我们党对我国文学艺术和文化的发展具有决定性指导意义的最重要的文献，为中国特色社会主义的文化建设和文学艺术的繁荣发展指明了正确的道路和方向，我们必须深刻领会和坚决贯彻这些讲话的精神。习总书记在讲话中提出了要弘扬中华美学精神，并对如何科学地正确对待我国传统文化做了深刻的阐明，我想就这一问题谈一些粗浅的看法。

中华文化源远流长，博大精深，自古以来有十分悠久的学术文化传统，其中也包括文学艺术和美学思想，以后延续发展两千多年而从未中断，这在世界文明史上是罕见的。著名的英国历史学家汤因比就曾指出中华文明的这一独特的优势。如果我们看世界上其他文明的发展，有些文明，比如说古埃及文明比中华文明还古老，那里的文化艺术很早就达到高度的繁荣，在古代具有非常高的水平，如金字塔、神庙、陵墓等宏伟的建筑以及巨大的雕像、精美的壁画、直指蓝天的方尖碑等等，都给人留下难忘的印象，可是这样辉煌的艺术成就后来却完全中断了。相比之下，我们中华民族是得天独厚的，有数千年绵延不断的文化积淀作为滋养我们民族生生不息、发展壮大的丰厚的沃土，这也是我们今天建设中国特色社会主义新文化的坚实的基础。中华文化传统已经成为我们民族的根和魂，成为流淌在民族血脉中的文化基因，凝聚着中华民族千百年来最崇高的精神追求。我们必须珍惜和尊重祖先留下的这份丰富的精神遗产和思想财富，如果抛弃了这一传统就是丢掉我们的根本，割断自己民族的精神命脉。正如习总书记指出："不忘本来才能开辟未来，善于继承才能更好创新。"这就精辟地指明了如何科学地正确对待传统文化的关键所在，那就是要"善于继承"，目的是为了"创新"、"开辟未来"。要做到这一点，我们就必须坚持用马克思主义的理论和方法，从实际出发，实事求是地去研究和对待传统文化，鉴别其精华和糟粕，继承和弘扬其富有生命力的积极因素，批判和扬弃其落后于现时代的消极因素，坚持古为今用，推陈出新，力求实现传统文化的创新发展和创造性转化。为此，我以为当前要注意两种对待我国传统文化的错误倾向，首先要反对主张"西化"、全盘否定传统文化的历史虚无主义，同时也要防止主张原封不动地恢复旧文化统治，甚至要"儒化中国"的文化复古主义。在当今世界，无论是丧失民族自信，抛弃传统，或是墨守成规，故步自封，都是没有出路的。

在中国，美学和文学艺术作为文化传统的重要组成部分，也有悠久的历史。早在先秦时期，我国就有丰富多彩的美学思想和审美创造实践，长期形成的文化宝库中有取之不竭的宝藏可供我们后人利用。美学要在中国得到创新发展，必须深深地扎根于中国的土壤，从优秀的历史文化传统宝库和丰富多彩的文学艺术实践中充分吸取营养，才能茁壮成长，开花结出丰硕的果实。今天要传承和弘扬中华美学精神，究竟应该弘扬什么？我以为，这需要从中国的实际出发并考虑当今时代的要求。当前中国最大的实际就是正在建设有中国特色的社会主义社会，我们首先要从这个大局出发来思考应怎样传承和弘扬中华美学精神，使其中的精华得以充分发挥，为今日所用。据我的浅见，应大力弘扬的有以下这些优秀的特性：

第一，中国传统文化和美学思想的一个突出的特点是其深厚的人文精神，与世界上已有的文明相比，这是一个可贵的优点。从整个中国历史来看，中国人受宗教的影响是较少的，宗教信仰始终没有占统治地位，也没有正式的所谓国家宗教。自从先秦诸子为中国传统文化奠定思想基础以来，思想的主流一直是以人为本，以人为中心，所谓“天地之性人为贵”“人贵于物”，都是充分肯定人的价值，重视人的现实生活和人与人的伦理关系，而很少关心人的所谓来世和人与神的关系。如儒家孔子的“仁”的学说主张“爱人”“泛爱众”，直至孟子提出“民为贵”；墨家则主张“兼爱”“爱人若爱其身”，甚至“摩顶放踵利天下为之”；道家提倡“全生贵己”，重视个人生命，追求个人自由。因此，中国文化的主导思想是人本主义的，在其强烈影响下形成的美学精神也带有深刻的以人为本的印记，它十分贴近人生，注重人在现实生活中的审美需求、审美实践和审美享受，反映人在生活中的真情实感，而不是把审美理想寄托在虚无缥缈的生活彼岸、理念世界或上帝之城。后来佛学东来，传入我国，也不能根本改变中国文化的这一特性，而不得不与中国传统思想相结合而实现佛教的中国化。有的学者把中国文化的这种人文精神称之为古代人道主义，我以为是合适的。正是这种古代人道主义，构成了中国传统美学和文学艺术的一大特色。

第二，中国传统思想十分重视和强调审美活动和文学艺术的重大社会作用，从来不把它们看作单纯地满足人们的低级官能享受的娱乐工具或谋利手段，而是把它们看作体现人内心深处的思想感情，具有高度审美价值，对社会起重大影响、甚至关系到国家兴衰的头等重要的大事。儒家美学的“礼乐”说提出“兴于诗，立于礼，成于乐”，把“诗”和“乐”这两种文学艺术与“礼”并列为对人进行思想文化教育的必要阶段。儒家注重“诗教”，孔子说：“诗可以兴，可以观，可以群，可以怨，迩之事父，远之事君，多识于鸟兽草木之名。”充分肯定了诗的社会功能。后来《毛诗序》更进一步说:"正得失,动天地,感鬼神,莫近于诗,先王以是经夫妇,成孝敬,厚人伦,美教化,移风俗。"这种说法虽似有些夸张,但强调诗的重大社会意义还是有合理因素的。与此相关的还有自古以来中国美学思想的一些重要命题,如:"诗言志""文以明道"(或后来的"文以载道"),虽然历来对这些命题有不同的理解,但都承认诗、文具有重大意义并发挥了重要的社会作用。正是在这样的思想指引下,中国的文学艺术作品中产生了许多表现强烈的爱国主义与崇高的民族精神的不朽诗篇,至今为广大人民所传颂。

第三,中国传统美学的另一本质特征是努力追求真、善、美的统一,特别是美与善的统一。在中国古代,与古希腊一样,美、善在文字概念上有时并没有严格的区分。特别是儒家在中华文化中长期处于主导地位,注重伦理,因此在其影响下,追求美与善的统一也成为传统美学和文学艺术创作的主流,孔子所说的"尽善尽美"一直被奉为最高的审美理想。在古代还把审美和人格的塑造以及高尚道德情操的养成联系起来,认为通过审美教育和审美活动可以提升人的精神境界,使思想得以净化,感情得到陶冶,文化素质得到提高,从而使人身心得到和谐发展。当然,中国传统美学也并非不重视美与真的统一,不过与西方美学中的"摹仿说"不同,中国美学理论追求的是"神似",或主张神形结合,换句话说,更注重艺术的真实而非如实地摹仿自然,这在中国的绘画艺术中表现得特别明显而形成自己的中国特色。

第四,中国美学还有一个值得称道的优点,就是紧密结合审美活动和文学创作的实践,重实际而少空谈,专门就各个不同艺术领域(如:诗、文、音乐、绘画、书法、戏剧、小说等等)中的美学问题,进行深入的理论探讨,产生了一系列重要的美学著作,有力地推动了文学艺术的发展,在漫长的历史发展过程中帮助创造了富有中国特色的光辉灿烂的文化。尤其重要的是,在这些美学论著中提出了一系列中国美学特有的概念、范畴，并加以充分的发挥与应用，创造了一整套中国美学的话语体系，与西方美学话语体系迥然不同而在世界上独树一帜，这是很了不起的成就。要真正理解中国传统美学和文学艺术，就必须借助于中国自己的这套话语体系。这是中国人对美学的一大贡献。

第五，中国自古以来有“天人合一”的思想，对美学思想有深远的影响。其积极意义在于强调尊重自然，主张人与自然和谐相处，赞赏自然之美和生生不息的伟大力量而又不在自然面前卑躬屈膝、消极无为。有的学者把“天人合一”看作中华美学的哲学基础，认为其主旋律是人的生命与自然生命的文化融合，是理性与感性的互相渗透和在对立中统一，从而达到一个更高的精神境界。这是颇有见地的，是对这一思想的积极面的充分肯定。

以上谈了中华美学精神中值得弘扬的几个方面。我以为，对我国当前社会主义精神文明建设和文化艺术繁荣发展来说，弘扬这些方面都能发挥积极的正能量。

当然，弘扬中华美学精神并不是要原封不动地复古，恢复传统思想的统治，而必须要以马克思主义为指导，对过去的美学思想遗产进行重新审视，取其精华，并根据当代中国的实际和时代要求加以新的诠释和发挥以实现创造性的转化，为我今日所用。不应忘记，中国历史上曾长期受封建主义统治，封建主义意识形态根深蒂固，也对美学思想和审美趣味的发展留下深刻的印记，不可避免地具有一些封建没落阶级的不健康的、消极颓废的因素，因此必须进行具体分析，决定取舍，绝不能全盘接受。即使对某些具有积极意义的命题，例如“天人合一”的思想，也不应按其现成的形式来传承，而需要清除其中的唯心主义、神秘主义和非科学的迷信成分，用现代生态文明的科学观点加以充实改造。对“诗言志”“文以明道”这些命题也需要用中国化的马克思主义观点予以新的诠释。固然，人各有志，道亦各异，历来如此。但是，对当代中国广大人民来说，“诗言志”

的志是大志，就是要实现中华民族伟大复兴的中国梦。“文以明道”的道，也不是儒家所说的“道统”或“天理”，而是要坚定道路自信，走中国人自己的道路，建设中国特色社会主义。为走中国道路、实现中国梦而做出自己的贡献，这是当代中国美学和文学艺术面临的光荣的历史任务。

历史虚无主义也是对中国美学传统的亵渎

北京大学原副校长、教授　梁　柱

中国美学传统的一个特点，是追求一种至高、至善、至美的境界。“诗如画，画如诗”的说法，就是追求这种“可以意会、不可言传”的美的境界。在一定意义上说，这种美学观念也体现在中国优秀的史学传统之中。中国史学传统中的求真、立论、资政、育人，寓褒贬于史笔之中，就体现了对真、善、美境界的追求。中国自古就有“孔子作《春秋》，乱臣贼子惧”这种历史的警示作用；司马迁在《史记》中创造了“太史公曰”的形式，由史学家出来执行对历史和历史人物的评判，他在这里能够做到：“贬天子，退诸侯，斥大夫”，“别嫌疑”，“明是非”，“善善，恶恶；贤贤，贱不肖”。“太史公曰”是《史记》的灵魂，表现了司马迁的史识史德和刚正不阿的品格。一个史学家所以能够受到尊敬，就在于无论在何种情况下都能够做到秉笔直书，鞭挞假、恶、丑，褒扬真、善、美，为后世留下真实的历史和历史经验。所以，文天祥在《正气歌》中讴歌古来浩然正气之士，首先列举的便是正直的史官：“在齐太史简，在晋董狐笔。”而清代思想家龚自珍倡导的“当以良史之忧忧天下”，以历史经验增强民族的忧患意识，就体现了中国史学的优良传统。但是，近些年来愈演愈烈的历史虚无主义思潮，它越过了学术研究应有的底线，却在“学术研究”的名义下，不尊重历史事实，片面引用史料甚至捏造材料，根据他们的政治诉求，任意打扮历史、假设历史，胡乱改变对近现代历史中重大事件、重要人物和重要问题的科学结论；有的则以“客观”“公正”的面目出现，崇尚“坏人不坏”“好人不好”的模式，要求按照人性论的原则治史，否则就是脸谱化、“扣帽子”；一些人还以“解放思想”“理论创新”的名义糟蹋、歪曲历史。他们完全颠倒是非，以丑为美，以恶为善，这不但践踏了中国史学的优良传统，而且也是对中国美学传统的亵渎。

近代中国，历史虚无主义是作为同“全盘西化”论相呼应而出现的一种错误思潮。持“全盘西化”论者往往对民族文化、历史遗产采取轻蔑、虚无的态度，表现为民族文化虚无主义。随着马克思主义在中国的广泛传播，特别是人民革命的胜利，使民族自尊心、自信心和自豪感得到极大发扬，因而在一个长时期内，这种错误思潮受到了抑制。进入新的历史时期，在我们党拨乱反正、转入现代化建设和改革开放这一特定历史条件下，历史虚无主义开始在中国泛起。一些人以“反思历史”为名，歪曲“解放思想”的真意，从纠正“文化大革命”“左”的错误，走到“纠正”社会主义；从纠正毛泽东晚年的错误，走到全盘否定毛泽东的历史地位和毛泽东思想；从诋毁新中国的伟大成就，发展到否定中国革命的历史必然性；从丑化、妖魔化中国共产党领导的革命和建设的历史，发展到贬损和否定近代中国一切进步的、革命的运动；从刻意渲染中国人的落后性，发展到否定五千年中华文明，等等。

历史虚无主义的一个重要表现，就是轻蔑黄土文明、颂扬海洋文明（蓝色文明），把西方的政治思想、政治制度、价值观念作为普世价值，反对共产党的领导和社会主义制度。一些人不但歪曲近现代中国的历史，而且对我们以爱国主义为核心的民族精神，中华源远流长的灿烂文化也恣意抹杀。在一些人的笔下，我们的民族不仅“愚昧”“丑陋”，而且充满“奴性”、安于现状、逃避现实，如此等等；而把中国优秀的文化和文化传统说成是走向没落的“黄色文明”，要现代化只有乞灵于西方的“蓝色文明”。

历史虚无主义的一些鼓吹者丧失了起码的民族良知，他们不但渲染民族失败主义情绪，而且公开走上称颂帝国主义侵略，称颂殖民统治的道路去。有人说，“鸦片战争一声炮响，给中国带来了近代文明”，应当“大恨其晚”。有人认为，近代中国的反侵略斗争，“在形式上都是民族自己的斗争，而在实质上，都是站在维护本民族封建传统的保守立场上，对世界资本主义历史趋势进行本能的反抗，是以落后对先进，保守对进步，封建闭关自守孤立的传统对世界资本主义‘自由贸易’经济变革的抗拒”。有的论者说:“如果中国当时执行一条‘孙子’战略（此人特别声明:不是《孙子兵法》的孙子，而是爷爷孙子的孙子），随便搭上哪一条顺风船，或许现在的中国会强得多。比如追随美国，可能我们今天就是日本。”这一切，他们都作为一种新的历史观加以推销。如果按照这样一种所谓新的历史观，黑白可以颠倒，是非可以不分，忠佞可以不辨，那么，中华民族的精神支柱，爱国主义的旗帜，彪炳千秋的民族英雄，又有哪一样不可以摧之毁之呢?!

我们知道，建设中国特色社会主义是中国人民的共同理想，这是近代中国的历史性选择，是实现国家富强、民族振兴的唯一正确道路，具有极大的凝聚力。中国人民行进在社会主义道路上已经半个多世纪了。六十多年来，中国社会发生了翻天覆地的变化，一个极度贫弱的、任人宰割的旧中国已经变成了一个初步繁荣昌盛、举世瞩目的新中国，谱写了中华民族五千年文明史上最辉煌的篇章。这是中国人民引以为豪的伟大成就，他们懂得珍惜这一历史的重大意义。然而，在历史虚无主义那里，把中国革命和社会主义建设的历史，说成是“杀人食人”的历史，说什么:“文人的可恶之处还在于，作为历史的叙述者与研究者，他们常常有意无意地洗涤、抹杀历史的血腥气。我们读到众多的研究二十一世纪中国历史、共和国史的著作，但这百多年发生的无数杀人食人的事实都在历史叙述中消失了，只剩下不断从胜利走向胜利的一片‘光明’。”事实上他们要洗涤、抹杀的是一百多年来帝国主义杀戮中国人民的血腥历史，以及和帝国主义沆瀣一气的中国反动势力屠杀革命人民的血腥历史，而以阴暗、仇恨的心理看待人民革命和中华人民共和国的历史。他们把党和共和国历史上的许多重大事件都加上“左”的罪名，使之变成一部不断“‘左’祸中国”的历史；他们利用我们历史上所经历的曲折，把错误无限扩大、上纲，借以否定中国共产党领导中国人民取得民主革命、社会主义革命、社会主义建设和改革开放伟大成就这一历史的主体。

应当说，历史虚无主义只是史学研究中的支流，但尽管是支流，我们也必须认真对待，因为持历史虚无主义的一些人，是有很强的现实目的性的，是按照他们对现实的要求，来“改造”历史的。当然，从学术研究的角度看，这些观点并没有什么学术价值可言，因为他们从根本上违背了历史事实；但从政治上看，这作为一种错误思潮，它的流传和泛滥，起到消解主流意识形态、搞乱人们思想的恶劣作用，甚至导致严重后果。一个国家、一个民族，如果历史被否定、被抹杀，也就失去了存在的立足点。在苏联解体的过程中，否定和颠倒历史大行其道，从全盘否定斯大林，到全盘否定列宁和十月革命，把社会主义说得一无是处，这是最终导致苏联解体的一个重要原因。这个惨痛的历史教训是值得我们记取的。

历史虚无主义所散布的种种言论，是我们在旧史学中能够常常看到的维护封建正统、蔑视人民群众的唯心史观，公正地说，历史虚无主义比旧史学还不如，因为他们不是研究历史，而是为一定的政治诉求而玩弄历史，典型地表现了他们的反历史、反科学的性质。应当说，他们的这些言论，不仅涉及史学领域的大是大非问题，而且还直接关系到做人立国的根本问题。这主要是：是维护历史本来面目，还是歪曲历史真相；是高扬民族精神，还是鼓吹妥协投降；是从历史主流中吸取精神力量，还是在历史支流中无限放大负面影响；是坚持唯物史观，还是回到唯心史观。如果这些原则问题被颠倒、被消解，就会从根本上搞乱人们的思想，一个民族、一个国家就会失去立足和发展的思想基础。这正如晚清思想家龚自珍所说："灭人之国，必先去其史；隳人之枋，败人之纲纪，必先去其史；绝人之才，湮塞人之教，必先去其史；夷人之祖宗，必先去其史。"这是值得我们长而思之，是值得我们高度警惕和认真对待的。

传承弘扬中华美学精神
发展繁荣社会主义文艺

《人民日报》海外版原总编辑、中国报纸副刊研究会会长　丁振海

一

文学艺术作为社会意识形态之一的普遍本质、普遍规律与作为艺术的掌握世界的审美本质、特殊规律的关系问题，始终是文艺学的一个核心课题。对此，马克思主义经典作家颇多论述。毛主席在七十二年前的《在延安文艺座谈会上的讲话》中，主要是解决“文艺为什么人”的根本问题，这对其他社会意识部门来说也概莫能外。但是，毛主席又绝没有忽视文艺反映与作用于社会生活的独特方式和审美本质。他指出：人类的社会生活和文学艺术“虽然两者都是美，但是文艺作品中反映出来的生活却可以而且应该比普通的实际生活更高，更强烈，更有集中性，更典型，更理想，因此就更带普遍性。”又强调：“文艺就把这种日常的现象集中起来，把其中的矛盾和斗争典型化，造成文学或艺术作品。”众所周知，通过典型化把生活美升华为艺术美，正是文艺掌握世界的独特方式和独特魅力之所在，也是文艺通过个别反映一般，将文艺的审美属性与社会属性相统一的关节点。

七十二年后的2014年10月15日，习近平总书记在主持召开文艺座

谈会时同样把“坚持以人民为中心的创作导向”作为文艺的最根本问题。但如何实现这个极其光荣伟大的历史使命，则必须依据文艺反映生活的特有方式，“按照美的规律来建造”（马克思语）。也正如习近平总书记所要求的：“要虚心向人民学习、向生活学习，从人民的伟大实践和丰富多彩的生活中汲取营养，不断进行生活和艺术的积累，不断进行美的发现和美的创造。”习近平总书记还特别强调“文艺工作者要自觉坚守艺术理想，不断提高学养、涵养、修养，加强思想积累、知识储备、文化修养、艺术训练”，等等。

综上所述，我们就可以顺理成章地领会到习近平总书记在座谈会上郑重号召“要结合新的时代条件传承和弘扬中华优秀传统文化，传承和弘扬中华美学精神”的必要性和深刻含义所在。中华美学精神源远流长，博大精深，其精髓正在于强调以艺术的载体，审美的方式，彰显或蕴涵思想的、道德的力量。毫无疑问，只要我们对之认真地加以传承和弘扬，就可以为涵养社会主义核心价值观、为当代文学艺术从“高原”迈向“高峰”提供丰富宝贵的精神资源。在这里，我仅能就有限的中华美学知识，结合当前创作实际，谈几点粗浅体会。

二

习近平总书记在《讲话》中强调：追求真、善、美是文艺的永恒价值。这其实也正是中华美学精神的精义所在。真、善、美是相互区别又密切相连的概念。《中国美学范畴辞典》提到：在中华美学中，真包含着情、志、景、境、事、意、理诸方面之真；善则是与恶相对立的一种肯定性的道德评价；美则要承载着真、善并给人以感性的愉悦。很显然，以真、善、美的标准衡量当下的文艺创作，确实存在不小差距。歪曲丑化现实生活，胡编乱造历史谓之失真；迎合低级趣味，甘当市场奴隶，以欲望代替希望，以快感混充美感，谓之非善；在荧屏舞台上虚情假意、搔首弄姿、忸怩作态更是毫无美感可言。当然，这类作品仍属少数，更多的则是平庸之作。正如习近平总书记所指出：在文艺创作方面，也存在着有数量缺质量、有“高原”缺“高峰”的现象，存在着抄袭摹仿、千篇一律的问题，存在着机械化生产、快餐式消费的问题。这些问题的解决，首先需要作家、艺术家端正创作态度，扎根人民，扎根生活，勤学苦练，提高创作本领。但从中华美学中汲取向上向善的精神营养和发现美、感悟美、表现美的能力，也是提振当代文学艺术的必要条件。与西方美学重视认识论（真）相比，中华美学特别强调美与善的统一。孔子对韶乐的评价就是“尽善”“尽美”。儒家经典《诗大序》高度评价诗歌，亦即文艺的美与善相得益彰的道德教化作用：“先王以是经夫妇，成孝敬，厚人伦，美教化，移风俗。”我们的文艺观与道德论固然和古人有本质的不同，但在要求美与善的一致上，仍可给当代以有益启发。

习近平总书记在《讲话》中非常重视文艺与道德的关系，希望文艺彰显信仰之美，崇高之美。他指出：我们要通过文艺作品传递真善美，传递向上向善的价值观，引导人们增强道德判断力和道德荣誉感，向往和追求讲道德、尊道德、守道德的生活。只要中华民族一代接着一代追求真善美的道德境界，我们的民族就永远健康向上、永远充满希望。

三

习近平总书记在座谈会上论述“文艺创作方法”时，强调指出：“应该用现实主义精神和浪漫主义情怀关照生活，用光明驱散黑暗，用美善战胜丑恶，让人们看到美好、看到希望、看到梦想就在前方。”众所周知，现实主义和浪漫主义在古今中外的文学史上都是两种最主要的创作方法。前者以对现实生活的精细描画取胜，后者以对理想世界的热烈幻想见长。但是，就文学艺术的审美本质来说，任何创作都包含着“现实”和“理想”两种元素，不应割裂开来或有所偏废。早在1938年，毛主席在给延安鲁迅艺术学院的题词中写道：“抗日的现实主义，革命的浪漫主义。”1938年，毛主席进一步明确：革命精神与实际精神的统一，在文学上就是革命浪漫主义和革命现实主义的统一。在毛泽东文艺思想的指引下，我们的文艺家创作了一大批既深刻反映现实又高扬革命理想的“两结合”的优秀作品，例如《红旗谱》《创业史》《红岩》《林海雪原》《青春之歌》《保卫延安》《红日》等等，时至今日仍然是社会主义文学的旗帜和骄傲。

习近平总书记在座谈会上进一步指出，“艺术可以放飞想象的翅膀，但一定要脚踩坚实的大地”。在中华美学思想史上，也颇有些理想、梦想、想象要以生活现实为根基的论述可资借鉴。刘勰在《文心雕龙》中提出“酌奇而不失其真，玩华而不坠其实”，就颇有些“浪漫”与“现实”相结合的意味。清末民初美学家王国维在《人间词话》中明确提出：“有造境，有写境，此理想与写实二派之所由分。然二者颇难分别，因大诗人所造之境必合乎自然，所写之境亦必邻于理想故也。”这就指出了现实主义与浪漫主义两种创作方法的区别与联系。这虽然与立足于辩证唯物主义与历史唯物主义哲学基础上的社会主义文艺的“两结合”要求有着很大的差别，但从“方法”的意义上，对我们当前的文艺创作还是有借鉴价值的。

四

习近平总书记在《讲话》中，要求创作出“文质兼美的优秀作品”。“文质兼美”，这是传承和弘扬中华美学精神提出的一个极为重要的美学和文艺学命题。

孔子说：“质胜文则野，文胜质则史。文质彬彬，然后君子。”（这里的“史”，是虚华无实、多饰少实的意思）孔子的原意在于品评人物，后来就逐渐演化为一对审美范畴而运用于文学艺术领域、特别是对文艺作品的评价。东汉的王充在《论衡》中提出，“实诚在胸臆，文墨著竹帛，外内表里，自相副称”。清代王夫之在《尚书引义》中说，“盖离于质者非文，而离于文者无质也”。刘熙载在《艺概》中说，“凡物之文见乎外者，无不以质有其内也”。在我们看来，所谓“文质兼美”，实质上就意味着美必然表现为内容与形式的统一。就当前创作实际来看，“文胜于质”或“质胜于文”的情形均大量存在。有些作品玩弄技巧，搞悬疑惊悚，内容却苍白空洞，又有的作品充塞着令人眼花缭乱的声、光、电，就是讲不好中国故事，塑造不出人物形象，形式主义、唯美主义倾向严重。毋庸讳言，也有的作品搞变相的“题材决定论”，虽说要弘扬“主旋律”，书写重大题材，表现英模人物，但缺乏审美追求和艺术感染力。正如钟嵘在《诗品序》中所言“质木无文”，“味同嚼蜡”，“文章殆同书钞”，“皆平典似道德论”。还有些作品文、质两失，思想内容与艺术表现均乏善可陈，甚至成为荒诞不经、等而下之的文化垃圾，不亦悲乎！

“文质兼美”，也就是毛主席《在延安文艺座谈会上的讲话》所期盼的“政治和艺术的统一，内容和形式的统一，革命的政治内容和尽可能完美的艺术形式的统一”。1957年3月，毛主席在《同文艺界代表的谈话》中，他提出“中国自觉的文学批评的历史”时说：“《昭明文选》里也有批评，昭明太子萧统的那篇序言里就讲‘事出于沉思’，这是思想性；又讲‘义归乎翰藻’，这是艺术性。单是理论，他不要，要有思想性，也要有艺术性。”毛主席的这些论述，可以说是对“文质兼美”的最好说明，也为实现中华古代美学精神的“创造性转化和创新性发展”提供了范例。毛主席的诗词，则是“文质兼美”的典范。与毛主席的论述一脉相承，习近平总书记在七十二年后的文艺座谈会上提出，“广大文艺工作者要高扬社会主义核心价值观的旗帜，把社会主义核心价值观生动活泼、活灵活现地体现在文艺创作之中，用栩栩如生的作品形象告诉人们什么是应该肯定和赞扬的，什么是必须反对和否定的，做到春风化雨、润物无声”。在这里，强调“高扬社会主义核心价值观”与“生动活泼”“活灵活现”“栩栩如生”“春风化雨”“润物无声”相结合，其“文质兼美”的美学标准是相当明确的。这也正是社会主义文学艺术应该具备的基本品质。

五

中华美学精神的创作论和作家论，有一个极为重要的命题就是文品与人品的统一。所谓“诗言志”，“读孔氏（子）书，想见其为人”，“文如其为人”，“有第一等襟抱，第一等学识，斯有第一等真诗”，“从喷泉里出来的都是水，从血管里出来的都是血”等等，都是这个意思。对此，论述尤为充分的是叶燮和刘熙载。叶燮说，“诗是心声，不可违心而出，亦不能违心而出”，“志高则其言洁，志大则其辞弘，志远则其旨永。如是者其诗必传，正不必斤斤争工拙于一字一句之间”。他还以“千古诗人推杜甫”为例，强调“诗之基，其人之胸襟是也。有胸襟，然后能载其性情、智慧、聪明、才辨以出，随遇发生，随生即盛”。刘熙载明确提出，“诗品出于文品”，“笔性墨情，皆以其人之性情为本。是则理性情者，书之首务也”。毫无疑问，古人的这些论述对我们今天理解做人与作文的关系是大有裨益的。叶燮认为作家艺术家“有胸襟”“志高”“志大”“志远”是其作品得以成功的决定性因素，这对于当代的文艺家难道没有很大的启发吗？当然，从来的人品、文品都是历史的、具体的，必然打上阶级的、时代的烙印。对于无产阶级和社会主义作家来说，文品与人品的统一有其不同以往的更高的要求。

“人品”可说是对于每个人的思想境界和道德情操的综合要求，对于作家艺术家当然应该要求更高。毛主席指出，“中国的革命的文学家艺术家，有出息的文学家艺术家，必须到群众中去，必须长期地无条件地全心全意的到工农兵群众中去，到火热的斗争中去，到唯一的最广大最丰富的源泉中去，观察、体验、研究、分析一切人，一切阶级，一切群众，一切生动的生活形式和斗争形式，一切文学和艺术的原始材料，然后才能进入创作过程”。这就从文艺与生活，作家与群众，世界观与创作的高度彻底解决了人品与文品的关系问题。习近平总书记也同样强调，文艺是铸造灵魂的工程，文艺工作者是灵魂的工程师。文艺创作方法有一百条、一千条，但最根本、最关键、最牢靠的办法是扎根人民、扎根生活。对照当前创作实际，以上讲话具有极强的针对性和紧迫性。很显然，只要广大的文艺工作者认真而不是敷衍地、切实而不是表面地按照上述要求去做，与人民同呼吸、共命运，在火热的生活中开阔胸襟、荡涤灵魂、汲取力量，志存高远，就一定能做到人品与文品的统一，为无愧于伟大时代的优秀作品的不断涌现提供最可信赖的人格保证。

如何传承和弘扬中华美学精神?

北京大学原校务委员、北大中文系教授、博士生导师　董学文

一、中华美学精神是一个新的美学命题

习近平总书记在文艺工作座谈会上提出了“传承和弘扬中华美学精神”①，这是一个重要课题，也是实现中华传统文化创造性转化的一项重要任务。对中华美学精神的传承和弘扬，不仅可以打通古今中外优秀美学精神之间的联系，而且对当下文艺创作和美学实践有着现实的引领意义。

中华美学精神不是一个既定的、静止的存在，而是一个动态的、不断发展的集合体。中华美学精神至少包含两个维度：一是它蕴含在中华哲学精神之中，与西方的美学和哲学精神有着不同的特质；二是它体现为一个运动着的历史过程，古代的美学精神当然包含其中，近现代的美学精神同样也在传承和弘扬之列。正因如此，对中华美学精神的传承和弘扬，既不能仅从古典美学自身出发，也不能从舶来的现代美学观念出发；既不能简单地将中华美学精神等同于一般的哲学精神，也不能简单地将中华美学精神划定在追求形式美的范围之内。中华美学精神应是一个精神性的大概念，除了技术方面的要求，理应有理想、信念、道德和价值等方面的规

① 见《人民日报》2014年10月16日。

定，理应与特定历史时段的生产方式、社会性质和文化形态相关联。

不可否认，目前人们对于“中华美学精神”的界说是多元的，大家都在从不同角度加以阐释和开掘。在这个时候，我认为学界有责任进一步探讨中华美学精神的内核究竟是什么。对这个问题的回答，恐怕见仁见智，但大体弄清楚其内核本质，还是有好处的。对“中华美学精神”内核的把握，当然可以从公元前人类轴心时期的老子、孔子和庄子梳理起，可以从先秦的《诗经》和《楚辞》的影响梳理起，亦可从我国多民族音乐、绘画、舞蹈、戏曲、书法等的精神中间加以总结。这方面，应该说我国古代文论界和古典美学研究领域已经做了不少的工作。譬如，把老子的“道法自然”思想、孔子的“礼乐”观及庄子的“大美不言”论说成是中华美学的根基，大有人在。这种从源头上归纳中华美学精神的做法，固然有一定道理，可是总有种“厚古薄今”之嫌。对中华美学精神的认识，我以为应该更加升华，更加凝练，更加具有时代气息。我认为，习近平同志不仅提出了“传承和弘扬中华美学精神”这一命题，而且他对中华美学精神的内核的阐释是有个性和时代感的。

那么，在习近平同志那里，中华美学精神的内核到底是什么呢？如果依照文艺工作座谈会讲话的文本理解，那么可以说中华美学精神的内核就是崇尚真、善、美的高度融合。这是一种审美价值观，也是一种独特的美学精神；如果按照文艺社会学和艺术哲学的角度去理解，那么中华美学精神的内核就是美学的“人民性”问题，或者说就是美学与人民群众的关系问题。这种中华美学精神的内核，根植于源远流长的中华民族“自强不息”“厚德载物”“以民为本”思想，是中华民族集体性的审美意识的精髓和灵魂；这种中华美学精神的内核，诚如习近平同志讲话中所解释的，同时含有信仰之美、崇高之美、道德之美、自然之美等多种精神成分。这种中华美学精神的内核，到了新文化运动以后，尤其是到了马克思主义文艺观和美学观在中国广为传播的时候，它便开始同新民主主义和社会主义的美学观和价值观融为一体。中华美学精神在社会现代化的进程中，是经历了改造、蜕变、拓展和创新了的。今天我们要传承和弘扬的中华美学精神，是和社会主义的价值观相吻合的美学精神。习近平同志特别强调“每个时代都有每个时代的精神”，道理就在这里。

中华美学精神既然是一种“精神”，那么就不能单纯地把它当作一般的手法、技巧、表征或风格来看待。中华美学精神的传承和弘扬，也应主要地集中在“精神”的层面上。当下，需要传承与弘扬的中华美学精神，主要包含哪些内容呢？如果用习近平同志的话来加以表达，我以为似乎可以说主要有这样一些精神：“坚持以人民为中心”“为人民抒写、为人民抒情、为人民抒怀”的创作导向精神；“把爱国主义作为文艺创作的主旋律”精神；“引导人民树立和坚持正确的历史观、民族观、国家观、文化观，增强做中国人的骨气和底气”的精神；推动整个民族具有“一代接着一代追求真善美的道德境界”，保持“永远健康向上、永远充满希望”的精神；就是要“能够启迪思想、温润心灵、陶冶人生”，“让人们的灵魂经受洗礼”，“扫除颓废萎靡之风”的精神；就是“坚持洋为中用、开拓创新，做到中西合璧、融会贯通”[①] 的精神。我们把这些思想论述连贯、集结起来，可以说就是中华美学精神在当代的一个理论提升。而这样的表述，是要比通常所谓的“天人合一”[②]“万物一体”“物我两忘”“宇宙生命感”“意境含蓄”“气韵生动”“形神兼备”“韵外之致”“感性创造思维”等概括，更能触及当下中华美学精神的实质，更具有新时代感，也更具有实践性品格。

① 见《人民日报》2014 年 10 月 16 日。

② “天人合一”，当代许多学者将其解释为人与自然的和谐。但是，考察“天人合一”的原语境就会发现，它不是关于人与自然关系的表述，而是关于人类政治模式的一种表达。“天人合一”的基础是“天人相应”，而所谓的“天人相应”非指普通民众，而是针对特别的天命之人，这些人的所作所为都有某种天命的指引，并通过某种天象昭示出来。这种观念本身是上古流传下来的巫史政治的延续，与现代人所理解的自然与人的观念，没有多少相同之处。

二、中华美学精神传承与弘扬的逻辑

中华美学精神的传承和弘扬是有内在逻辑的。这个内在逻辑，倘用习近平同志在纪念孔子诞辰2565周年国际学术研讨会上讲话的说法来表述，那就是运用传统不能食古不化、作茧自缚，不能“一股脑儿都拿到今天来照套照用”，而要实现“创造性转化、创新性发展，使之与现实文化相融相通，共同服务以文化人的时代任务”。[①] 如果按照习近平同志在文艺工作座谈会上讲话的说法，那就是“要结合新的时代条件传承和弘扬中华优秀传统文化，传承和弘扬中华美学精神”。[②] 这两处表述的两个关键措辞：一是要“创造性转化、创新性发展”，一是“要结合新的时代条件”。这就实际上是指明了传承和弘扬中华美学精神的基本方法和基本路径。

对于传承和弘扬中华美学精神，应该说是没有多少人有疑义的。谁都承认中华美学精神里面有许多珍贵的宝藏。但是，究竟采取什么样的方式和办法去传承和弘扬，实际上却是存在不同的见解和做法的。客观地说，传承和弘扬中华美学精神，能否去“结合新的时代条件”，能否进行“创造性转化、创新性发展”，学界和理论界并非都很自觉、都认识一致的。按照通常的理解，传承和弘扬之间是一个先后的线性关系，弘扬之前先要传承，只有获得传承后，才能够去加以弘扬，传承在字面上体现为对传统中华美学精神的一种接受。这似乎没有大错。可是按照这种形而上学逻辑，中华美学精神的传统就成了一个带有固定性和独立性的静态存在了。

问题是，传统文化也好，中华美学精神也好，它们都是需要以创新来引导继承的，只有通过创新，它们才能使传统存活在当下。因之，即便

① 习近平:《在纪念孔子诞辰2565周年国际学术研讨会上讲话》，见《人民日报》2014年9月25日。

② 见《人民日报》2014年10月16日。

是在“中华美学精神”中寻找某种“不朽”的因素，那这种所谓“不朽”，也不是一种凝固僵硬的东西，而是指它在当代乃至未来仍有一种精神活性。而且这种活性的存在，又可以优化当代的美学生态，使得当今的文艺和审美更加具有朝气与活力。所以说，“中华美学精神”是存在于时间之中的，只是这个时间不能被解释为一种静止的时间，而应当被解释为像真理一样是一个流动的过程。

换句话说，中华美学精神作为一种“精神”，虽然与传统相关，但却不能单纯从传统自身来认知和解释。这就像马克思在《〈政治经济学批判〉导言》中所指出的那样：“从实在和具体开始，从现实的前提开始，……似乎是正确的。但是，更仔细地考察起来，这是错误的。”因为“具体之所以具体，因为它是许多规定的综合，因而是多样性的统一”。正确的方法应是“从抽象上升到具体的方法”，即“抽象的规定在思维行程中导致具体的再现”[①]的方法。从传统的实在自身出发所能够发现的包括“美学精神”在内的“精神”，只是“精神”的古董和“精神”的化石。它是“精神”失去精神活性后的残骸，却不是精神本身。只有那些既能存在于传统中又能超越传统，在现时代仍然具有活力的东西，才属于精神性的存在。同理，“精神”的现在和未来又不可能脱离过去而存在，对于“精神”传统的批判与转化，并不意味着“精神”的当下就是完全合理的，它同样也存在着一个自我批判和自我改造的过程。

所以说，对于“中华美学精神”的传承和弘扬，既不是一个从古到今的线性推进过程，也不是一个从今返古的逆向反思过程，而是一个螺旋上升的过程。它既要通过弘扬来深化传承，又要通过传承来强化弘扬，在这个双向循环往复中，扬弃式的弘扬处于主导地位。只有这样，才能真正构建起“中华美学精神”传承和弘扬的辩证关系。在传承和弘扬中华美学精

① 《马克思恩格斯文集》第8卷，北京：人民出版社2009年版，第24–25页。

神过程中，毫无疑问采取虚无主义、复古主义或功利主义态度是有害的。坚持辩证法和唯物史观立场，尊重传统而不盲从传统，注意在延续民族文化血脉中开拓前进，这样，中华美学精神才会绽放出新的花朵。

三、马克思主义介入中华美学精神的意义

这里不能不涉及中华美学精神与马克思主义美学思想的关系问题。我们必须承认中华美学精神的传承与弘扬“要结合新的时代条件”才能有效落实。而在这种需要结合的时代条件中，马克思主义的介入是一个必不可少的条件。这不仅因为马克思主义是指导我们思想的理论基础，对中华美学精神的传承与弘扬有着方向上的指引，而且更为重要的是自从现代以来，中华美学精神自身就包含着中国化马克思主义美学观的成分。

中华美学精神来自中国审美文化的实践，它在发展中既需要内生的动力，也需要外力的激发。而这中间，马克思主义美学思想是极其重要的力量之源。中国现代历史表明，马克思主义是适合中国现代国情的，是能够解决中国现代以来所面临的各种问题的，是能够拯救和焕发中华传统文化和美学精神的活力的。从“五四”新文化运动到各解放区的文化运动，从新民主主义的文化到社会主义的文化，都有力地证明了马克思主义所起到的无比重要的作用。马克思主义美学精神，已经成为现代中华美学精神的有机传统。这从鲁迅的作品看得出来，从《黄河大合唱》和《白毛女》看得出来，从歌舞史诗《东方红》也可看得出来。毛泽东在总结中国现代进程之后曾经这样说过：“自从中国人学会了马克思列宁主义以后，中国人在精神上就由被动转入主动。从这时起，近代世界历史上那种看不起中国人，看不起中国文化的时代完结了。伟大的胜利的中国人民解放战争和人

民大革命，已经复兴并正在复兴着伟大的中国人民的文化。”[①]这难道不是非常有说服力地揭示了马克思主义与中华优秀传统文化——包括中华美学精神——之间的密切关系吗？尽管人们对于马克思主义的认知不免还存在比较肤浅或部分误读的情况，尽管审美文化实践中也发生过不少失误，但是这并不妨碍社会对于马克思主义的真诚接受，并不妨碍马克思主义美学观成为中华美学新精神的新主轴和新脊梁。无可否认，现代的中华美学精神，许多都是奠基于中国化马克思主义美学理论的基础之上的，马克思主义美学观已经成为中华美学精神不可分割的一部分。

除此之外，马克思主义融会和介入中华美学精神，还表现在对传统文化“去粗取精，去伪存真”“推陈出新”的方法论上。列宁曾提出过著名的“两种民族文化”学说，这可说是批判继承传统文化的思想法宝。列宁不赞成笼统的“民族文化”的口号，认为“谁拥护民族文化的口号，谁就只能与民族主义市侩为伍，而不能与马克思主义者为伍”。[②]在列宁看来：“每一个现代民族中，都有两个民族。每一种民族文化中，都有两种民族文化。一种是普利什凯维奇、古契柯夫和司徒卢威之流的大俄罗斯文化，但是还有一种以车尔尼雪夫斯基和普列汉诺夫的名字为代表的大俄罗斯文化。乌克兰同德国、法国、英国和犹太人等等一样，也有这样两种文化。”[③]所以，在对待民族文化问题上，要具体问题具体分析，不能不加批判地、笼统地回到传统文化本身，不能认为一切民族文化、一切传统文化都是好的，也不能要求一切都按照古人的方式行事。我们今天讲的中华美学精神，显然应该是那些对生生不息的民族审美文化有着重要滋养功能的部分。因此，“结合新的时代条件”传承和弘扬中华美学精神，理所当然地要把马克思主义的辩证批判精神包含其中。

① 《毛泽东选集》第4卷，北京：人民出版社1991年版，第1516页。

② 《列宁选集》第2卷，北京：人民出版社1995年版，第337页。

③ 《列宁选集》第2卷，北京：人民出版社1995年版，第345页。

马克思主义在现代思想理论框架中，无疑是少有的具备跨文化解释能力的体系。不难设想，如果把一种美学精神理解为绝对理念的感性显现，缺乏对现实基础的关怀，那么，对美学精神的认识就只能是知其然，不能知其所以然；如果像自由主义者那样只迷信所谓“纯粹现代性”思想，并将之视为一种不言自明的存在，那么，同样也会丧失对于传统社会及其文化与美学精神的阐释能力。我们之所以说中华美学精神能够成为民族精神的一种命脉，成为新时代价值观的一个源泉，成为我们在世界审美文化激荡中站稳脚跟的一块基石，就是因为我们能有科学世界观的烛照和解析，相信物质生活的生产方式对社会生活、政治生活和精神生活的制约。由此看来，马克思主义对于中华美学精神的建构是不可缺席的。

传承和弘扬中华美学精神，关系到中华民族如何在21世纪为人类文明做出自己具有东方智慧的贡献。中华美学精神“写着中国的灵魂，指示着将来的命运”[①]。传承和弘扬中华美学精神，是每个中国美学工作者不可推卸的责任。

① 《鲁迅全集》第3卷，北京：人民文学出版社2005年版，第17页。

不能离开我国文艺的现实去研究美学的抽象概念

中国美协《美术》杂志前主编、中国美协理论委员会副主任　王　仲

习近平同志最近在文艺座谈会上的讲话，有一个内在的“三位一体”的基本逻辑结构，即通过传承和弘扬中华优秀传统文化和中华美学精神，认真学习借鉴世界各国人民创造的优秀文化，来发展繁荣我们中国的社会主义文艺。这个逻辑结构，简而言之就是：古为今用，洋为中用，发展中国社会主义文艺。最后落点是发展我们当下的社会主义文艺。因此，我们在讨论“中华美学精神”等美学问题时，就不应该只是单纯到中国美学历史文献中去就概念谈概念，而应该从建设当下中国社会主义文艺这个现实的总目标出发来研究。

谈到中国美学问题，许多论家都认为它与中国哲学的三大基本问题——天人合一、知行合一、真善美统一——紧密相连。北宋哲学家邵雍在《观物外篇》中说：“学不际天人，不足以谓之学。”按他的意思，如果你不研究“天人”，中国美学就不能算是一门学问。中国哲学讲的“天人合一”，如果去掉诸多阐释者的宗教迷信成分和唯心成分，就其语义学的本义而言，与马克思主义哲学讲的哲学基本问题——思维与存在的同一性问题——并无大的区别。马克思在《1844年经济学哲学手稿》中讲的“彻底的自然主义+彻底的人道主义=共产主义”，可以说是我们马克思主义者心目中最理想的一种天道和人道合一的“天人合一”注释版本。如果把

“天人合一”也当作中国美学最基本的问题来谈的话，我们马克思主义美学家就应该把它理解为审美思维与审美存在的同一性问题。

真、善、美可以说是全人类的精神理想，无论是西方还是东方，它都是大多数人永远追求和期盼的精神方向。总的来讲，真善美理念及其实践在历史发展进程中，它的内容和品质是在与假、恶、丑的斗争中不断提高的。不同历史时期有不同内容、不同水平的真、善、美，从历史唯物主义的角度来看，人类社会发展到社会主义阶段，其真、善、美的理论内容和实践内容自然应该走到一个更高水平的发展阶段。过去有一段时间我们不敢谈真、善、美，它被认为是人道主义词汇，是修正主义概念。其实，真、善、美并不一定是包着糖衣的毒药（在剥削阶级的代言人嘴里是），它向来都是历代大多数人类的一种内在需求和内心期盼，用一句马克思不太通俗的德国思辨语言来说，真、善、美正是“人的本质力量对象化”的理想目标。当然，在当今仍存在着国家矛盾、民族矛盾、宗教矛盾、阶级矛盾等等尖锐矛盾的现实世界，谁讲的真、善、美都有其具体的内容。但不管别人怎样讲真、善、美，我们自己需要明确的是：我们现在正在建设社会主义，正在建设马克思主义美学和社会主义文艺，我们讲的真、善、美是人类历史发展进程中最高品级的社会主义真、善、美。

历来人类对真、善、美的追求和憧憬，在东西方历代的文论和文艺作品中都有反映。从古希腊、中国先秦以降，有多少哲人高士论及真、善、美及其相互关联和统一的问题，又有多少文艺家从不同角度创作反映人类追求真、善、美的文艺作品。这些历史资料数不胜数。我们应该敬重并认真研究前人在美学和艺术上留下的丰富宝贵遗产，正如列宁说的，我们今天的社会主义文艺正是从它们那里“合乎规律的发展”来的。我们在梳理中华传统文化和中华美学精神时，当然要有民族自豪感和民族自信心，但也不必故意抬高我们的先哲老庄、孔孟，把今人对真、善、美统一的现代认识，硬塞给他们，把他们修补成真、善、美统一论者的化身。其实他们各有侧重的理论贡献，孔孟主要以“仁”为核心讲同美、善；老子不喜欢美也反对文艺，反对一切有为的真、善、美，主张“同于道”的无为的真、善、美；庄子继承老子“大道废，有仁义”的反道德倾向，也反对“以仁义易其性”，他认为个体在精神上的绝对自由逍遥才是符合本性的“真”、最高的“善”和至美至乐的“大美”。这些美学开拓者是伟大的，但我们现代人也没有必要挖空心思把他们硬塑成完美的典范，因为在他们之后不断有人来丰富完善真、善、美统一的理念，一直到“五四”新文化运动，到延安革命文艺运动，到新中国成立后马克思主义美学和社会主义文艺的不断建设，真、善、美统一的理论在我们中国应该已经达到一个比较令人自信的高质量高水平。但我们的文化艺术界许多朋友至今对此还是一脸茫然。

要结合我们的文艺现实来体会习近平同志在文艺座谈会上的讲话。三十多年来，我们国家的文化艺术领域不断交替出现全盘西化思潮和复古主义思潮，一说要现代化要搞先进文化，就是西方现代主义、后现代主义的铺天盖地；一说要继承和发扬传统，就是儒、释、道回归主流本位的大声疾呼，但这里就是没有马克思主义的位置。形而上学猖獗，习惯从一种倾向摆向另一种倾向，就是缺乏辩证法的成熟老到。当然，当前文化艺术界的主要问题还是西化问题。许多人搞不清什么是“先进文化”，误以为挂着“现代”招牌的现代主义、后现代主义就是先进文化，就是“先进文化的前进方向”。“后现代主义”是什么？这个有近两百个自我定义的混乱思潮，却有一个稳定的功能，就是“解构”和“颠覆”此前一切有权威价值的东西。这是人类有史以来最大规模的一场文化虚无主义、无政府主义思潮，它怀疑一切、打倒一切，当然首当其冲要来“解构”和“颠覆”的就是马克思主义。长期以来，我百思不得其解的是，对这股浸泡、腐蚀我们社会主义思想大厦根基的混乱思潮，我们好像是一座“不设防的城市”，完全开放恭迎，任其恣意泛滥在中国任何文化艺术领域和任何一座大学校园，但我们许多文化部门的领导人对此却麻木不仁，还不如一位美国文艺理论家詹姆逊来得清醒，他说："在此我必须事先提醒大家一个显而易见的事实：眼前这个既源于美国又已经扩散到世界各地的后现代文化现象，乃是另一股处于文化之外的新潮流在文化领域里的（上层建筑里）的内向表现。这股全球性的发展倾向，直接因美国的军事与经济力量的不断扩张而形成，它导致一种霸权的成立，笼罩着世界上的所有文化。从这样的观念来看（或者从由来已久的阶级历史的观念来看），在文化的背后，尽是血腥、杀戮和死亡：一个弱肉强食的恐怖世界。"

因此，我们今天在学习习主席文艺讲话时，应该首先明确我们的文艺客观面临的严峻现实，认清这个强势的美式世界文化潮流并有应对它的战略和策略，只有在文化艺术界打破对这个后现代神话的迷信，然后我们才有一个基本前提来落实习主席关于发展社会主义文艺的各种寄语和希望。我想，习主席期盼的中国文艺是有中华美学精神的社会主义文艺，而不是西方现代主义、后现代主义文艺的中国版。

中华美学精神光芒万丈

太湖世界文化论坛主席　严昭柱

习近平总书记在文艺工作座谈会上提出，我们的文艺要结合新的时代条件传承和弘扬中华美学精神。学习贯彻这个新论断、新要求，对推动社会主义文艺繁荣和中华民族伟大复兴极为重要。

毛泽东同志在延安整风时曾批评有的同志言必称希腊，而忘记了自己的祖宗。吃迷信洋人、民族虚无主义的亏，我们党在历史上付出过惨痛的代价。我们必须总结和继承中华优秀传统文化，让马克思主义在中国具体化，具有中国老百姓所喜闻乐见的中国作风和中国气派。繁荣社会主义文艺，也要结合新的时代条件，传承和弘扬中华美学精神，使之与全民族共同的美学情感、追求和理想息息相通、共鸣共振。

一、中华美学精神的核心理念是不懈地追求真、善、美的统一

一个民族的美学精神，就是全民族共同的美学情感的燃烧点、美学追求的总趋向和美学理想的深层内核。而一个民族有什么样的美学精神，集中体现着该民族的精神境界和文化力量，深刻影响着人们的精神状态和民族的前途命运。

真、善、美是文艺的永恒追求。而中华美学精神的核心理念，就是追

求真、善、美的统一。诚然，追求真、善、美的统一，在世界范围具有普遍性。例如可以说，它也是古希腊美学的核心理念。不过，由于社会历史条件不同，中华美学和古希腊美学对真、善、美的理解难免各有特点，对真、善、美统一基础的认识也不相一致，其美学精神及影响就判然有别。

中华春秋战国美学与古希腊美学具有一定的可比性。中华民族经过漫长的原始社会，约公元前 21 世纪建立夏王朝，又历经殷商、西周，自公元前 770 年进入天子权力式微、礼崩乐坏的春秋战国；古希腊文明是西方文明的源头，于公元前 800 年接续爱琴文明而兴起，不久即进入兴盛时期。中华美学大致以公元前 544 年季札观乐为标志，西方美学大致以古希腊鼎盛于公元前 523 年的毕达哥拉斯为标志，几乎同时臻于成熟，都追求真、善、美的统一，而精神旨归却大异其趣。

吴公子季札到鲁国观乐，他对所歌各国风雅颂几乎都加赞“美”，对其善却评价不一，还根据各国诗乐预言其国运兴衰，表现了真、善、美相区别又相联系、追求真善美统一于现实社会的思想。儒家特别重视美和善的区别和联系，孔子赞赏“尽善尽美”、孟子提出“充实之谓美”、荀子认为“无伪则性不能自美”，他们都主张真、善、美统一于“修身、齐家、治国、平天下”。道家的老子似乎把真、善、美都否定了，他说“绝圣弃智，民利百倍；绝仁弃义，民复慈孝”，其实并非否定道德和智慧，而是主张以愚民治国，所谓“常使民无知无欲，使夫智者不敢为也，为无为，则无不治”。他倡言“上善若水”，就是一种道德观和美、善统一观，又是一种以柔弱胜刚强的智慧和谋略。他又说“信言不美，美言不信。善者不辩，辩者不善”，也并非真的否定美，或认为真、善、美无法统一，而是尖锐批判当时社会中广泛存在的美与真、美与善脱离甚至背离的现象，其真实目的不正是要发展真、善、美吗？所以刘勰指出：“老子疾伪，故称美言不信；而五千精妙，则非弃美矣。”可见春秋战国诸子是一些在社会纷乱中以天下为己任、主张尊德重民的思想家，追求真、善、美统一于现实世界。他们相信“夫民，神之主也”，将国运不系于神而系于德，以美德之政使民众归心。后世曹丕所谓“盖文章，经国之大业，不朽之盛事”，白居易所谓“文章合为时而著，歌诗合为事而作”，李渔所谓传奇三美“曰情，曰文，曰有裨风教”，顾炎武所谓文须“有益于天下，有益于将来”，都是对这种传统的弘扬。

古希腊人则把哲学和科学看作同一个范畴，其美学大家几乎都是职业哲学家和科学家。毕达哥拉斯创立的学派，在数学上取得了诸如发现勾股定理、黄金分割律等成就，美也被归结为数的和谐与比例。他进而将数神秘化，斥可见的世界为虚幻，认为不具时间性的纯粹的数是万物的本原，真、善、美统一于神秘的数。罗素在《西方哲学史》中评述说：“数学与神学的结合开始于毕达哥拉斯，它代表了希腊的、中世纪的以及直迄康德为止的近代的宗教哲学的特征。”柏拉图继承了毕达哥拉斯的神秘主义，认为尘世的美只是对上界真正的美的摹本，只有少数灵魂不曾习染尘世罪恶的人能在迷狂状态中回忆起上界真正的美。真、善、美就统一于神秘的理念和上界。后来罗马的普洛丁明确讲，真实就是美，善在美的后面，“神才是美的来源”。奥古斯丁则把柏拉图主义改造成为基督教的哲学论证，服务于神学教义。

中华春秋战国诸子还对殷周以来逐步形成的一系列美学范畴如文与质、礼与乐、和与同等，加以丰富和发展，对真、善、美统一进行了多层面的阐释和多样化的表达。孔子说“言之无文，行而不远”，又说“质胜文则野，文胜质则史。文质彬彬，然后君子”，就侧重从内容和形式并重的层面阐释了真、善、美的统一。后世画论的形神兼备、文论的文道统一、乐论的声情并茂等，都是这种文质统一观的传承。因而在中华艺术发展史上，形式主义美学很少居于主导地位。

古希腊美学在把神当作真、善、美的本原，把尘世的美斥为虚幻的同时，又为后世形式主义美学的发展埋下了种子。中世纪末期的圣托马斯·阿奎那就说，“每一个事物凭它所特有的形式就是善的和美的”，“美属于形式因的范畴”。到18世纪英国经验主义美学，博克认为“美的外形很有灵效地引起某种程度的爱”。德国古典哲学大家康德则提出“自由美”，它“不以对象的概念为前提”而“单纯依形式而判断”。

古希腊延续约六百五十年就灭亡了，但古希腊美学提出的真、善、美统一的思想成为西方美学的重要传统，直到西方现代主义和后现代主义出来才遭到了颠覆。而中华文明则是世界唯一延续至今并仍然拥有强大生命力的古老文明。先秦美学提出的真、善、美统一的思想在后世持续传承和发展，马克思主义中国化更使之升华到一个新阶段。在今天，中国最根本的真是社会主义能够强国富民的真理和中国尚处于社会主义初级阶段的真实，最大的善是实现中华民族伟大复兴、推动世界和平与发展，最高的美是人民创造历史的中国故事和中国奇迹，而它们统一于十三亿人民在中国特色社会主义道路上实现民族复兴的伟大奋斗。

二、中华美学精神的特色是崇尚崇高之美

中华民族对崇高很早就心怀敬仰。《诗经·大雅》吟咏“崧高维岳，骏极于天”，是对大自然的崇高的礼赞。春秋时期各诸侯国竞相建筑宏伟而精美的台榭，以“土木之崇高、彤镂为美”。崇高在春秋末期被表述为“大”，含义也更加深广。季札观乐时称赞《韶》：“德至矣哉，大矣！如天之无不帱也，如地之无不载也。”孔子也说过：“大哉尧之为君也！巍巍乎！唯天为大，唯尧则之。”

战国时期，孟子进一步说：“充实之谓美，充实而有光辉之谓大。”庄子则说尧、舜在一起讨论过“美”和“大”，并概括说：“夫天地者，古之所大也，而黄帝、尧、舜之所共美也。”就是说，“大”也是美，一种高层次的美。庄子进而提出“大美”，说“天地有大美而不言”。

“大”和“大美”都指崇高之美。至高无上的天地有崇高之美，万民景仰的黄帝、尧、舜也有崇高之美，因为这些圣人的道德境界如天之无所不覆、地之无所不载一样伟大高尚。而“人皆可以为尧舜”，所以，对崇高之美的推崇是中华美学精神的普遍要求和突出特色。

（一）崇尚崇高之美，造就中华美学精神自强不息、厚德载物的独特气质

古希腊亚里士多德说过：“美要倚靠体积与安排”，“一个非常大的活东西，例如一个一千里长的活东西，也不能美，因为不能一览而尽，看不出它的整一性”。然而，《庄子·逍遥游》却描述：北冥有鲲，化而为鹏，“鹏之背，不知其几千里也。怒而飞，其翼若垂天之云”，“水击三千里，抟扶摇而上者九万里”。庄子又说鲲鹏虽然大、飞得也很高，但还不符合他的理想，因为鲲鹏背负青天需要凭借厚达九万里的风。庄子要达到的“逍遥游”，是要顺着天地的本性，驾驭自然六气的变化，自由地遨游于无限的时空，而无须任何依赖。

亚里士多德以有限的视野直观具体事物的美，庄子则以天地为对象，自由地“独与天地精神往来”，不仅把握“天地之大美”，而且修为自身的大美。这与孔子的“唯天为大，唯尧则之”“仁者乐山，智者乐水”或“岁寒，然后知松柏之后凋也”可谓异曲同工。所以，中华美学的崇高之美关键不在对象外在的体积与安排，而在“天地大美”与“万物成理”相互映发的大境界。把握这种大境界，需要“登山则情满于山，观海则意溢于海”的大视野、大自由，需要熔感觉和想象、认知和体验于一炉的大智慧大襟怀，最终获得心灵体悟的丰收和自身修为的提升：这正是崇高之美的魅力所在。

“天地之大美”既是对大自然崇高之美的总括，也指明崇尚大自然崇高之美所要体悟和获取的两种高尚品质和精神力量，亦即《周易》所谓“天

行健，君子以自强不息”和“地势坤，君子以厚德载物”。

“天行健，君子以自强不息”，概括天之“大美”在于天的运行刚强劲健、永不止息，君子应加以效法，始终志存高远、奋发进取。中华美学在“独与天地精神往来”中，“观古今于须臾，抚四海于一瞬”，到处发现着“天行健”崇高之美丰富多样的表现，获取着自励、励人自强不息的精神力量。面对奔流不息的江水，孔子说“逝者如斯夫！不舍昼夜”，激励人们珍惜时光，努力进取；面临老之将至，立志统一大业的曹操发出“老骥伏枥，志在千里；烈士暮年，壮心不已”的豪唱；遭遇政治挫折的李白，坚信“长风破浪会有时，直挂云帆济沧海”。无论境遇逆顺，都始终志存高远；无惧征途艰险，都始终一往无前：这正是“天行健”赋予中华民族“俱怀逸兴壮思飞，欲上青天揽明月”的乐观自信的大气魄，“黄河西来决昆仑，咆哮万里触龙门”的排山倒海的大力量。中华美学的这种精神气质，不仅使中华文化在发展中高峰迭起、长盛不衰，而且使中华民族历经劫难而不倒、千锤百炼更坚强。

“地势坤，君子以厚德载物”，概括了大地崇高之美在于它厚实和顺、广阔无垠、容载万物，君子应当由此体悟和培养宽厚的美德和恢宏的气度，勇于开放和乐于包容。这种大境界有如“敕勒川，阴山下。天似穹庐，笼盖四野”那大草原的广阔无垠，有如“大漠孤烟直，长河落日圆”那大沙漠的雄浑壮阔，有如“上有六龙回日之高标，下有冲波逆折之回川”那大山脉的雄壮奇伟。大地崇高之美的大境界培育了中华民族“会当凌绝顶，一览众山小”的大视野，乐于包容万物、不断增厚美德的大襟怀。

所以，中华民族能够在东汉接纳外来的佛教，而祆教、摩尼教、伊斯兰教、景教等也在汉唐时期先后进入中国。汉代派遣张骞出使西域，开拓陆上丝绸之路，沟通不同文明间的文化交流。唐朝派遣高僧玄奘西行印度学习佛经、鉴真东渡日本传播佛经；佛教逐渐吸纳儒家、道家思想而在中国本土化，成为中华文化的一个重要基因。明代派遣郑和七下西洋，谱写了不畏艰险、跨越重洋、和平交往的英雄史诗，开辟了远至非洲东海岸和阿拉伯海的海上丝绸之路。

（二）崇尚崇高之美，培育中华美学精神爱国爱民的独特风骨

中华美学认为“天地有大美”，人的社会实践也有“大美”，重民爱民和爱国主义就是人的崇高之美的核心。古人很早就提出“民为邦本，本固邦宁”。春秋战国时期，对民的重视成为诸子共识。老子说“圣人恒无心，以百姓之心为心”；孔子提倡“泛爱众而亲仁”；墨子主张“兼爱”；孟子强调“仁者爱人”，等等。诚然，他们对民的重视并非站在人民的立场，而是从巩固统治的需要出发，所以老子和孔子都明确表达过愚民的思想，这是他们的局限。但是，他们把对人民的态度与社会安宁、国家命运相联系，具有历史的进步性。重民爱民和爱国主义因此成为社会的崇高之美。

这种崇高之美，首先体现在以民为本的天下观及人生态度上。孔子提出“大道之行也，天下为公”，这非常了不起。孟子说出“民为贵，社稷次之，君为轻”这样石破天惊的话，也需要很大的勇气。他还对齐宣王说：“为民上而不与民同乐者，亦非也”，“乐以天下，忧以天下，然而不王者，未之有也。”孔、孟这种胸怀和作为，就是崇高的。“天下为公”，后来成为明末清初王夫之、黄宗羲等和清末孙中山批判封建制度的武器，对今天反腐倡廉仍然有其现实意义。而“乐以天下，忧以天下”成为中国文人代代相传的高尚情操；关心民瘼、忧国忧民成为中国文艺的一个崇高主题。杜甫的“三吏”“三别”，被世人誉为“诗史”，他的“穷年忧黎元，叹息肠内热”“朱门酒肉臭，路有冻死骨”等名句传诵千古。

这种崇高之美，还体现在把国家和人民利益放在首位的公私观及高尚德操上。《尚书·周官》说“以公灭私，民其允怀”，即要公忠为国，民众才会心悦诚服。《左传》又说“公家之利，知无不为”，即有利于国家的事，知道了就要尽心尽力去做。春秋战国诸子大都把为国为民视为公，要求

“致忠而公”“公而忘私”。也有把“公”表述为“义”的，如墨子说“义，志以天下为芬”，认为义就是立志把天下的事作为自己分内的事。

孟子还提出了“浩然之气”的美学命题。那是“至大至刚，以直养而无害，则塞于天地之间”的一股正气，是“配义与道”“集义所生”、发自内心的一种志气。养成这种正气、志气，就能在任何情况下都有骨气坚守自己的气节和信仰，“富贵不能淫，贫贱不能移，威武不能屈”，甚至不惜牺牲自己的生命。这正是中华美学崇尚崇高之美所激发的极为强大的精神力量。

孔子说：“志士仁人，无求生以害仁，有杀身以成仁。”孟子说：“生亦我所欲也，义亦我所欲也；二者不可得兼，舍生而取义者也。”民族英雄文天祥在被元军杀害前曾留下绝笔：“孔曰成仁，孟曰取义，惟其义尽，所以仁至。读圣贤书，所学何事？而今而后，庶几无愧。”对崇高之美的崇尚，使中华民族公忠公勇的高尚德操代代相传，无数志士仁人的铮铮铁骨和坚贞气节为历史存正气、为世人弘美德，诠释和培育了中华美学独特的精神风骨。

三、中华美学精神的品格是辩证地推动真、善、美不断发展

中华美学把发展理解为真、善、美自身的本性，尊重真、善、美发展的客观辩证法，努力运用辩证的方法推动真、善、美的发展。

（一）以和合之道促进真、善、美发展

西周末年史伯提出“和实生物，同则不继”，即不同的东西彼此相和才能生出新的事物，如果所有的东西都一样，就不再发展了。孔子也强调“君子和而不同，小人同而不和”。中华美学正是以这种和合之道来顺应和促进真、善、美的发展：肯定美的存在的多样性，到处发现着自然的美、

生活的美和心灵的美，而它们并行不悖、相映增辉。承认不同事物相生相成，在对立统一中发展变化，因而对于真、善、美的探索可以有不同的途径、态度和见解，道家可以强调“道法自然”“清静无为”而偏重“出世”，儒家可以强调以“仁”为本、“修齐治平”而积极“入世”。这种包容使诸子百家及后世学子得以博采众长、融通创新，如孟子的“穷则独善其身，达则兼善天下”、范仲淹的“居庙堂之高则忧其民，处江湖之远则忧其君”，就在儒家观念基础上对道家思想有所吸收，对中国文人的人生态度和心胸襟怀产生了深远影响。提倡艺术美创造的多样性，尊重不同的风格流派和创作方法，现实主义和浪漫主义成为两大艺术潮流，从《诗经》和《楚辞》发端，到唐代李白和杜甫，到宋词“合十七八女孩儿执红牙拍板，唱‘杨柳岸晓风残月’”的婉约派和“须关西大汉，执铁板，唱‘大江东去’”的豪放派，到明清小说《水浒传》《三国演义》《红楼梦》和《西游记》《聊斋志异》，都取得了杰出的艺术成就。

（二）在战胜假、恶、丑的进程中发展真、善、美

老子说：“天下皆知美之为美，斯恶已；皆知善之为善，斯不善已。”美丑在比较中得以显现，在斗争中得到发展和转化。事实上，中华美学史贯穿着克服假恶丑、发展真善美的主张和实践。如六朝绮艳之风，它讲求对仗、声律，但视野狭小、情思萎弱、片面追求形式美。这种风气到初唐仍然影响巨大，成为文学健康发展的障碍。在唐朝建立的第一个三十年，连唐太宗君臣都站出来反对浮靡文风；到第二个三十年，有初唐“四杰”出来批判仍然盛行的绮艳诗风；第三个三十年，又有陈子昂等人出来批判绮靡诗风。但直到盛唐时期，李白、杜甫等才开创了一个风骨声律兼备的崭新局面，在诗坛彻底扫除绮靡之风，使唐诗登上了艺术巅峰。又经过安史之乱，韩愈、柳宗元等兴起“古文运动”，文起八代之衰，创造出一种畅达明朗、便于“明道”又实用的新型散文，才结束了脱离生活、僵化死

板、华而不实的骈文对文坛的长期统治。

（三）以与时俱进的精神推动真、善、美发展

《周易》说："日新之谓盛德。"所以要"终日乾乾，与时偕行"。中华美学认为真、善、美也是发展的，必须以与时俱进的精神加以推动。刘勰说："歌谣文理，与世推移"，"文变染乎世情，兴废系乎时序"。一部中国古代文学史，不就是由先秦散文、汉赋、唐诗、宋词、元曲、明清戏剧小说构成的与时俱进、奇峰迭起的艺术美发展史吗？自新民主主义革命到今天，中国的文艺史在继承传统的基础上不断谱写出新的光辉篇章。正是在真、善、美与时俱进的发展中，中华美学精神因鲁迅精神、延安精神等的辉耀而更加神采奕奕，因鼓舞十三亿中国人民创造艳惊世界的具有历史新质的真善美而更加光芒万丈。我们坚信，站在新的历史起点上传承和弘扬中华美学精神，一定能更加切实地践行社会主义核心价值观，有力地推动社会主义文艺大发展，使中华民族向上向善的道德境界和精神力量代代相传，为实现中华民族伟大复兴的中国梦做出应有的贡献。

中华美学精神的理论定位及其功能特性

上海交通大学文艺理论与文艺批评研究
中心主任、教授、博士生导师　马龙潜

习近平总书记在文艺座谈会上提出的“中华美学精神”，是中国美学史乃至人类文化史上一个全新的概念，它所概括的是一种新的美学结构体系和新的审美文化观念。它的产生既是中华优秀传统文化和马克思主义思想体系历史地和逻辑地发展的必然结果，也是马克思主义的文化基本观念及其文化结构体系发展到现时代，在“实现中华民族伟大复兴的中国梦”这个新的历史条件下所呈现出的一种新的形态。

一

对于“美学”或“文化”的概念尽管有各式各样的定义和理解，但其作为人类社会生活的产物，要依人类社会的发展而变化和发展的基本含义，还是为人们所基本认同的。实际上，当我们在探讨一个抽象、普遍、理论意义上的美学或文化概念的时候，已经在把它们融入各个不同的地域、民族和时代的背景之中，已经在面对各种具体、特殊、实践意义上存在的美学或文化了。在这个意义上我们说，抽象的、一般的、亘古不变的美学或文化是不存在的，存在的只是具体的地域、民族和时代的美学或文化，以及由它们所汇成的流传不绝的美学或文化的历史长河。人们一般所说的东方美学和西方美学、传统文化和现代文化等等，都说明了这一点。今天，我们探讨中华美学精神，就是在当代社会主义中国这个具体的地域、民族和时代的背景中，在当代世界美学或文化发展的总体格局中，从中国特色社会主义这个新的社会结构和经济事实出发，来研究由它们所规定的中华美学精神的本质特性。

中华美学精神具有什么本质特性，这是中华美学精神研究最核心、最基础的问题。中华美学精神是包容在中国特色社会主义文化这个广阔的领域之中的，那么它的性质是由什么所规定的呢？习近平总书记所提出的建设社会主义核心价值体系的重大战略任务，就是对此所做出的明确回答。何谓社会主义核心价值体系？习近平总书记在党的十八大报告中指出："社会主义核心价值体系是兴国之魂，是社会主义意识形态本质的体现。要牢牢掌握意识形态工作领导权和主导权，坚持正确导向。"这就明白无误地告诉我们：社会主义核心价值体系的本质，是由社会主义意识形态的本质所具体规定的。这个根据中国的国情、民情和当代中国文化事业发展的实际所做出的论断，是对社会主义意识形态在当代中国文化结构体系中，在中华美学精神的整体框架中核心和主导地位的肯定。

坚持马克思主义的文化意识形态理论，倡导社会主义核心价值，确立社会主义意识形态在当代中国文化整体结构体系中的基础和核心地位，进而全面把握由不同文化形态、不同意识形式要素所共同构成的这个体系的整体结构特性，这是建设和繁荣中国特色社会主义文化，传承和弘扬中华美学精神的学术之根本和历史之必然。马克思在划分各种社会和文化现象类别的时候，把由经济基础及物质层面、社会存在层面所决定的观念上层建筑及精神层面的内容，提升和凝聚为"社会意识"这一综合的范畴。作为与社会存在相对应的范畴，社会意识包括了构成人的全部社会精神生活及其过程的各种意识和观念要素，是由个体意识到群体意识，由社会心理到社会意识形态的众多思想、观念序列纵横交错的动态网络结构。这种抽象、普遍、理论意义上的社会意识，通过一定社会的政治、经济、文化的综合运动过程，一旦成为具体、特殊、实践意义上的该社会的观念上层建筑之后，它就会成为其文化构成中的核心和主体。人类社会发展史上，从奴隶社会、封建社会到资本主义社会的各种基本社会类型及其意识形态的更迭、文化格局的演进，都证明了这一点。同样，马克思主义在中国的传播和马克思主义中国化的过程，也遵循着这一客观规律。它伴随着中国共产党领导全中国人民从新民主主义革命、社会主义革命和社会主义建设到社会主义改革开放所经历的伟大历史实践，呈现出从作为无产阶级革命斗争学说的社会意识形态，到成为社会主义中国的社会主义意识形态这样一个运动过程。马克思主义中国化即中国特色马克思主义在当代中国的确立和发展，使社会主义意识形态成为反映当代中国社会主义经济形态及其所决定的政治制度，并体现作为统治阶级的无产阶级及其所代表的广大人民群众利益的观念上层建筑，并因此而形成了一个能够包容中华民族不同地域和文化背景的整体文化结构体系和总体文化格局。显然，社会主义意识形态与包括中华美学精神在内的中国特色社会主义文化是一个辩证统一的整体，这决定了中国特色社会主义文化和中华美学精神格局的多样统一性。从一个方面看，中国特色社会主义文化和中华美学精神的基本性质和发展方向，只能由作为占统治地位的社会主义意识形态来决定，它们必须坚持马克思主义文化基本观念的指导，这是其统一性的一面。从另一个方面看，作为占统治地位的社会主义意识形态所同时承担的特殊文化形式和一般文化传统的角色，又内在地要求自己时刻关注世界文化总体格局的发展，不断汲取中外优秀传统文化的滋养，这又体现了其开放性和丰富多样的特点。可见，那种把社会主义意识形态排除于当代社会文化的总体格局和结构体系之外，试图找到一种“纯文化”“纯美学”的观点和做法，显然背离了意识形态与文化发展对立统一的辩证法。

二

中华美学精神并非一种抽象的理论规定的结果，而是具体存在于中国特色社会主义文化的整体结构中，存在于社会主义改革开放的伟大实践中，是通过它所发挥的独特功能和作用得以确认的。从意识形态在文化整体结构中的核心地位看，作为意识形态诸形式的艺术、道德、政治和法律思想、哲学和宗教等，是这种功能结构的最集中、最深刻、最全面的表现。它们对经济关系的反映和反作用要以特定的政治关系为中介。毛泽东在《新民主主义论》一文中曾对文化与政治、经济的关系有过这样的论述："一定的文化（当作观念形态的文化）是一定社会的政治和经济的反映，又给予伟大影响和作用于一定社会的政治和经济；而经济是基础，政治则是经济的集中表现。"①这对我们理解文化的功能结构特性具有方法论的意义。随着历史条件和政治、经济关系的变动，邓小平根据毛泽东所确立的基本思想原则，对这个问题做出了具有时代特征的新的概括和更为详尽的说明。对于文艺与政治的关系，他说："我们坚持'双百'方针和'三不主义'，不继续提文艺从属于政治这样的口号，……但是，这当然不是说文艺可以脱离政治。文艺是不可能脱离政治的。任何进步的、革命的文艺工作者都不能不考虑作品的社会影响，不能不考虑人民的利益、国家的利益、党的利益。"②同毛泽东、邓小平的文化思想一脉相承，习近平总书记也是以意识形态为核心、为中介来揭示文化的本质特性的。但由于时代所提供的理论条件的差异，他的文化思想又表现了理论形态上的独特性，从而在不同的历史阶段和历史条件下，赋予了马克思主义意识形态理论以新的内涵。在文艺座谈会上，习近平总书记对社会文化结构中意识形态的主导作

① 《毛泽东选集》第 2 卷，第 663—664 页。

② 《邓小平文选》第 2 卷，第 255—256 页。

用做出了新的阐释:“文艺事业是党和人民的重要事业,文艺战线是党和人民的重要战线。……文艺要反映好人民心声,就要坚持为人民服务、为社会主义服务这个根本方向。……广大文艺工作者要高扬社会主义核心价值观的旗帜,把社会主义核心价值观生动活泼、活灵活现地体现在文艺创作之中,用栩栩如生的作品形象告诉人们什么是应该肯定和赞扬的,什么是必须反对和否定的。”从这些论述中可以看出,由于特定社会的人与人之间的经济关系,必然或隐或现地体现为人与人之间的政治关系。因此,以中华美学精神诸意识形态形式为基本内容的社会主义文化结构,也就必然要把自己的视野放在以政治为主导的现实生活中,把人与人之间的政治关系作为自己直接或间接的反映对象。不带任何政治色彩,完全脱离政治的社会文化是不存在的。社会文化反映和反作用于经济基础要以特定历史阶段的政治为中介的理论,构成了文化功能整体结构的基础层面,是我们全面把握中华美学精神功能特性的理论基础。

在文化功能的整体结构中,除意识形态诸形式所集中表现的反映政治关系的主导功能之外,还包括其他各种意识形态和各种意识、观念因素对社会生活实践的不同领域和侧面的反映。现实生活中的风土人情、生活习俗、文化传统、心理结构等众多文化的生长点,虽不能简单地归属于阶级和经济的范畴,但都是社会文化整体结构不可或缺的组成部分,是中华美学精神丰富性的体现。社会主义的历史和实践告诉我们,仅从经济制度、政治制度和社会生产力诸方面还不足以说明社会主义的本质,社会主义还必须有一个本质特征,就是以马克思主义为指导的中国特色社会主义文化。对于中国特色社会主义文化的作用,习近平总书记做了这样的阐述:“我们要通过文艺作品传递真善美,传递向上向善的价值观,引导人们增强道德判断力和道德荣誉感,向往和追求讲道德、尊道德、守道德的生活。”

习近平总书记还在关于树立社会主义核心价值观的一系列论述中,进一步揭示了社会文化整体结构的丰富性和复杂性:“文艺不能在市场经济大潮中迷失方向,不能在为什么人的问题上发生偏差,否则文艺就没有生命力”,“……文艺不能当市场的奴隶,不要沾满了铜臭气。”这就告诉我们,在以中华美学精神诸意识形态形式为基本内容的社会文化结构中,既包括有明显意识形态属性的因素,也包括那些不属于严格意义上的意识形态范畴的因素,正是这二者的融会和结合,才形成了中国特色社会主义文化的整体结构。充分发挥中华美学精神的独特作用,重视各种因素在文化整体结构中的地位和价值,全面反映丰富多彩的现实生活以满足人民群众精神生活多方面的需要,更好地发挥以意识形态功能为基础和主导的社会文化的整体功能,这正是中国特色社会主义文化发展的内在要求。这一从中国改革开放的特殊历史条件和历史任务出发所提出的课题,极大地丰富了中国特色社会主义文化的本质内涵,开阔了人们的文化视野,是对马克思主义文化理论学说的一个贡献。

三

中华美学精神植根于中华民族源远流长的“民本”思想之中,以儒家思想为主流的中国古代文化观念,由于自孔子以来就特别注重人事,所以“民本”的观念古已有之。以民为本,注重人与社会的和谐,作为儒家的美学理想已深深地熔铸在中华民族的心理结构之中。在悠久的中华优秀传统文化发展的历史长河中,中国特色社会主义文化无疑是一个新的历史阶段开始的标志,以人民为本位的文艺观的确立正是传承和弘扬这种中华美学精神,开启一个新的美学时代的必然结果。这正如习近平总书记所说:“中华优秀传统文化是中华民族的精神命脉,是涵养社会主义核心价值观的重要源泉,也是我们在世界文化激荡中站稳脚跟的坚实根基。要结合新的时代条件传承和弘扬中华优秀传统文化,传承和弘扬中华美学精神。”

以中华美学精神为底蕴的中国特色社会主义文化是建立在文化与人民的关系这一基础之上的，而文化的功能最终要通过广大人民群众的社会实践活动得以体现并受到检验。文艺与人民的关系问题，在习近平总书记那里被具体化、现实化为文艺与社会生活、文艺工作者与广大人民群众的关系问题，并把创造生活的人民大众放在了核心和主导的地位，总书记因此而提出了“人民是文艺创作的源头活水，一旦离开人民，文艺就会变成无根的浮萍、无病的呻吟、无魂的躯壳。……能不能搞出优秀作品，最根本决定于是否能为人民抒写、为人民抒情、为人民抒怀。要虚心向人民学习、向生活学习，从人民的伟大实践和丰富多彩的生活中汲取营养”的论断。这里的“人民是文艺创作的源头活水”，是从文艺表现的对象方面讲文学艺术为什么要为人民服务的问题；而这里的“能不能搞出优秀作品，最根本的决定于是否能为人民抒写、为人民抒情、为人民抒怀”，则是从文艺主体方面讲文学艺术家应该站在什么立场上，以什么样的世界观来对待人民群众，来反映现实生活的问题，并把这一点作为文艺与人民关系的主导方面。面对相同或相近的客观现实生活，由于文学艺术家的立场不同，对待生活的态度不同，他所把握和反映的内容也就不同。只有那些与人民的命运息息相关的文学艺术家才能真实地反映现实生活，揭示历史发展的本质和规律。

在这里，习近平总书记确立了从意识形态的建构实践方面提出问题和解决问题的思想路线，以及在客体结构与主体结构、客观性与主体性的辩证统一中来把握文艺与人民的关系的方法论原则。在客体结构方面，习近平总书记强调了由社会主义的经济、政治关系所规定的社会主义文艺的性质和内容：“文艺是时代前进的号角，最能代表一个时代的风貌，最能引领一个时代的风气。实现‘两个一百年’奋斗目标、实现中华民族伟大复兴的中国梦，文艺的作用不可替代，……广大文艺工作者要从这样的高度认识文艺的地位和作用，认识自己所担负的历史使命和责任，坚持以人民为中心的创作导向，努力创作更多无愧于时代的优秀作品。”在主体结构方面，习近平总书记突出强调了文学艺术家的历史选择和自由创造，提出文艺的主体性建构的实质是如何做到以“为人民抒写、为人民抒情、为人民抒怀”为出发点，坚持“对人民，要爱得真挚、爱得彻底、爱得持久，就要深深懂得人民是历史创造者的道理，深入群众、深入生活，诚心诚意做人民的小学生。……要把满足人民精神文化需求作为文艺和文艺工作的出发点和落脚点，把人民作为文艺表现的主体，把人民作为文艺审美的鉴赏家和评判者，把为人民服务作为文艺工作者的天职”的基本原则。正是在这种文艺主客体的关系结构中，习近平总书记站在新的时代的高度，揭示了文艺与社会生活关系的本质是文艺与人民的关系，强调文学艺术家与人民群众的联系最根本的是与他们情感的沟通和心理的交融，并因此而形成了文学艺术要以人民群众的社会心理为中介反映现实生活，发挥其认识社会和道德教育作用的中国特色社会主义文化整体功能的理论。这是中华美学精神在现时代的理论升华，也是中国特色社会主义文化理论的一个创新。

当然，文学艺术以人民群众的社会心理为中介反映社会存在，并不是去对群众的自发心理做照相式的描绘，甚至去迎合某些不良的心理倾向。习近平总书记对文学艺术家们所提出的“艺术的最高境界就是让人动心，让人们的灵魂经受洗礼，让人们发现自然的美、生活的美、心灵的美。……文艺是铸造灵魂的工程，……好的文艺作品就应该像蓝天上的阳光、春季里的清风一样，能够启迪思想、温润心灵、陶冶人生，能够扫除颓废萎靡之风”的要求，就是对中国特色社会主义文艺要站在社会主义审美理想的高度，对普遍的社会心理现象进行提炼、加工和改造，使之上升为既有深刻的理性内容又符合群众审美习惯的审美意识，从而使群众的心理和行动更加自觉的本质规定。因此，重视文化结构体系中社会心理的地位和作用，强调社会主义文化要以广大人民群众的社会心理为中介反映社会生活，以发挥其认识社会生活和道德教育的功能，就成为其文化功能论的又一重要内容。社会心理是由一定社会的经济基础和政治制度决定的，同时又与一定的文化传统和一定的孕育成长着的新意识形态相联系。它是一种在特定的历史时期，在一定的阶级和社会阶层中普遍存在的自发的精神状态，包括各种情绪、愿望、要求、信念、道德风尚和审美趣味等。社会心理的独特性质和地位，使它往往成为重要的文化生长点，并潜移默化地起着支配人们行为的作用。这就要求社会主义文化要对带有自发性的人民群众普遍的社会心理现象进行提炼、加工和改造，使之上升为既有深刻的社会理性内容，又符合广大群众文化心理习惯的现代文化意识。中华美学精神以及社会主义文化功能的独特性，就在于它具有与人民大众的社会心理直接联系，与他们的情感和心灵沟通和交融的特点，具有对社会心理平衡、调节和规范的职能，从而使广大人民群众的心理和行为更加自觉、更能发挥创造历史的积极性和主动性，不断为实现中华民族伟大复兴的中国梦而努力奋斗。

彰显崇高之美

解放军装备学院原副院长、北京走进崇高研究院院长　贺茂之

习近平总书记在文艺工作座谈会上号召文艺工作者要以自己的作品“彰显信仰之美、崇高之美”。[①] 愚认为一切文化工作者，特别是中国共产党人，在努力实现中华民族伟大复兴中国梦的今天，都应响应总书记的号召，以自己的作品和言行彰显崇高之美。实现中国梦是伟大崇高的事业，崇高的事业需要崇高的精神；崇高精神需要崇高政党中的每一个分子率先垂范去彰显、去锻铸，同样需要广大文化工作者去践行、去弘扬。

崇高之美是中华美学精神的主体乃至核心

认识是行动的先导。不认识崇高就难以彰显崇高之美；而不认识崇高之美，就不能传承弘扬中华美学精神。

说起崇高，似乎高不可攀、遥不可及，好像是只有在特殊人群里才能发生的特殊行为，竟在一段时间有人把崇高当成调侃甚至讥讽的对象，实乃谬误。崇高就在你我的心里，崇高就在我们的身边，崇高就在我们正进行的事业中。不信吗？请看古今中外圣贤的高见与事实。

① 习近平 2014 年 10 月 15 日在文艺工作座谈会上的讲话。

《西汉书·杨震传》中曰:“崇高之位，忧重责深也。”[1]意思是说，在崇高的位置上，要有深重的忧患意识和高度的责任感;也可以说有高度的责任感和深重的忧患意识，就是崇高。古罗马美学家朗吉弩斯说:“崇高就是伟大心灵的回声。”[2]当代美学家王朝闻说，崇高就是时代精神和社会先进力量的体现。

我们老祖宗对崇高多有生动形象的阐述:孔子提倡的“志于道，据于德，依于仁，游于艺”[3]之君子人格，是崇高;孟子倡导的“富贵不能淫，贫贱不能移，威武不能屈”[4]之大丈夫气概，是崇高;宋代张载的“为天地立心，为生民立命，为往圣继绝学，为万世开太平”[5]之领袖担当，是崇高;民主革命先驱孙中山的“做大事，不要做大官”[6]和他的“法古今完人，养浩然正气”[7]，也是崇高;鲁迅先生的“我们自古以来，就有埋头苦干的人，有拼命硬干的人，有为民请命的人，有舍身求法的人……他们是中国的脊梁”，[8]中国的脊梁是当然的崇高。崇高远不止这些，无不彰显崇高之美，而无一不是中华优秀传统美德的体现，同时也当然是中华传统文化的精髓和脊骨。

我们老一辈无产阶级革命家，他们的信仰、他们的行为、他们的奉献，都是崇高的。中国共产党自诞生那天起，就向世界宣告了崇高的宗旨:“全心全意为人民服务。”九十三年的战斗历程是崇高，改天换地的伟大贡献是崇高，在这支队伍里层出不穷难以尽数的英模人物同样是崇高。他们都是中国共产党缔造者之一的伟大领袖毛泽东称赞的“一个高尚的人，

---

① 范晔《后汉书》卷五十四。

② 朗吉弩斯《论崇高》。

③《论语·述而》。

④《孟子·滕文公下》。

⑤《张子语录·语录中》。

⑥ 孙中山 1912 年视察山东时所说。

⑦ 孙中山 1923 年题字。

⑧《且介亭杂文》,《鲁迅全集》第 6 卷，人民文学出版社 1981 年版。

一个纯粹的人，一个有道德的人，一个脱离了低级趣味的人，一个有益于人民的人”[①]，这五种人无疑都是崇高的人。

无独有偶，习近平同志在任浙江省委书记时，“倡导树立五种崇高的情感”[②]：“邓小平同志的情怀感”“雷锋同志的幸福感”“孔繁森同志的境界感”“郑培民同志的责任感”“钱学森同志的光荣感”。他任总书记后又多次讲到崇高。在2013年4月28日接见全国劳动模范代表时讲“劳动最崇高”[③]。这既是对崇高的生动解读，又是对弘扬崇高精神的有力动员。

由此不难看出崇高就在我们心里，崇高就在我们身边，崇高就在我们的事业中。严昭柱同志在1994年第三期《求是》杂志发表的文章《崇高，社会主义文艺的美学追求》中就明确指出：“一切为社会主义现代化建设艰苦创业、无私奉献的思想和行为，一切全心全意为人民而勇于创新、知难而进、谦虚谨慎、清正廉洁、自强不息、励精图治的思想行为，就都是崇高的。”也正因此，我们认为：“崇高是真、善、美的境界”，“崇高是利他利众利社会”，“崇高就是全心全意为人民服务”，还可以说“崇高是人民公仆的代名词”；社会主义核心价值观的核心就是崇高；崇高的卓越风姿是：“纯真的情感，伟大的精神，高尚的行为，神圣的使命，诚实的劳动，无私的奉献，无形的规范，人类共同崇尚的美德，推动社会前进的动力；既体现在惊天动地的伟业上，又渗透到平凡实际的生活里，更凸显在天塌地陷的灾难中；一旦占有主导地位，就会释放出撼人心魄之光华，形成催人奋进乃至排山倒海之威力，锻铸真、善、美之辉煌”。这就是崇高内涵和外延的概括，这就是至极至美之崇高。

综上所述，不难看出中华优秀传统文化是崇高，共产党倡导的先进文化是崇高，人类共同崇尚的美德是崇高。这崇高之美怎么能不是中华美学

---

① 《纪念白求恩》，《毛泽东选集》第二卷，人民出版社1991年版，第660页。

② 《浙江日报》“之江新语”专栏2003年7月17日。

③ 习近平2013年4月28日接见全国劳动模范代表的讲话。

精神之主体和核心呢？试想，如果歪曲和淡化了崇高之美，那么中华美学精神何在呢？昭柱同志的大作《崇高，社会主义文艺的美学追求》其要旨也在这里。彰显崇高之美是文化工作者的当然职责，也是每个共产党人的毕生使命。

走进崇高是彰显崇高之美的保障

认识崇高，未必拥有；如何拥有，必须走进；走进崇高，才能拥有崇高。如何走进呢？为什么是走进崇高呢？

在理论界，对弘扬崇高精神，有“崇尚崇高”“走向崇高”“走近崇高”“重建崇高”等说法。自然各有各的道理。但我们还是认定“走进崇高”。

其理由：一是前文说到的崇高在我们心中、在我们身边，崇高在我们正在进行的事业中，怎么还不是走进呢？“崇高就是真、善、美之境界”，谁心里没有真、善、美的愿望和追求呢？追求的过程就是走进过程；“崇高就是全心全意为人民服务”，谁能不为人民服务呢？做到全心全意，也是走进崇高的过程；为国捐躯的英烈是崇高，“感动中国的人”和“最美的人”以及“时代先锋”“道德模范”也是崇高，前者虽然远去，但精神永活我们心中，而后者不就在我们身边吗？二是有马克思的名言明示：“人则懂得按照任何物种的尺度来进行生产，并且随时随地都能用内在固有的尺度来衡量对象；所以，人也按美的规律来塑造物体。”[①]马克思在这里实际上指明了人是按照真、善、美相统一的尺度来追求和创造理想对象和自身的。这个过程，无疑也是崇高的过程。这个过程是进而不是退。三是老祖宗早有断论：“逢善必进”“进德修业”，施善与增德都可用“进”，弘扬崇

① 马克思《1844年经济学哲学手稿》。

高精神怎么不能用“进”呢？四是时代的需要，扫除社会的负面现象和贯彻落实党中央培育社会主义核心价值观的号召，都需要我们拿出挺进的姿态弘扬崇高。故此，我们认定无论是崇尚崇高、追求崇高，还是弘扬崇高精神，均称为“走进崇高”。走进崇高，就是趋步进入真、善、美之境界，即彰显自身崇高，履行职责崇高，学习他人崇高，弘扬社会崇高，用崇高规范自身，研究崇高之道，鼓荡崇高之风，以实现人格优秀、社会和谐、祖国强盛、人类美好。大家知道，中国梦的内容是：国家富强、民族振兴、人民幸福，而走进崇高的目的“人格优秀、社会和谐、祖国强盛、人类美好”，不是与中国梦的内容高度契合吗？

彰显自身崇高，即挖掘、践行自己心灵中的崇高。让心灵里对真、善、美的追求占主导地位并变为实际行动，而且是自觉的行动、持续性的行动。“一个人做点好事并不难，难的是一辈子做好事，不做坏事。”[①]勇于担当是彰显自身崇高，助人为乐是彰显自身崇高，见义勇为是彰显自身崇高，公而忘私、先人后己、扶正祛邪、无私奉献都是彰显自身崇高。彰显自身崇高，就是自觉、主动、无怨而又无悔地效国为民、弘扬正气。这样，在自身进入崇高境界的同时，还创造着崇高的磁场。彰显自身崇高是走进崇高的核心内容。

履行职责崇高，即忠实履行岗位职责，把本职工作做到极致。俗话说：“三百六十行，行行出状元。”忠于职守、尽职尽责，自古皆然。孔子的“执事敬”[②]“事思敬”[③]“修己以敬”[④]，就是主张要精业、敬业。精业、敬业就是履行职责崇高。两弹元勋邓稼先、清洁工人时传祥、县委书记的榜样焦裕禄、肝胆外科专家吴孟超等等，都是履行职责崇高的典范。作

① 这是毛泽东1940年1月15日给吴玉章寿辰祝词里的话，参见毛泽东文集第二卷261页。

②《论语·子路》。

③《论语·季氏》。

④《论语·宪问》。

为作家、艺术家，就要“以人民为中心”，满怀赤诚地为人民服务，创作出歌颂人民的精品来，即习总书记要求的“思想精深、艺术精湛、制作精良”，在作品和言行上彰显崇高之美，这就是履行作家、艺术家的职责崇高；作为领导干部，当好人民的公仆，为人民鞠躬尽瘁，就是履行公仆职责的崇高；作为国家公务员，做到习总书记要求的“信念坚定，为民服务，勤政务实，勇于担当，清正廉洁”[①]，就是履行干部职责的崇高；作为人民教师，同样做到习总书记要求的“要有理想信念，要有道德情操，要有扎实学识，要有仁爱之心”[②]，就是履行教师职责的崇高。履行职责崇高是本分的崇高，能否履行职责的崇高，直接影响社会的崇高。履行职责崇高是走进崇高的重要内容。

学习他人崇高，即学习别人的崇高精神及社会上的崇高行为。著名美学家王朝闻曾有论断：“社会生活中的崇高是由具有崇高特性的对象表现出来的。”[③]走进崇高的重要途径之一，就是要向具有崇高特性的对象学习。榜样的力量是无穷的，而学习榜样的价值是无量的。当年学习雷锋的热潮遍及全国，随之而起的助人为乐之风饮誉全球。见贤思齐是中华民族的传统美德，也是共产党人倡导的自我提升的优良作风。人人学习崇高、拥有崇高，民族焉能不是崇高之民族？

弘扬社会崇高，就是积极参加社会公益活动，勇于投入弘扬正能量的工作。当今兴起的志愿者团队，各种形式的赈灾活动，每年一次的义务献血，以及敬老、助残、济困的义工队伍等，都是在弘扬社会崇高。更有国家表彰劳模先进，政府和媒体等开展各种评优、选美活动，无一不是大力度弘扬社会崇高。

用崇高规范自身。规范，通常是指对个人和组织行为的规定，以形成

---

① 习近平2013年6月28日在全国组织工作会议上的讲话。

② 习近平2014年9月10日在北师大的讲话。

③ 王朝闻主编《美学概论》。

一定的模式和规律。客体是规章制度或纪律和法规，主体则是人的言行举止。俗话说:“没有规矩，不成方圆。”要规范自身，首先要规范自心。明代学者杨继盛讲:“心为人一身之主，如树之根，如果之蒂，最不可先坏了心。”[①]当代伟人毛泽东的“世界观的转变，是一个根本的转变”[②]，也是讲的心灵规范的重要。用崇高规范，行为必定崇高;用卑下规范，行为自然卑下。作为人类灵魂工程师的作家、艺术家，用崇高规范自身尤为重要。没有崇高的思想，就不会创作出崇高的作品;心中没有崇高之光源，就永远难以彰显崇高之美。

研究崇高之道，即探索、研究具有崇高特性对象的做人之道、成才之道、成功之道，即准确找到其崇高的渊源及途径。这是学习和掌握崇高的有效途径。

鼓荡崇高之风，即采取各种方式宣传崇高人物的精神、行为及其渊源、途径和崇高之威力、魅力，使之成为沁人心脾、净化社会的浩荡之风。

走进崇高，涵盖方方面面。无论是彰显自身崇高，还是履行职责崇高，无论是弘扬社会崇高，还是用崇高规范自身，或是研究崇高之道，鼓荡崇高之风，不都是彰显崇高之美吗?走进崇高就是彰显崇高之美，而彰显崇高之美就要走进崇高。且不说全社会走进崇高，单就八千六百万党员走进崇高，难以数计的文化工作者走进崇高，我们九百六十万平方公里的国土上不就处处崇高了吗?那我们的国家该是个什么形象呢?

锻铸崇高形象是彰显崇高之美的目的

走进崇高的目的，是为了“实现人格优秀、社会和谐、祖国强盛、人类美好”，无疑体现了走进崇高研究院“传承创新崇高文化，锻铸彰显崇

① 杨继盛《赴义前一夕遗嘱》。

② 毛泽东在 1957 年 2 月发表的《关于正确处理人民内部矛盾的问题》。

高形象”的宗旨。锻铸彰显崇高形象，首先就是人的崇高形象，即优秀的人格。19世纪英国伟大的道德学家塞缪尔·斯迈尔斯曾说：“一个国家的前途，不取决于国库的殷实，不取决于城堡的坚固，也不取决于公共设施的华丽，而取决于这个国家国民品格的高下。”[①]习总书记特别重视国民品格的提升。无论是对各级领导干部“三严三实”的要求，还是对教育工作的高度重视以及对好老师确立的“四要”标准，或是对青年人的殷切期望及科学指导，都体现了他把培养优秀人格、提升国民素质放到了强国之本的位置。他在文艺座谈会上的讲话，也充分体现了这一思想。他说：“要把爱国主义作为文艺创作的主旋律，引导人们树立和坚持正确的历史观、民族观、国家观、文化观，增强做中国人的骨气和底气。”[②]只有具备坚实骨气和底气的中国人，才能建成具有豪气、大气的中国。这就是走进崇高的终极目的——锻铸国家崇高形象。彰显崇高之美也是如此。这就需要我们进一步认清中国的崇高之美：五千多年的文明历史是崇高的历史，中华优秀传统文化是崇高的文化，勤劳善良的中国人民是崇高的人民，中国共产党是崇高的政党，社会主义核心价值观是崇高的价值观，中华民族伟大复兴的中国梦是崇高的梦，而保障实现中国梦的中国道路、中国制度、中国精神、中国力量同样是崇高的！我们应该也必须坚定崇高的自信。而只有坚定这崇高的自信，才能由衷又全力地彰显崇高之美，也才能提高走进崇高的自觉，进一步锻铸、增强国家的崇高形象。

习总书记多次讲道：“只要中华民族一代接着一代追求美好、崇高的道德境界，我们的民族就永远充满希望。”[③]

① 塞缪尔·斯迈尔斯《品格的力量》。

② 习近平2014年10月15日在文艺工作座谈会上的讲话。

③ 习近平2013年11月26日在山东考察时的讲话。

论审美的时代精神

清华大学马克思主义学院副教授、赵沨艺术教育研究中心副主任　帅松林

我们并不想教条式地预见未来，而只希望在批判旧世界中发现新世界。

——马克思[①]

时代精神是一个社会形态中社会总体精神的集中体现，它具有鲜明的历史特征和时代特点，它随着社会形态的演变而演变，从而形成了社会进步时期的时代精神和社会没落时期的时代精神。但是，不论是进步时期的时代精神还是没落时期的时代精神，都必然是前一个时代精神的演变或反叛。因此，决定了时代精神所具有的严密的逻辑性和规律性，它是一个客观存在，它不能被创造，只能被发现，谁要想创造出一个时代精神，那便是最荒谬的。

纵观时代精神的形成、发展和演变，便不难发现，时代精神是一个由新的形态对旧的形态的不断扬弃过程。每一个社会形态都存在一个与之相适应的时代精神，因此，人们的思想、观念和审美意识都必然受其支配。由于人们的审美活动是受时代精神支配的，那么，审美审的就必然是其时

---

① 马克思:《摘自“德国年鉴”的信》,《马克思恩格斯全集》第1卷，416页，北京，人民出版社1965年版。

代之精神。

奴隶制社会的时代精神

原始社会阶段，人类曾经以血缘为纽带结成了巩固的氏族联盟，在这个联盟内，没有阶级、剥削和压迫，生存的本能使人们结成了团结协作、共产共生的原始共产主义生产、生活方式。可是，当超越氏族和氏族联盟之外，各氏族间争夺生存的征战却是异常的血腥，其残酷令人不寒而栗，处置战俘往往是吃掉或杀掉。只是随着生产力的不断发展，人类终于生产出了维持日常需要的物质，同时还有了相对的剩余，战俘的命运才发生了根本性质的改变，成了物质生产的“工具”。这种物质生产所带来的好处，又进一步刺激了部落的繁荣与发展，“战争以及进行战争的组织现在已成为民族生活的正常职能。邻人的财富刺激了各民族的贪欲，在这些民族那里，获得财富已成为最重要的生活目的之一。”①一旦某个氏族实现了对另一个氏族的征服，就把所征服的地区加以组织。此时，既不能把大量的新的氏族成员吸收到本氏族团体里来，又不能通过氏族团体去统治他们，就不得不设置一个替代物——国家行政机关。“氏族制度的机关便必须转化为国家机关……于是军事首长的权利变为王权的时机便来到了。”②由此，人类进入了一个超越血缘氏族社会，向着多血缘、多民族大合并的历史时期。

频繁的战争、繁重与落后的劳作、粗笨的武器与生产工具、保卫社稷与生存等社会活动，都无不要求当时的人们必须具备强健的体魄，以适应

---

① 恩格斯:《家庭、私有制和国家的起源》,《马克思恩格斯选集》第4卷，160页，北京，人民出版社1972年版。

② 恩格斯:《家庭、私有制和国家的起源》,《马克思恩格斯选集》第4卷，148页，北京，人民出版社1972年版。

这个大合并的“英雄时代”最基本、也是最高的社会要求。而“强力”无疑是奴隶制社会时代精神最核心价值的集中体现。

从这个奴隶制时代的神话、诗歌、雕塑、绘画、戏剧、建筑、乐舞、乐器等样式中，从那巨大石块堆砌而成的埃及金字塔中，从透露着狰狞令人不寒而栗的中国青铜器皿中，从一尊尊强健肌肉组成的古希腊人体雕塑中，我们都强烈地感受到奴隶社会“强力”时代精神的鲜明特征。而作为开创了奴隶制社会最具典范形式的古希腊民族，他们在审美上的非凡表现，至今仍然令后人无法企及。古希腊民族之所以能摘取奴隶制时代辉煌的艺术桂冠，一个重要的原因就是他们对“强力”时代精神的崇尚和把握。在他们的艺术作品中，充满着阳光、魁梧、刚毅、坚忍不拔之英雄气概的人体造型，无不反映着古希腊民族在把握“强力”时代精神上的审美能力。奴隶制社会的审美，审的就是“强力”这一时代精神，审的就是“强力”下那旺盛的生命力。而古希腊雕塑无疑是奴隶制“强力”时代精神的典范。

奴隶制社会这一“强力”时代精神，极大地鼓舞着“英雄时代”的人们义无反顾地跨越了血缘与地域的限制，向着多血缘、多民族的全新国家体制迈进，迎来了奴隶制历史的新纪元。然而，伴随着这一历史的到来，对财富的占有欲望也被激发起来，那些掌握着生产资料分配大权的统治阶级物欲之贪婪，不受任何限制地滋生起来，贪欲的膨胀势必建立在对奴隶的残酷压榨上。掌握着生杀大权的奴隶主们，生前不但以奴隶生命取乐，死后还要奴隶生殉、活葬以供阴间享用。“强力”这一曾推进社会进步的时代精神，逐渐演变成自身的对立面——反动的“暴力”时代精神。从古罗马的那充满淫荡的“浴室”文化和“斗兽场”上那血腥搏杀，无不见证着奴隶制走向腐朽没落的恶俗精神文化。这种以“暴力”为特征的没落时期的时代精神，绝不是人类文明进化的时代精神，尽管“暴力”作为当时的主流精神，但其反自然、反社会、反人类的反动特质，决定了它必将被追求社会进步的人们所唾弃。

残酷的剥削与压迫，势必引燃民众的反抗怒火。斯巴达克斯发起的欧洲最大一次奴隶起义沉重地打击了奴隶主阶级，加速了奴隶制的瓦解。而垂死的统治阶级为维护其旧制度，也采取了更为血腥的暴力镇压。在反抗奴隶主阶级的暴力斗争中觉醒起来的基督徒，则以另一种方式，开始了与“暴力”旧观念进行抗争。他们积极主张“仁爱”思想，传播“德行”新思想、新观念，开始了以德治暴的艰难的思想和观念的变革。而维护旧体制的统治阶级则对基督徒采取了从思想到肉体的消灭手段。

“教会的种子是由殉难者的鲜血做成的。”据史料记载：当审判官逐个问“你信耶稣吗？”基督徒们毫无畏惧地说“我信我主耶稣”，便立即被扔进饥饿许久的狮子群中，肉身被瞬间吞噬。旧体制阶级的血腥残暴镇压，并不能阻止基督徒们的信仰，为了心中那个崇高信仰，他们义无反顾地用自己的肉身践行“仁爱”信仰的追求。如此舍生取义之壮举，是何等令人敬仰！

“暴力”挽救不了奴隶制灭亡的命运，一切试图以刑杀、暴虐为威天下的旧阶级、旧制度，都必然要被真正的、更强大的“暴力”所击破。因为，“被统治者和被压迫者在任何时代都比统治者和剥削者多得多，所以真正的暴力总是在前者的手里”，[①]而“统治阶级和剥削阶级，无论它拥有多少‘直接的暴力’，都将被无情地消灭”。[②]在反抗“暴力”的斗争中孕育出“德行”“仁爱”的新思想、新观念，必将成为封建社会新的时代精神。

---

① 恩格斯:《反杜林论》,《马克思恩格斯选集》第 3 卷，218 页，北京，人民出版社 1972 年版。

② 恩格斯:《反杜林论》,《马克思恩格斯选集》第 3 卷，221 页，北京，人民出版社 1972 年版。

封建制社会的时代精神

铁器的出现和广泛使用，使一家一户的小农经济成为可能，建立新的封建社会生产关系已不可避免。新的生产关系在经历大规模的“百家争鸣”后呼之欲出，伟大思想家孔子率先提出“为政以德”的政治主张。然而，新思想、新观念为人们普遍理解和接受，还需要在现实中反复体验和领会，但这个前进的方向已不可逆转。

创建了封建帝制的秦王朝统治集团，抱住“刑杀为威天下”的“暴力”旧思想不放，以致“天下不乐为秦民”，在“伐天道，诛暴秦”的声讨中，终成为历史上最短命的王朝。同样，著名的“楚汉之争”，也在“以力假仁者霸”的悲剧和“以德行仁者王”的凯歌中落下了帷幕。以致号称“霸王”的项羽临死前仰天长叹：“此天亡我，非战之罪也。”这就是逆天道而行的必然结局，此时的天道是——“恃德者昌，恃力者亡”，“德行”成为新时代的法则，任何抱住“暴力”旧观念不放的逆历史潮流而行的旧势力，不管多么强大，都必然地要被“不施仁政，不能平治天下”的时代潮流所抛弃。从刘邦开帝王祭孔之先例，到董仲舒推行“独尊儒术”，表明了新生的地主阶级建立“德行”理想社会的强烈愿望。

长期的社会实践与历史和现实的教训，使得一些明智的地主阶级政治领袖顺应“德行”这一进步的时代精神，以“我无欲而民自朴”为自律，为大力倡导轻物欲、重俭朴的“德行”新风尚做出表率。而那些为维护封建社会秩序，遏制统治阶层的贪婪物欲，唤起全体社会成员对“德行”理想认同的一代又一代进步的士大夫们，更是以“先天下之忧而忧，后天下之乐而乐”为己任，自觉地为倡导和完善“德行”崇高理想，践行“德行”时代精神而不懈努力奋斗。

“德行”精神的核心就是弃物欲、尚简朴。孟子曰：“养心莫过于寡欲。”淮南子曰：“非淡泊无以明德。”倡导“德行”关键在约束统治阶级骄奢淫侈的剥削生活，树立轻视物欲的精神风貌，这对巩固小农经济的封建社会制度无疑具有重要的现实意义。

自魏晋以后，鄙视物欲、崇尚俭朴的“德行”精神通过淡雅的水墨线描文艺形式，使“德行”精神大放光彩：那一个个鄙视物欲高风亮节之神情风姿，那一幅幅清寒淡泊之水墨山水，那一帧帧清风傲骨之梅、兰、竹、菊，那一曲曲《高山流水》《渔舟唱晚》《秋江夜泊》之雅乐，那一首首千锤百炼诗穷而后工之诗词，无不穷尽时代精神之风采。正是历经了这般“德行”精神之锻造，形成了中华民族“先天下之忧而忧，后天下之乐而乐”的铮铮气节和崇高品格，使这泱泱民族在农业文明的历史阶段，不但物质生产上建造起其他民族无法逾越的超级强国，而且在精神生产上锤炼出其他民族无可企及的精神风貌。在华夏民族创建的整个封建文明的历史进程中，始终坚守着淡泊物欲、崇尚简朴的“德行”审美风尚，审美审的就是“德行”时代精神。

“德行”精神固然好，但让一个“内多欲”的统治集团在私有制体制下自觉实现“外施仁”而“利天下之民”的“德行”理想是徒劳的。历史的史实一次次表明：每当统治集团背离“德行”精神，大肆追逐享乐而导致民不聊生时，就必然受到民众的反抗乃至被推翻，至此新上台的统治集团才不得不接受“德行”的约束，但又总是待政局稍为稳定，国家财政稍微好转后，便再次背弃“德行”精神。

私有制下现实物欲的诱惑所激发的贪欲，势必与淡泊物欲、崇尚简朴的“德行”精神相冲突，于是，统治集团总是利用所控制的意识形态来为其贪欲做辩护。一方面借宗教的力量创立了用金钱赎罪的办法为其物欲大开方便之门；另一方面用“生死轮回”的人生观，把人们的注意力从痛苦的现实引向无法验证的来世，以隔世幸福为诱饵的廉价许诺，来缓和民众对现实不满的情绪。为此，他们不惜重金大兴寺庙，对百姓涌入寺院以求来世幸福的虔诚而壮观的场面自然是兴奋不已："吾坐致太平，夫复何事。"宗教给富人架起了通往享乐天堂的桥梁，而广大民众在统治阶级的愚民政策和"禁欲"的胁迫下，以压制最起码的物质需求去赎还那数不清的罪过，做那"今生今世受苦受难，来世进入天堂"的美梦。

封建统治阶级当初颇为气壮地许下"王子犯法，与庶民同罪"的诺言，只能为"衙门口八字开，有理无钱莫进来"的现实所取代。本欲治统治集团物欲的"德行"修身之道，却成了"安百姓"之术。"德行"者意识到精神最终转化成自身对立面，成为"存天理、灭人欲"的"禁欲主义"。在"禁欲"这一反自然、反社会、反人类的没落时代精神的桎梏下，残害生命的"束胸缠足"之恶俗风靡华夏，异族皇帝曾三下诏书也废止不得，足见其顽固。因此，要彻底铲除这种腐朽落后的精神文化，只有连同滋生其土壤的旧制度一同废除。

一个曾经创建了封建时代辉煌历史的泱泱大国民族，堕入美丑不分、是非不辨的深渊，集体上演着大规模"残害生命"的罪恶历史，最终沦为半殖民地的任人宰割的"东亚病夫"，险遭亡国之厄运。

反自然、反社会、反人类的恶俗精神文化的再次出现，绝非偶然，它是旧阶级、旧制度行将覆没前的征兆。封建社会没落时期的"禁欲"时代精神，势必唤起进步阶级的觉醒，一个反抗禁欲主义的新生力量，必将在封建制最薄弱的地方成长起来。

意大利文艺复兴，终于敲响了封建制的丧钟，人类开启了又一轮全面抛弃旧阶级、旧制度和旧的时代精神的历史新纪元。

资本主义社会时代精神

商品经济的出现，极大地动摇了小农经济的生产方式。资本主义这棵新生的幼芽在意大利这个东西方结合部以及得天独厚的古代文化摇篮中应运而生。在地中海吹响的反封建的号角，掀起了风起云涌的“复兴”古典文化的运动，为人性的觉醒、更为资本主义的到来进行了思想、情感和舆论上的前期准备。

波澜壮阔的资产阶级革命，新生的资产阶级终于以“不自由，毋宁死”的革命意志和坚定信念，历尽四个多世纪腥风血雨的洗礼，终于在欧洲大陆上确立起了“自由”这一时代精神。但这个“标榜自己不是某一个特殊的阶级的代表，而是整个受苦人类的代表”[①]的新生资产阶级，能否真正兑现他们曾许下的“自由、平等、博爱”的全民性诺言呢？历史在注视着。

蒸汽机的诞生，使产业革命进入了一个史无前例的高速发展阶段，巨大的成就把资产阶级推到了权力的顶峰，而历史上新一轮更大规模的奴役制开始发酵。资本主义的贪婪本性，使“弱肉强食”成了自由竞争的合理法则。“早先许下的永久性和平变成了一场无休止的掠夺战争……富有和贫穷的对立并没有在普遍的幸福中得到解决”。[②]当《高康大》《七月英雄》《自由女神引导人民》《谋杀母亲的人》等辛辣的讽刺批判锋芒，直刺向这虚伪的统治集团及其政治制度时，资产阶级当权者不安了、愤怒了，他们甚至在写实主义的《拾穗者》作品中察觉到“耸立着造反者的长矛”。

至此，资产阶级从意大利文艺复兴到法兰西革命的胜利，再发展到帝国主义阶段，我们可以通过其精神生产看到一个清晰的审美发展轨迹，即由反封建禁欲主义时代的现实主义，到革命取得决定性的胜利后废除现实主义，转向抛弃作品的社会内容追求形式快感的印象主义，再到帝国主义阶段倡导的荒诞的抽象主义，终于不可避免地重蹈历史已经发生过社会没

① 恩格斯：《社会主义从空想到科学的发展》，《马克思恩格斯选集》第3卷，405页，北京，人民出版社1972年版。

② 恩格斯：《社会主义从空想到科学的发展》，《马克思恩格斯选集》第3卷，407页，北京，人民出版社1972年版。

落时期的反自然、反社会、反人类的恶俗精神文化之覆辙，由“自由”这一进步的时代精神演变成“妄为”这一没落的时代精神。这个审美的演变充分暴露出私有制下资产阶级为掩盖其对百分之九十九的民众剥削，在意识形态上实施的愚民政策。在把人们对社会现实生活的关注，引向生活之外的迷狂中去的诱导中，还有什么比荒诞的抽象主义更具颠覆性的形式呢？

“自由”这无数民众用自己的鲜血和生命捍卫并确立起来的崇高理想和时代精神，从资本主义私有制建立之日起，便丧失了它的全民性意义，被奴役人民与统治阶级利益集团发生冲突已不可避免。巴黎公社起义，震撼了整个资本主义世界，口口声声标榜“自由、平等、博爱”和“言论自由”的资产阶级，撕下了伪装，以最血腥的屠杀，镇压了曾经为资产阶级夺取政权浴血奋战的工人和市民。血腥镇压使人们终于明白：“自由”不过是反对封建旧统治阶级的思想武器，它是绝不能用于对付资产阶级自己的。真正的全民性自由，只有在消灭了私有制的共产主义社会中才能实现，在私有制下大谈“自由”不仅是弥天大谎，更是对“自由”的嘲讽。当然，现在想让那些热衷于“自由”的人承认“自由”还会对社会产生消极作用，不仅不被理解甚至反遭讥笑，他们在“自由”的幌子下，把资产阶级个人自由主义世界观、价值观强加于别的民族，不惜以经济制裁甚至赤裸裸的暴力来干涉别国的内政。而他们以“人权”高于“主权”横行霸道，不过是为最终实现其对世界资源的支配和垄断罢了。如此残酷的现实，难道还不能提醒人们对资产阶级所宣扬的“自由”概念重新的认识吗？“自由”决不能在幻想中摆脱现实而独立存在，那种企图超越社会公有法则之外的“自由”幻想或行径，都必将被历史无情抛弃。

历史发展的史实一次次无可置疑地表明：新生的统治阶级在扬弃旧制度的历史进程中，开始总是能够代表民众利益的，“它之所以能这样做，是因为它的利益在开始时的确同其余一切非统治阶级的共同利益还有更多的联系，在当时存在的那些关系的压力下还来不及发展为特殊阶级的特殊利益”。[1]但是，私有制决定了统治阶级作为一个特殊阶级维护其特殊利益的必然性，因此，维护一己之私的伎俩即是实行习惯性的伪善，对百姓实施愚民政策。这就不得不背离他们曾倡导的并在推动历史进步中发挥过积极作用的先进思想和文化，从而走向其对立面成为腐朽、反动文化。与没落时期的奴隶制“暴力”、封建制“禁欲”这些反动文化一样，资产阶级的“自由”也势必堕落成为反动的“妄为”，这不过是重蹈反动文化的历史覆辙的又一次验证罢了。于是，历史的进步势必要求人类再次高扬起先进文化的旗帜，一个以消灭私有制，建立一个除了造福于人类外别无选择的社会主义新制度的历史，将由无产阶级翻开，人类又一伟大新纪元已经到来。

以武装侵略、殖民掠夺、经济封锁与制裁、颠覆等罪恶手段，对世界资源和财富的肆意掠夺以及科技革命所创造的巨大财富，给资本主义私有制社会罩上了迷人的光环，可这段“从头到脚都滴着血和肮脏”的丑恶历史，有什么可炫耀的呢？资产阶级虽然在促进生产和科技发展上起过巨大的历史作用，建立起覆盖全球的社会化大生产，然而，这一切只要还是按资产阶级贪婪私利的意志运转，它就不可避免地加大阶级的对立和冲突，这绝非人类的追求，绝非人类文明的成就。历史的史实已经很清楚，至今为止一切造成人性扭曲、阶级对立、贫富差距的社会矛盾，它既然是贪婪的私有制造成的，它就必然要在历史的进程中被废除，只要人性不被扭曲，人类所追求的理想就必然是共产主义。

如今，生态的全球性危机已严重地威胁着人类的生存，一个比一个大的自然灾难接踵而来。工业废气污染所产生的温室效应，导致人类赖以生存的臭氧保护层大面积受损；森林正遭受疯狂的滥采滥伐；与人类朝夕相处的生物物种在急剧灭绝；自然资源由于毁灭性的开采和浪费正濒于枯竭，

---

① 马克思、恩格斯：《费尔巴哈》，《马克思恩格斯选集》第1卷，54页，北京，人民出版社1972年版。

这一切又受到人口大爆炸的影响而变本加厉。在造成上述全球性危机方面，资本主义发达国家对世界人民欠下了不可估量的巨债，可他们又具体做了些什么呢？在当代，人类要想在任何重大的科学领域取得突破性的进展，都不仅要求整个国家、地区乃至整个世界的通力合作。然而，令人遗憾的是，在许多关键领域，由于私有制的存在，科学技术的封锁与造福于人类的科学成果的普遍推广应用，形成了尖锐的矛盾。由于世界分裂为国家和国家集团，为各自的安全竞相投入军备竞赛，结果各自的安全系数非但未能提高，全球的安全系数却日益减小。在愈演愈烈的军备竞赛中，不是造福于人类，而是在毁灭人类，上述一系列关系到全人类生死存亡的重大问题，早已超越了传统的国家界线，人类的命运不能再继续为一些自以为是的国家所支配，是自我毁灭还是共求生存，已成了不可回避的现实选择。日本著名政治活动家不破哲三指出：“如果资本主义没有能力解决这个问题的话，人类社会就不得不做出判决：资本主义已经没有能力管理地球了。在这个意义上，地球环境问题比经济萧条更要求人类做出决定性的选择。”美国著名学者保罗·斯威齐更是一针见血地痛斥道：“世界科学共同体中有相当大一部分人已经充分意识到我们这个行星所面临的生态威胁的严重性，但是他们还没有普遍认识到这种威胁的原因正是资本主义自身这一事实。资产阶级经济学力图隐瞒或否认这个事实。这没有什么可奇怪的。如果这个事实得到普遍认识，那么什么是资本主义就会很快得到确认，它是这个行星上的人类和许多其他形式的生物的不共戴天的敌人。……要使生态学家本人和一般公众了解资本主义的全部真相，即它必须由一种把给予地球以活力的生活放在首位和最高位的社会制度来代替。”[①] 不论是生存环境危机还是资本主义不断爆发的经济危机，都要求人类废除贪婪的私有制，把人类联合成一个整体，把地球作为一个统一的对象来进行全面的综合治

① 人大经济论坛，原载《每月评论》1998 年第 50 卷第 1 期。

理与有计划开发，这已经成为人类的必然抉择。迷恋在私有制观念不能自拔的资产阶级，其贪婪的本性，决定它不能完成这一事关全人类的伟大历史变革。尽管他们也提倡什么所谓“世界经济一体化”，但它仍然是、也只能是资产阶级利用资本的力量进一步奴役世界人民的“一体化”，不仅未能从根本上消除资本对劳动的剥削，反而只能加剧这一剥削。在他们制定的“一体化”游戏规则里，世界劳动人民创造的财富只能源源不断地送进“高康大”们那永远也填不满的袋子里。对这样一个鼓吹追求利益最大化的剥削阶级，对这样一个激发贪婪私欲的私有制度，人类还能抱什么幻想呢？

社会主义社会时代精神

决定人类伟大历史的变革，只能由突破私有制观念束缚的无产阶级来完成。如同孔孟学说的诞生宣告了奴隶制的灭亡，文艺复兴宣告了封建制的灭亡一样，马克思主义的诞生，击破了私有制永恒性的谎言，揭示了资本主义这个人类最后一个私有制必然灭亡的不可抗拒的历史规律。历史的发展有其客观规律，对于这个规律，资产阶级及其为资本主义辩护的知识精英都在极力否定，这没有什么奇怪，他们维护旧制度的历史局限性和阶级本性决定了他们对这一历史发展规律的无知或无视，正如马克思指出的那样：他们“不过就在于把一个特定的历史时代独有的、适应当时物质生产水平的暂时的社会关系，变为永恒的、普遍的、不可动摇的规律……他们的眼光超不出当前时代的经济界限，因而不懂得这些界限本身具有的局限性，它们是历史发展造成的，同样它们必然要在历史发展的进程中消灭”。[①]

① 马克思：《战争问题——英国的人口和商业报告书》，《马克思恩格斯全集》第9卷，280页，北京，人民出版社1965年版。

人能弘道，焉知来者不如昔也。历史发展的客观规律清晰地向人们展现了一条人类文明发展的必由之路。既然人类不能、也绝不可能在奴役中生存，那么，废除私有制就是历史的必然。谈到奴隶社会被封建社会所扬弃，人们能够理解；谈到资本主义社会对封建社会的扬弃，人们也能理解，为什么一谈到社会主义必将扬弃资本主义，人们就不能理解了呢？甚至有知名学者提出“资本主义社会将取代社会主义社会”。一个旧制度取代一个新制度？如此逻辑荒唐竟不以为耻。

苏联建设社会主义的辉煌历历在目，在实施国家计划的伟大时代，仅头十年就实现了由手扶木犁到世界第二大工业强国的历史性飞跃。同样，新中国社会主义建设仅用了三十年的艰苦奋斗，硬是将一个半封建半殖民地国家在战争的废墟上，建设成了世界第六大工业国。尽管曾经无比辉煌的苏联社会主义被来自西方的反动势力以及来自党内修正主义合谋颠覆而解体了，但社会主义的飞跃式发展，表明社会主义这一新生的社会制度具有其旺盛的生命力。在社会主义社会，人民当家作主，公而忘私的集体主义精神大放光彩。也正是在这样的社会里，无产阶级文艺成为鼓舞人民奋进的时代号角，成为党在文艺领域的一面思想旗帜，成为人民的精神力量。社会主义现实主义艺术中，劳动人民以前所未有的主人翁形象登上了美的舞台，他们为消灭私有制而流血牺牲及在社会主义建设中为集体利益忘我献身的崇高精神，处处闪烁着无产阶级的伟大品格和共产主义的理想光芒。社会主义使现实主义艺术焕发出新的旺盛的生命活力。社会主义现实主义的文艺创作方法，得到广大人民的喜爱和拥护，成为一种国际性的艺术现象，开创出了一个崭新的文艺新天地。

社会主义的时代精神是什么？它绝不是从天上掉下来的，也不是所谓的文化专家杜撰出来的，它是人类以往的时代精神按规律发展的结果。在创建社会主义的历史进程中，我们要找到，也一定能够找到社会主义的时代精神。正如列宁同志所说的那样：“任何一个旧制度，不管怎样荒谬和腐败，都是由某些统治阶级的势力所支持的……要打破这些阶级的反抗，只有一个办法，就是必须在我们所处的社会中找出一种力量，教育它和组织它去进行斗争，这种力量能够（而且按他们的社会地位应当）成为扫除旧制度创立新制度的力量。”[①] 这种力量就是社会主义时代精神。这种精神是一股力量，是一个号召，是一面旗帜，是一种理想，是一种信仰。

恩格斯曾以坚定的口吻指出：“替代那存在着阶级和阶级对立的资本主义旧社会的，将是这样一个联合体，在那里，每个人的自由发展是一切人的自由发展的条件。”[②] 这是一个在对资本主义“自由”精神更高层面上的扬弃。“为了公共的利益按照总的计划和在社会全体成员的参加下来经营。这样，竞争将被这种新的社会制度消灭，而为联合所代替。”[③]“历史的发展使这种组织日益成为必要，也日益成为可能。从这个组织起将开辟一个新历史时代的纪元，那时人们自身及其活动的一切部门，包括自然科学在内，将获得如此巨大的进步，以致使得至今所作出的一切都黯然失色。”[④] 这个“联合体”不是空想出来的，而是在全面研究人类历史“合乎规律的发展”基础上得出的结论。在这个新的历史进程中，无产阶级必将觉醒并创造一个消除阶级和阶级对立的联合体。如今，“联合”已成为历史并不以人的意识为转移的新动向，也日益成为全人类的意愿和共识。当然，它能否是扬弃“自由”这一资本主义时代精神后的社会主义新时代精神，还有待人们在历史的实践中认同和确立。

但是不管怎样，作为无产阶级必须找到社会主义的时代精神，这是

① 列宁：《马克思主义的三个来源和三个组成部分》，《列宁选集》第 2 卷，446 页，北京，人民出版社 1975 年版。

② 恩格斯：《致朱·卡内帕》，《马克思恩格斯选集》第 4 卷，730 页，北京，人民出版社 1995 年版。

③ 马克思、恩格斯：《共产党宣言》，《马克思恩格斯选集》第 1 卷，217 页，北京，人民出版社 1972 年版。

④ 恩格斯：《自然辩证法》，《马克思恩格斯选集》第 3 卷，458 页，北京，人民出版社 1972 年版。

毋庸置疑的，即“在我们所处的社会中找出一种力量”，一种“扫除旧制度创立新制度的力量”。其实，在回顾历史的传承中，这种力量不仅早已植根于中华民族“天下为公”的传统哲学精神和审美理想中，更存在于马克思主义公有思想的哲学理念与无产阶级和共产党人的崇高信仰与审美理想中。因此，传承和弘扬中华美学精神，推动社会主义文化繁荣发展应立足于构建无产阶级自己的审美话语体系，将无产阶级建设社会主义的那种忘我的集体主义精神化作鼓舞人民昂扬奋进的精神食粮。面对人类已经具有了超越资本主义局限的需要和可能，面对已经开始的社会主义革命与实践，面对信息革命的到来，一切觉醒起来的爱好和平、追求进步与正义的人们，应当焕发起强烈的历史替代感，冲破私有制贪婪思想的禁锢与个人主义的精神桎梏，掀起社会主义伟大复兴的历史高潮，开创人类又一个历史的新纪元。

资本主义的消亡和社会主义的胜利已是不可避免，“全世界无产者，联合起来”的新时代号角，必将召唤一切不愿被奴役的世界人民联合起来，向着新的伟大征程迈进。

什么是中国美学的基本精神？

中国艺术研究院马克思主义文艺理论研究所所长　祝东力

一

许多人都还记得，20 世纪 70 年代末到 80 年代中期以前，中国美学曾经历过一个短暂的“鼎盛期”。在“文革”结束后的意识形态废墟上，美学越出其学科边界，代替以往革命时代的政治理想，成为后“文革”时代的知识分子表达其新人性理想的普遍话语，承载着学科之外的社会文化功能。随后，在 20 世纪 80 年代中后期，城市改革的启动导致时代精神转向，美学又迅速归于沉寂，作为人文学术界的一个学科渐进积累，以至于今日。

美学从巅峰到谷底的戏剧性变化具有深层的社会时代原因，详细分析这些原因超出了本文的范围。这里只想指出以下两点：第一，美学自 20 世纪 80 年代中后期便开始沉寂无为，在理论上缺少进展，这一基本事实是有目共睹的；第二，美学将自身定义为研究美、美感和艺术的学科，当时代转向，知识分子的人道主义理念和唯美主义的公共趣味发生质变的时候，美学研究便失去了原先时代精神的有力支持，因而必然陨落——这第二点却并不为大多数人所认识。

因此，这里首先有必要检讨美学学科的定义问题。我们知道，18 世纪中叶，德国哲学家亚历山大·鲍姆嘉滕创立“Aesthetica”是基于如下考虑：按希腊哲学家，事物可分为“可感知的”和“可理解的”；鲍姆嘉滕认为“可理解的事物”通过高级认识能力把握，是逻辑学研究的对象；对“可感知的事物”的把握则依赖于低级认识能力，即所谓“感官的感受、想象、虚构、一切含混的感觉和情感”；由于向来缺少一门专业来研究低级认识能力，因此鲍姆嘉滕创立了一门新学科，并借用希腊词根铸造了一个新概念予以命名，这就是“Aesthetica”（感性学）。

人类感性领域包括感性的欲望、冲动、感受、情绪、幻想等，美、美感和艺术只占据着这个宽广的感性领域的局部。日本明治初年，中江兆民将“Aesthetica”译为“美学”，在名称上就将这个学科狭义化了。美、美感、艺术以及崇高、悲剧等古典式的范畴在今日市场经济和消费主义的社会文化环境中，已丧失了其生存的土壤，皮之不存，狭义的美学当然难以为继。因此，美学的边缘化与其偏狭的学科定位有着内在的因果关系。美学，在其原本的意义上应当是研究人类感性领域以及感性与理性之关系的学科。在今天，必须从美学回到“感性学”，以宽广的感性领域为背景，才能在唯美主义淡出、消费主义盛行的今天找到当代美学的课题，也才能真正理解狭义的“美学”宗旨和职能究竟是什么。

二

尽管中国古代没有西方式的学科分类，因而也就不存在美学学科（无论是广义的还是狭义的），但其处理感性领域以及感性与理性之关系的实践和方法却是极其丰富而又独特的，其核心内涵我们姑且称之为“中国美学精神”。

中国古代不具备美学学科的原因，一方面固然是由于缺少方法，即缺少希腊式的逻各斯传统；另一方面，更重要的是由于缺少问题，就是说，黑格尔所谓的西方近代感性与理性的冲突分裂在中国一向没有那么强烈，因而也就不那么需要一门专门学科来研究感性与理性的矛盾对立及其解决的途径。需要指出的是，西方近代感性与理性的对立冲突也体现为其艺术实践与美学理论的分裂。进一步说，近代西方文化在地中海沿岸（拉丁语系）和北部欧洲（日耳曼语系）分别以文艺复兴和宗教改革为起始的标志，而两者的价值取向却是截然相反的。其中，以人文主义为特征的文艺复兴具有迎合与放纵世俗趣味和欲望的倾向，并主导了此后西方近代的艺术实践；而宗教改革后产生的新教则相反地转向禁欲主义，并长期支配了西方近代美学的基本倾向——从新教伦理的立场看，甚至资本主义也是对非理性欲望的一种抑制或缓解（马克斯·韦伯）。在艺术领域，对感性的放任和纵容日益占据主流；在美学领域，从康德开始首先将感官享受排斥在审美王国之外，到叔本华，对欲望更采取了完全否弃的态度。

就中国古代艺术而言，其突出的特征之一是对物质媒介的简省，其极端的情况就是所谓“不著一字，尽得风流”。从诗词、水墨画到戏曲，其形式的平淡、简易甚至枯涩，与西方近代艺术对于物质媒介的高度依赖形成鲜明对照。西方艺术遵循了一条物质主义的路线，从古典主义艺术到巴洛克艺术再到今天的好莱坞大片，感官的盛宴已近于巅峰。相反，中国艺术则走了一条反物质主义的路线，其要旨在于通过平淡、简易甚至枯涩的形式完成对感性欲望和冲动的节制与升华，从而范导、提升这种感性力量，使它们作为基础结构形成对于作为上层结构的情操、意志和人格的有力支撑，完成从美学向伦理学的过渡。可以说，这种对感性领域以及感性与理性之关系的应对方式，就是中国美学的基本精神。

由于中国美学既没有遵循禁欲主义路线，更没有采取纵欲主义路线，因此反而解放了诸感官——例如，西方美学历来只承认视觉和听觉对象的审美价值，而将味觉、嗅觉和触觉排斥在审美领域之外。但在中国古代，味觉、嗅觉和触觉对象却同样具有审美价值，其物质媒介分别以茶、菊和玉为代表，它们同样能够完成对感性欲望和冲动的节制与升华，以其简朴的感性形式触发、营造丰富的内心体验。这也说明，中国古代的艺术分类体系所遵循的原则和方法是迥异于西方的。

三

以文艺复兴为代表的对人的欲望、个性的释放和张扬，以宗教改革为代表的对欲望、个性的抑制和缓解，可以说，这二者之间的互动在最粗略的意义上界定了近代以来的西方文明。到了后工业社会和消费主义文化的今天，欲望、个性的释放和张扬已接近极限，抑制和缓解的力量却消失殆尽，历史恍然又回到了古罗马帝国末期，文明重新面临解体的危险。当然，这绝不只是一个所谓世风或伦理的问题。究其实质，资本主义世界体系的中心国家为降低成本，把制造业转移到外围国家和地区，由此在中心国家形成了后工业社会；中心国家通过汲取外围国家和地区的利润而积累了巨量过剩资本，资本为寻求出路，必然要拉动需求，鼓励消费，由此形成了消费主义的意识形态。这就是欲望和个性不断得到释放、张扬的社会基础。

另一方面，中国美学精神得以形成的社会基础则在于：由于古代技术条件的限制，中国很早便面临人口规模与资源环境的结构性矛盾，因此对商品生产、消费和物欲自觉地采取了抑制和约束的政策（抑商），并形成了对资本主义实行限制和利用的古代版本。由此，也形成了中国式的处理感性领域以及感性与理性之关系的实践和方法。说到底，不同的美学精神反映的是不同的文明取向。

今天，贫富分化造成全球范围的动荡和恐怖，消费主义则导致资源环境面临崩溃。21 世纪初叶，文明方向的根本调整重又提到日程上来。正是在这种文明调整的意义上，中国美学精神绝不仅仅是思想史的课题。

毛泽东与中华美学精神三题

中央文献研究室副主任　陈　晋

一、关于传承和弘扬中华优秀传统文化

中国优秀传统文化是中华民族的精神命脉，是涵养社会主义核心价值的重要源泉，也是我们在世界文化激荡中站稳脚跟的坚实根基。毫无疑问，它也是当前文艺创作和繁荣不可或缺的文化渊源。今天提出和强调这个问题，针对性是明显的，就是文艺理论领域盛行着太多的在别的文化土壤、别的时代条件下生长的“舶来品”，创作领域则是一些人下决心写出不给中国人看的作品，对我们民族的优秀文化，反倒没了自信。

强调结合新的时代条件传承和弘扬中华优秀传统文化，努力实现创造性转化和创新性发展，前提是要弄清楚哪些是中华传统文化中的“优秀”的东西。对此，我想起毛泽东反复强调过的传统文化中的“人民性”的内容。传统文化中有大量人民性的思想精华，毛泽东曾经从中国教育史的角度做过集中概括。他说：“中国教育史有人民性的一面。孔子的有教无类，孟子的民贵君轻，荀子的人定胜天，屈原的批判君恶，司马迁的颂扬反抗，王充、范缜、柳宗元、张载、王夫之的古代唯物论，关汉卿、施耐

庵、吴承恩、曹雪芹的民主文学，孙中山的民主革命，诸人情况不同，许多人并无教育专著，然而上举那些，不能不影响对人民的教育，谈中国教育史，应当提到他们。”这段概括，涉及传统文化中的政治、哲学、文艺、教育多个方面的人民性内容，虽不是专门就人民性这个理论问题进行阐发，但毕竟反映了毛泽东所认为的传统文化中可以视为优秀的东西。值得注意的是，毛泽东讲传统文学中的人民性，比较强调其“民主性”一面，对此，他还具体以屈原开创的骚体创作为例做过评价。他讲，“骚体是有民主色彩的，属于浪漫主义流派，对腐败的统治者投以批判的匕首。屈原高居上游。宋玉、景差、贾谊、枚乘略逊一筹，然亦甚有可喜之处。”再往下的骚体作品，毛泽东就不那么满意了，“后来‘七’体繁兴，没有一篇好的。《昭明文选》所收曹植《七启》，张协《七命》，作招隐之词，跟屈、宋、贾、枚唱反调，索然无味了。”看来，传统文学中是否有民主性，有人民性，关键是内容上是否积极进取，空洞无物无情的形式主义，不能说是优秀的。毛泽东那样重视传统文化，并且一生和这方面的专家学者保持密切联系，生前亲笔写的最后一封私人信件是给文学史家刘大杰的，盖缘于他对如何汲取中华优秀传统文化的深切关注。

习近平总书记在文艺座谈会上提出，社会主义文艺本质上是人民的文艺，进而提倡以人民为中心的创作导向。从这个角度讲，传统文化中的人民性内容，可以是传统与现实相联系的契合点。人民性文艺作品是通过艺术形象来影响、引导和感染人民，本质上属于广义上的教育。中国文化里面就有一个诗教传统，就是通过读诗、诵诗、学诗，来传承优秀文化，涵养修身立世的品格。习近平总书记 2014 年视察北京师范大学时，公开表示，他很不赞成把古代经典诗词和散文从课本中去掉，就是重视这种诗教传统，注重从中华优秀传统文化中汲取精神营养的体现。

二、关于传承和弘扬中华美学精神

结合新的时代条件传承和弘扬中华美学精神，是文艺界传承和弘扬中华优秀传统文化的应有之义。习近平总书记在文艺座谈会上是把这两件事连在一起提出来的。什么是中华美学精神，或者说怎样理解这个提法，需要做许多功课，需要认真研究。但总体上讲，它应该是在文艺创作上，与中华优秀传统文化相一致，反映中国人民几千年来创造和积淀下来的审美方式和精神气象，进而体现中国作风和中国气派的东西。

毛泽东诗词，是传承和弘扬中华美学精神，充分体现中国作风和中国气派的典范。比如，他非常善于运用中国古典诗词这种艺术形式，来反映中国革命和建设实践中一个又一个的具体事件，实现了创作内容上的突破性和革命性的发展，同时又在审美方式上继承和发展了中国传统；他的创作素材，大量借用、化用中国历史文化中的典故，并加以创造性的改造，从而使上古传说中的共工触不周山、嫦娥奔月，到近代革命家秋瑾的事迹和精神，在毛泽东的诗词创作中，都被发掘出了新的审美意义；在艺术趣味上，他欣赏以曹操为代表的建安风骨，以李白、李贺、李商隐为代表的浪漫诗风，以苏轼、辛弃疾、陈亮为代表的豪放词派；在传统诗词形式的创造性转化和创新性发展上，他主张从“古典加民歌”的途径上去探索创新；在作品的精神气质上，他深受屈原、贾谊为代表的楚骚文化和明清实学、湖湘文化的影响。这些，都比较具体地融会到毛泽东诗词创作的美学精神和文化气象当中，反映了他的创作同中华优秀文化的深刻联系，特别是对传统文化的创造性转化和创新性发展。

需要说明的是，提出传承和弘扬中华美学精神，有一个怎样看待“五四”以来创造和发展的现代中华美学精神的问题，这主要指如何看待马克思主义美学精神和“五四”新文化运动以来的现代中国美学精神。事实上，经过将近一百年的探索和实践，这两种美学精神，已经融合在一起，形成了新的传统。毛泽东称鲁迅的方向，就是新文化运动的方向，就是现代中国的文化革命的方向，就已经点了这个题。现当代中国，一大批以爱国主义、社会主义、集体主义为主题，为了人民、抒写人民，并且在文艺体裁上不断创新发展的优秀文艺作品，大量涌现，即已说明，现代中华美学精神传统，已经成为中华美学精神的重要组成部分，有的内容，诸如毛泽东的文艺思想和诗词创作，还是对中华优秀传统文化和传统美学精神进行创造性转化和创新性发展的成果。无论是传统的中华美学精神，还是现代的中华美学精神，其实质就是文化精神上的主动性和创造性。也就是毛泽东总结的，“自从中国人学会了马克思列宁主义以后，中国人在精神上就由被动转入主动。从这时起，近代世界历史上那种看不起中国人，看不起中国文化的时代完结了。”

这里涉及如何借鉴现代西方各种各样的文化资源的问题。毫无疑问，从文艺发展规律的角度讲，任何既成的文化，只要有用，只要能够有利于科学反映现实生活，都需要继承和借鉴。但任何继承和借鉴，依然离不开当下的人民的生活土壤，离不开人民在自己的长期文化传统的熏染过程中，形成的欣赏习惯和美学精神。它山之石固然可以攻玉，但人民在自己的文化传统中喜欢的玉，却不只是靠它山之石就能够打磨得像模像样的。相反，照搬现代西方的思想精神来进行创作而出现水土不服的情况，我们并不罕见，可以说是多有常有。所谓水土不服，就是作品常常为人民看不懂，或者只成为小圈子艺术，由此使文艺服务于人民的链条发生断裂。这样，问题又回到了中华优秀文化传统上面来了。所谓中国作风、中国气派，就是中华文化的作风、中华文化的气派，就是中国人对待生活的态度、思考问题的方式，观察、提炼、反映现实生活的审美方式和美学精神，和在此基础上形成的观赏文艺作品的审美习惯。

三、关于用现实主义精神和浪漫主义情怀观照现实生活

中华美学精神当中，既有现实主义的优秀传统，也有浪漫主义的优秀传统。习近平总书记在文艺工作座谈会上的讲话中倡导，要“用现实主义精神和浪漫主义情怀观照现实生活”。这个提法，很容易让我们想起毛泽东提倡过的革命现实主义和革命浪漫主义相结合的创作方法。“两结合”是不是作为一种硬性的创作方法来要求，当然可以讨论，但它作为一个理论命题，却是有价值的。这个命题，很长时间不提了，今天的年轻文艺家或许会感到陌生。但实践证明，任何具有崇高美的，启发人们向善向上的作品，事实上都是现实主义精神和浪漫主义情怀这两样东西结合得比较出色的。中国文学传统当中这样的例子比比皆是。屈原是浪漫主义，但他如果没有遭谗去国、忧民爱国这种极为强烈的现实创作动力和精神，也不会成就其浪漫主义创作的崇高和伟大。杜甫是现实主义，并且写出“三吏”“三别”这样一些记录现实的作品，但如果没有“叹息肠内热”“欲倾东海洗乾坤”“再使风俗淳”这样一些理想主义的支撑，也不会成就其现实主义创作的崇高和伟大。

所谓现实主义精神，就是要直面时代和实践，以科学的态度和真实的笔触去抒写人民在特定历史条件下的创造活动。所谓浪漫主义情怀，就是在现实中发掘出真、善、美，用光明驱散黑暗，用美善战胜邪恶，给人民以奋进的力量，让人民看到光明的未来。真正伟大的现实主义文艺家，对生活，对社会，对民族，对国家，对人民，是不会丧失信心的，总是会在哪怕不尽人意的生活中，在入木三分地还原生活的真实描写中，想象着未来，进而给人民以希望，让人民看到前途。同样，真正伟大的浪漫主义文艺家，绝不会只仰望星空，而不低头看看自己脚踩的大地，更不会忽发奇想地想象着能够扯着自己的头发离开地球。其想象的形式或许天马行空，

但这空间不会是自我陶醉自我封闭的内心世界，其精神思想的翅膀，总发端于并且借助于现实生活的支撑，背后依然是浓郁的现实情结，表达着对现实生活难以割舍的关怀和态度。毛泽东说，《金瓶梅》没有传开，不只是因为它的淫秽，主要是它只暴露，只写黑暗，虽然写得不错，但人们不爱看。这说明在接近现实的创作中，以浪漫情怀给人以光明的力量，传递真、善、美和向上向善的价值观，是多么重要。

毛泽东的诗词，就是这方面的典型。写战争，写战场，如果看到的只是硝烟，只是鲜血，只是尸体，只是坟墓，那战争背后的东西就没有了，作品的意义和价值便陷落了。在毛泽东的现实主义精神和浪漫主义情怀观照下，战争的场景是这样转化出来的："战地黄花分外香"，"雄关漫道真如铁，而今迈步从头越"，"金沙水拍云崖暖，大渡桥横铁索寒"。党的十八大以来，习近平总书记在讲话中二十多次引用毛泽东诗词中的名句，比如，他用"人间正道是沧桑"来表达道路自信，用"敢教日月换新天"来彰显进取精神，用"乱云飞渡仍从容"来揭示战略定力，用"踏遍青山人未老，风景这边独好"来形容对美好未来的期许，凡此等等，不一而足。这不仅表明习近平总书记对毛泽东诗词的爱好和喜欢，也体现了毛泽东在创作中用现实主义精神和浪漫主义情怀来观照生活，起到了超越时空的艺术效果，更说明既现实又浪漫的创作方法，是比较容易发现和展示真善美，传播和激发正能量的。

总的来说，人民需要的文艺，是能够传承和弘扬中华优秀传统文化和中华美学精神的文艺，就是习近平总书记讲的有筋骨、有道德、有温度的文艺。有筋骨，就是有思想力度，有信仰坚持；有道德，就是教人向上向善，树立正确的价值观；有温度，就是情感价值取向上要有感染力。从这些角度来回看一下毛泽东的主张及其诗词作品的气质，是有益的。

崇高伟丽话“毛泽东诗词”

——毛主席诗词中表现的中华传统美学意境在当代文化中的意义

中国红色文化研究会副会长　胡　澄

习近平同志在文艺座谈会上的讲话中指出：“要结合新的时代条件传承和弘扬中华优秀传统文化，传承和弘扬中华美学精神。”

一、向善、向上与道德判断力和道德荣誉感是中华美学精神的优秀传统

正如习近平同志所说：“我们要通过文艺作品传递真善美，传递向上向善的价值观，引导人们增强道德判断力和道德荣誉感，向往和追求讲道德、尊道德、守道德的生活。只要中华民族一代接着一代追求真善美的道德境界，我们的民族就永远健康向上、永远充满希望。”

从孔子那里开始就把审美看作道德的起步；又把道德视为审美的完成。这在孔孟的一些话中得到了充分的体现，《论语·八佾》中提到：“子谓《韶》：‘尽美矣，又尽善也。’谓《武》：‘尽美矣，未尽善也。’”尽善尽美正是孔子美学思想的核心。又如在《孟子·尽心下》中对壮美人格的一段描述：“充实之谓美，充实而有光辉之谓大，大而化之之谓圣，圣而不可知之之谓神。”再看《孟子·公孙丑上》那段著名的浩然之气论——（公孙丑）问曰：“敢问夫子恶乎长？”（孟子）曰：“我知言，我善养吾浩然之气。”（公

孙丑）问曰：“敢问何谓浩然之气？”（孟子）曰：“难言也。其为气也，至大至刚，以直养而无害，则塞于天地之间。其为气也，配义与道；无是，馁也。是集义所生者，非义袭而取之也。行有不慊于心，则馁矣。”

这种以儒家为代表的中华文化的核心源流——道德主义，一直是中华美学精神的主流。像“视死如归”“大义凛然”等等无不充满着壮美的人格精神境界。

二、毛主席诗词就是这种中华美学精神在新的时代“结合新的时代条件”进行创造性弘扬的典范

作为一代政治巨人的毛主席，雄韬伟略，改地换天；作为一位革命歌手的他，风骚高标，开一代词风，胜百家俗韵。一卷“毛泽东诗词”在手，读起来令人身心俱热，欲罢不能。茅坤在《史记抄·序》中赞颂，太史公的“无韵之离骚”——《史记》，古人读之亢奋不已：“读游侠传，即欲轻生；读屈原贾谊传，即欲流涕；读李广传，即欲立斗！”而毛主席诗词也有这样的功效。它以那独特的骚韵，抒发了一位人民革命领袖的襟怀，描绘了波澜壮阔的人民革命与建设图景，真为“风骚韵史”。这磅礴而深厚的“风骚韵史”是一位伟大政治家兼伟大诗人的壮美艺术结晶。我们要领略它的风采，那就不能仅凭“诗词中的经道”言之了。幸好，正是毛主席自己为自己写了一部“诗话”，这便是发表了七十二周年的《在延安文艺座谈会上的讲话》（以下简称《讲话》）。毛主席是伟大理论家与实践者，“毛泽东诗词”正是《讲话》美学理论的实践精品。这座美学高峰虽然“仰之弥高”，但却不是“钻之弥坚”的，钻研的途径已在《讲话》中指示给我们了。我们就试从三条途径品评一番。

第一，政治家之眼与诗人之眼。王国维在《人间词话》中说：“政治家之眼，域于一人一事；诗人之眼，则通古今而观之。”这是唯美主义的

论调，不合文学史之实况。真正的文学家，“诗人之眼”与“政治家之眼”是密不可分的一双眼。正如《讲话》所说：“和政治平行或互相独立的艺术，实际上是不存在的。”鲁迅在《魏晋风度及文章与药及酒之关系》中也说过：“诗文完全超于政治的所谓‘田园诗人’‘山林诗人’是没有的。”而毛主席在《讲话》中提到的，“这政治是指阶级的政治，群众的政治，不是所谓少数政治家的政治。”“群众的政治”也绝不是指狭隘的“政治运动”，它是指“一切群众，一切生动的生活形式和斗争形式，一切文学和艺术的原始材料”。阶级的群众的政治色彩，如灿灿“红霞”（毛泽东诗词有谓：红霞万朵百重衣），正是“毛泽东诗词”的鲜明特质，这绝不是那些弄月吟风、拈花斗草的文人诗词所能相比的。

在《典论·论文》中古人说：“文以气为主，不可力强而致。”孟子倡养气之说，而毛主席则养浩然正气于激烈的群众政治斗争之中！他“唤起工农千百万”，逞“天兵怒气”，起“钟山风雨”、渡“百万雄师”，“一唱雄鸡天下白”，缚住苍龙，终成伟业。又率领“六亿神州”，落五岭银锄，摇三河铁臂，“踏遍青山人未老”！胸中浩气，腕底千钧，感而为诗，谱而成韵，如海浪天风，波涛自涌，无一语不壮美，无一韵不高迈。这横绝太空的洋洋浩气也源于马列主义的世界观——“用辩证唯物论和历史唯物的观点去观察世界，观察社会，观察文学艺术。”（《讲话》）对于“人生易老”，诗人丝毫也不悲观，一方面“只争朝夕”，一方面“风物长宜放眼量”；对于世界巨变，热烈欢呼“人间正道是沧桑”；试看这力裁昆仑，撞折不周，驳倒秦皇汉武，要扫除一切害人虫的万钧笔力，不是无产阶级政治家能有此胸襟否？清代诗评家沈德潜在《说诗晬语》中说：“有第一等襟抱，第一等学识，斯有第一等真诗。”毛主席正是具备了这第一等襟抱——波澜壮阔的群众政治斗争；第一等学识——马克思主义世界观，才产生了第一等真诗——毛泽东诗词。

第二，革命者的情怀。诗为情语，“毛泽东诗词”不仅是钢音铁韵，也有情深似海的优美篇章。但却与一般的情词悼诗不同：为群众政治斗争而牺牲的烈士们“为有牺牲多壮志”；在革命中他们为群众的利益而死——“直上重霄九”；革命胜利了，六亿神州的壮举使“芙蓉国里尽朝晖”；那些乘风而去的忠魂又“帝子乘风下翠微”，红霞万朵映红了他们的衣裙。这“一升一下”包含了诗人多少深情啊！这些雄奇瑰丽的诗句闪烁着人性美的光泽。毛主席在《讲话》中提到：“有没有人性这种东西？当然有。但只有具体的人性，没有抽象的人性。我们主张无产阶级的人性，人民大众的人性。”儿女私情，呜呜咽咽，不是伟大政治家的情怀，怀念为革命而奋斗——“曾伏虎”、缚苍龙的烈士，“泪飞顿作倾盆雨”比苏轼笔下的“不思量，自难忘，相顾无言，惟有泪千行”的人性更为绚烂情深。

第三，谁主沉浮——人民是历史的主人。“毛泽东诗词”唱道：“红旗卷起农奴戟”、“唤起工农千百万，同心干，不周山下红旗乱！”《讲话》说道：“对于人民，这个人类历史的创造者，为什么不应该歌颂？”这也是“毛泽东诗词”之美的“不同寻常”之处。自古只闻“羽扇纶巾”的诸葛亮，“壮岁旌旗拥万夫”的辛稼轩；把“农奴”当作历史主角来歌颂，也只有我们伟大的马列主义诗人政治家才做得到。《讲话》说：“革命的文艺，应当根据实际生活创造出各种各样的人物来，帮助群众推动的历史前进。”毛泽东诗词“红军不怕远征难”所表现出的长征精神、“而今迈步从头越”的豪迈斗志激励着建设社会主义的“六亿神州”把“高峡出平湖”的伟大设想变为现实。

毛主席诗词给人的总是崇高与壮美的美感，这种崇高是深深根植于无产阶级和人民大众的解放斗争中的。人民是历史的主人，群众是审美的主体——人民本位。毛主席无论是在文艺理论中还是在文艺创作中都确立人民在审美活动中的主体地位，这并非心血来潮，也不是出于一时的需要，毛主席的以人民为本位的美学思想是历史唯物主义的合乎情理的展开。为人民服务，为人民的利益牺牲个人的一切，就是中华民族新的历史时期的最壮丽的道德与伦理。这正是以毛主席为代表的中国共产党人创造的红色文化在新的时代条件下对中华优秀传统文化和中华美学精神的传承与弘扬！而继承弘扬这种红色文化也是当代共产党人的庄严使命！

三、指出向上一路——毛主席诗词中表现的中华传统美学意境在当代文化中的意义

作为一位“群众政治”的伟大领袖，毛主席在经纶余暇，“偶尔作歌，指出向上一路，新天下耳目，弄笔者始知自振！”宋代学者王灼在《碧鸡漫志》中的这句“指出向上一路”正是“毛泽东诗词”的艺术魅力所在。有出息的文学家要想更好地为人民服务，就不能仅仅做一名“弄笔者”，长一只“诗人之眼”，而要胸中长存“群众政治”的浩然正气，感受人民与时代的气息，在人民的历史创造中进行艺术创造，在人民的进步中造就艺术的进步，这样才能创造出伟大的艺术作品。这就是为《讲话》所阐明、为“毛泽东诗词”所证明了的真理！

学习鲁迅，传承和弘扬中华美学精神

中国艺术研究院马克思主义文艺理论研究所原所长、研究员　涂武生

不久前，在党中央主持召开的文艺工作座谈会上，习近平同志意味深长地向美学和文艺工作者提出：“要结合新的时代条件传承和弘扬中华优秀传统文化，传承和弘扬中华美学精神。”那么，什么是“中华美学精神”？它与“中华优秀传统文化”具有什么样的关系？我们应当如何“结合新的时代条件”，传承和弘扬中华美学精神呢？按照我个人的理解和体会，谈谈一点初步的不成熟的意见。

一

关于什么是“中华美学精神”？即对“中华美学（基本）精神”的理解，目前我看到、听到的答案，可说是众说纷纭、多种多样。例如，有人认为“中华美学精神”就是“天人合一”精神，有的又声称是“人本主义”精神，还有文章论证是“反物质主义”精神、“超功利性”精神以及“人的生命的自由”精神等等。这些观点，各持己见、各不相同，各具特色、各显神通，可又难于达到学界的普遍共识。因为要从根本上确切地解读“中华美学精神”的实质，就必须全面和深入地理解、挖掘和研究中华美学思想史的精髓，并从理论上总结、概括和表述其中的规律和特性。这是一项

复杂的、长期的、多方面的系统学术工程，并非一日之功、一蹴而就。

就我个人的一知半解、一孔之见，要从总体上大致回答和把握“中华美学民族精神”，最简单和最可行的途径，便是首先从了解鲁迅精神、了解鲁迅美学思想入手；因为如同毛泽东所说：“鲁迅的方向，就是中华民族文化的方向”；“伟大的‘鲁迅精神’”，无疑是名垂青史的中华民族之魂。鲁迅的美学思想，集中地、突出地体现着中华优秀传统文化和民族美学精神的要义。

有一种误解，以为鲁迅曾说过“我们此后实在只有两条路：一是抱着古文而死掉，一是舍掉古文而生存”类似的话，便断定他是全盘否定中国古代的优秀文化和美学遗产的，其实不然。鲁迅对待自己的民族文化和美学，一贯采取的是“旧瓶可以装新酒，新瓶也可以装旧酒”的批判继承和发展的辩证态度。他曾大声地向国人呼号：“将来的光明，必将证明我们不但是文艺上的遗产的保存者，而且也是开拓者和建设者。”[①] 特别是 20 世纪 30 年代，鲁迅针对当时在社会上颇为流行的美学“静穆”说的所谓“最高理想”和“哲学的意蕴”，提出了很重要的“中华美学精神”的解析：

> 世间有所谓“就事论事”的办法，现在就诗论诗，或者也可以说是无碍的罢。不过我总以为倘要论文，最好是顾及全篇，并且顾及作者的全人，以及他所处的社会状态，这才较为确凿。要不然，是很容易近乎说梦的。但我也并非反对说梦，我只主张听者心里明白所听的是说梦，这和我劝那些认真的读者不要专凭选本和标点本为法宝来研究文学的意思，大致并无不同。自己放出眼光看过较多的作品，就知道历来的伟大的作者，是没有一个“浑身是‘静穆’的”。陶潜正因为并非浑身是“静穆”所以他

① 《鲁迅全集》第 7 卷，第 679 页，人民文学出版社 1958 年版。

伟大。现在之所以往往被尊为“静穆”，是因为他被文学家和摘句家所缩小，凌迟了。[①]

鲁迅作为“中国文化革命的伟人”，之所以要反对某些美学家当时片面地抬高陶潜，说他“浑身是‘静穆’，所以他伟大”，而“屈原阮籍李白杜甫都不免有些像金刚怒目，愤愤不平的样子”；就是因为这种美学思想背离了中华民族优秀文化传统和美学精神，表露出一种偏爱和偏重，以及人生观和艺术观上的严重偏离。“静穆”按词义本身来解释不过是安详庄严的意思，假若将它作为一种文学艺术的风格和流派，似乎也未尝不可。但断章取义、割裂真、善、美的融为一体，不加限制地任意拔高到为中外文艺史上“诗的极境”，把它人为地放置于中国甚至世界美学“山巅”之上，如神灵高高在上、俯瞰众生，连屈原、阮籍、李白、杜甫等辈都被“打杀”，都拿来作为垫背，不能不让人感到言过其实，有欠公允。由此可见，鲁迅及时而主动地介入中国文坛的这场美学之争，不仅仅涉及学理上的是非，而且具有方法论的意义。

二

鲁迅是怎么理解“美”的呢？他在《〈艺术论〉中译本序》中，曾经解读过普列汉诺夫关于美的定义：

社会人之看事物和现象，最初是从功利底观点的，到后来才移到审美的观点去。在一切人类所以为美的东西，就是于他有用——于为了生存而和自然以及别的社会人生的斗争上有着意义

① 《鲁迅全集》第1卷，第344页，人民文学出版社，1958年版。

的东西。功用由理性而被认识，但美则凭直感底能力而被认识。享乐着美的时候，虽然几乎不想到功用，但可由科学底分析而被发现。所以美底享乐的特殊性，即在那直接性，然而美底愉乐的根柢里，倘不伏着功用，那事物也就不见得美了。并非人为美而存在，乃是美为人而存在的。——这结论，便是蒲力汗诺夫将唯心史观者所深恶痛绝的社会，种族，阶级的功利主义底见解，引入艺术里去了。[①]

从这段话中，当然不像某些人得出的断语："美是主观的人的创造"，而"不是客观存在的"。其实，按照普列汉诺夫的唯物辩证法思想，只不过是用大量的史实证明：人类美感（审美的观点）的形成，"最初是从功利的观点"开始的；也就是说，人类首先必须"为了生存而和自然以及别的社会人生的斗争"，保证最基本的物质生活需要，在此基础上才可能产生审美的需求，才有更高的精神上的需要。而且，随着物质生活条件的改善和提高，这种包括审美需求在内的精神上的需求，也将逐步广泛和提升。由此可见，美与功用的联系，是非常密切的；"享乐美的时候，虽然几乎不想到功用"，"然而美底愉乐的根柢里，倘不伏着功用，那事物也就不见得美了"。这样的看法，与片面夸张和鼓噪"静穆"之美"伟大"从根本上是不同的，实际上与我国传统美学中一贯坚持的真、善、美统一的思想相吻合。

中国古代美学的主流和主导思想是强调真、善、美的相互依存、互相联系的统一关系。《说文解字》解说："美，甘也。从羊，从大。羊在六畜主给膳。""羊大则肥美"；"美"即"甘"，即"膳"。也有人认为，汉字"美"的下部不是"大"而是"人"，古文字中"美"的象形，是一个头

① 《鲁迅全集》第1卷，第344页，人民文学出版社1958年版。

上用羊角和羽毛作为装饰的人的形象。但无论哪种说法，都没有否认“美”和“羊”（即实用）的联系。这意味着，汉字的“美”，最初是与“善”和“真”同源同根，或者相关相联，甚至于是同义、同一。

当然，在现实生活和艺术中，美与真并非完全等同。真的事物和现象，未必都是美的。鲁迅说：“‘讽刺’的生命是真实；不必是曾有的实事，但必须是会有的实情。所以它不是‘捏造’，也不是‘污蔑’；既不是‘揭发阴私’，又不专记骇人听闻的所谓‘奇闻’或‘怪现状’。”这里谈的是美学上的“讽刺”范畴，其实它概括了现实生活的真实与艺术真实的相互关系。艺术美的真实，不能违背客观现实的真实，可又必定要高于、超于实际日常生活的真实。“它所写的事情是公然的，也是常见的，平时是谁都不以为奇的，而且自然是谁都毫不注意的。不过这事情在那时却已经是不合理，可笑，可鄙，甚而至于可恶。但这么行下来了，习惯了，虽在大庭广众之间，谁也不觉得奇怪；现在给它特别一提，就动人。”[①]这就是美的发现和创造的特殊性，也是美的魅力、感染力和吸引力。

在社会生活领域中，美和善在根本上是一致的。“善”属于道德伦理范畴，突出地表现着功利主义的需要、目的和利益；它是一种价值尺度，即人类行为的规范和准绳。人的内在的品质、性格、思想，如果符合于社会美的规律，表现在行为方面，表现在人和人的社会关系方面，就是一般所谓的善。当然，美的事物未必全都是善的；一般地说，自然事物的美与丑，本身并不存在什么善恶的问题（属于现象美、形式美的范畴）。但是，善的事物一般地却是美的社会事物。美和善作为社会事物，都由社会的种类普遍性所规定，只不过表现的方面、领域和形式不同罢了。

中国古典美学一贯崇尚真、善、美的统一，强调它们的相互依存和协调关系。早在孔子那里，就认为《韶》“尽美矣，又尽善也”，而对于《武》，

① 《鲁迅全集》第6卷，第258页，人民文学出版社1958年版。

则是“尽美矣，未尽善也”。可见两者是不同却又是互相关联的。他还要求文学艺术作品：“乐而不淫，哀而不伤。”“《诗》可以兴，可以观，可以群，可以怨；迩之事父，远之事君；多识于鸟兽草木之名。”孟子更加明确地回答了真、善、美之间的关系：“可欲之谓善，有诸己之谓信，充实之谓美，充实而有光辉之谓大，大而化之谓圣，圣而不可知之之谓神。”庄子则从另外的思路、另外的角度，提出了：“天地有大美而不言”，“原天地之美，而达万物之理”，“美在成久，恶成不及改”等等。到了近代，梁启超在吸收西方美学思想的基础上，提出“真美合一”、“真善合一”的观点：“智识者，所以救国民之心得，与个人之心得。使能深明真理，而养成一种美善之性质也。”① 蔡元培由此而再向前跨出一步，主张美育、智育、德育的三位一体：“所以美育者，与智育相辅相行，以图德育之完成者也。”诚如陈望道所言：“中国人素讲智、德、体三育，近人群更倡群育、美育，而并称五育。美育即蔡元培先生所主倡。”②因此，当代著名画家蒋兆和才感悟地说：“从中国绘画的历史来看，它的美学观点，概括起来就是真善美三个字。”

鲁迅在教育部任职初期，积极支持蔡元培所主持的教育改革工作，亲自参与了推进美学和美育事业的开展。他在1913年2月撰写的《拟播布美术意见书》一文，集中地陈述了他当时的美学思想。文中涉及有关美感和美育的一系列问题，表达了他当时的独到的精湛的见解：

盖凡有人类，能具二性：一曰受，二曰作。受者譬如曙日出海，瑶草作华，若非白痴，莫不领会感动；既有领会感动，则一二才士，能使再现，以成新品，是谓之作。故作者出于思，倘其无思，即无美术。然所见天物，非必圆满，华或槁谢，林或荒秽，再现之际，当以改造，俾其得宜，是曰美化，倘其无是，亦

① 《饮冰室文集类编（二）》，第187页。

② 《陈望道文集》第1卷，第455页，上海人民出版社1979年版。

非美术。故美术者，有三要素：一曰天物，二曰思理，三曰美化。[①]

这里所说的“美术”，实际所指的是“文学艺术”。在谈到“美术之目的和致用”中，他还认为：“美术可以表见文化”“美术可以辅翼道德”“美术可以救援经济”。“天物”“思理”“美化”，即现实生活、思想水平、审美修养，三者不可缺一，是并驾齐驱、并行不悖的辩证有机的统一。虽然鲁迅这时还是一个革命民主主义者，但他对真、善、美的领悟，与后期接受唯物辩证法的美学观无疑有着千丝万缕的联系。

中华美学精神源远流长、光辉灿烂，丰富多彩、博大精深，但是它的筋骨和核心，却是离不开真、善、美的。从美学的社会地位和价值来看，中华美学精神可当之无愧地称为中华民族优秀文化传统之魂。习近平总书记在文艺座谈会上说：追求真善美是文艺的永恒价值。艺术的最高境界就是让人动心，让人们的灵魂经受洗礼，让人们发现自然的美、生活的美、心灵的美。我们要通过文艺作品传递真善美，传递向上向善的价值观，引导人们增强道德判断力和道德荣誉感，向往和追求讲道德、尊道德、守道德的生活。只要中华民族一代接着一代追求真善美的道德境界，我们的民族就永远健康向上、永远充满希望。传承和弘扬中华美学精神，是传承和弘扬中华民族优秀文化传统的重中之重，是每一位爱国的、正直的、有责任感的文化工作者（包括美学工作者）义不容辞的神圣职责。

三

在美的世界中，最宝贵、最炫目、最神奇的光彩夺目的珍珠，就是由人类智慧劳动创造出来的美的产品——艺术美。艺术美是“按照美的规律”

---

① 《鲁迅全集》第 7 卷，第 271 页，人民文学出版社 1958 年版。

创造出来的精神产品，是普通的一般的现实生活的加工和升华，是真、善、美集中地、强烈地、高度地再现和表现。尽管在社会生活中并不是一切都是美的，但是正如鲁迅所指出的那样，一切美的东西归根到底都只能从现实生活中而来。艺术美并不能凭空地创造，它是以客观现实中存在的自然美、生活美、心灵美等等为基础并来源于现实美的，只不过它是现实美的能动的反映和表现，是经过“思理”和“美化”由作家艺术家创造出来的更高的另一类型的观念形态的真善美。文学艺术家的职责和使命，是通过创造美的典型形象，潜移默化、润物无声，打动人、感染人、塑造人。只要正确地认识和熟练地掌握了客观的“美的规律”，善于运用“美的规律”去进行创造性的耕耘，就有可能生产出人类精神文明的最美的花朵，就不难采摘到伊甸园中累累诱人的人间美的仙果。

“不断进行美的发现和美的创造”，“彰显信仰之美、崇高之美”应当是文学艺术的要义。任何一部真正美的艺术作品，总是灌注着作者自己强烈的爱憎、熔铸着他的思想感情、表现着他对美的追求和理想。鲁迅说：“文艺是国民精神所发的火光，同时也是引导国民精神的前途的灯火。”[①]优秀的鼓舞人心的文艺作品，总是从社会的现实生活中“触景生情”“领会感动”，产生创作的动因和契机；再到艺术的表现和创作中，力求“能使再现”“寓情于景”，最后则在“情景交融”“形神统一”的意境中去完成艺术美的创造，达到通往真善美相互渗透、融会贯通的境界。

毛泽东曾经说：“真的、善的、美的东西总是在同假的、恶的、丑的东西相比较而存在，相斗争而发展的。”又说：“人们历来不是讲真善美吗？真善美的反面是假恶丑。没有假恶丑就没有真善美。”“任何时候，总会有错误的东西存在，总会有丑恶的现象存在。任何时候，好同坏，善同恶，美同丑这样的对立，总会有的。”在现实生活中，美与丑是对立统一的普

① 《鲁迅全集》第1卷，第332页，人民文学出版社1958年版。

遍现象，丑总是同美相比较、相对立而同时存在的。丑和美一样是现实生活中不可忽视的现象。而且，美、丑既然是对立的统一，那么，在一定的条件下，它们也是可以互相转化的。

但是，作为美学范畴的丑，并非就是现实生活中一切表面上令人嫌恶的难看的丑的现象，而主要是指在社会生活中具有一定代表性的丑恶现象，它们同样可以而且应当成为艺术描写的对象和内容。外表丑、形式丑，并不完全反映和等同心灵丑、内涵丑。不仅如此，美学上的这种现实丑，经过艺术家的加工改造，也可以成为艺术美的一部分内容，也可以转化成为艺术美。在艺术作品中，那些集中反映社会生活本质的消极方面的某些现象，如道德卑劣的人物性格，违反常理的生活景象，剥削压迫人的丑恶现象，以及其他类似的丑恶事物，经过改造加工反映在艺术中，可以成为反面的或否定的艺术形象。它们虽然反映和描绘的是现实中的丑恶事物，但在艺术中却同样能够吸引人、感染人，给人以美的享受，成为艺术美的一种特殊形态，具有艺术的美的性质。某些在表面现象或外貌丑而内在实质却美的事物，通过艺术的典型化也可以展示出深邃的丰富的美，这就是我们所说的现实丑转化为艺术美。

问题在于，判别美学上的美丑，主要是看它是否具有社会本质上的代表性，是否能引导和提升人们健康的、高尚的、向上的审美欣赏情感、趣味和判断力。由于社会事物和现象存在着外表与本质不相符合、甚至矛盾的假象，所以在认识现实美时应深入到本质的方面，而在创造艺术美时更应透过现象洞察事物的本质。“金玉其外，败絮其中”，最终说来并不是真正的美。艺术在反映和表现现实丑时，固然也可以利用外表丑化的手段，甚至可以加以夸张和突出，例如漫画、喜剧、讽刺诗、怪诞曲等等常常使用的一些手法。然而，当描写的对象具有悦耳夺目的外表时，艺术仍然可以不受其外貌的影响而暴露其丑，反之亦然。因此，所谓现实丑转化为艺术美，并不是指对原来丑的事物加以美化，使其改变原有的丑的本质而成了美的事物。高尔基曾经引述过一位民间雕刻艺人的话:“那些给人好感的东西,我做得更好,我不喜欢的,我也不怕把他们原来的丑陋雕得更加丑陋。”他由此便得出结论说:“艺术的目的是夸张美好的东西,使它更加美好,夸大坏的仇视人和丑化人的东西,使它引起厌恶。”[①] 从假恶丑的对比和反衬中,人们会更真切、更深刻地体验和感受真善美、懂得真善美、珍惜真善美。

现实的丑能够转化为艺术美,一定要通过艺术的典型化。经过创作的典型化,一方面使现实丑在艺术中的典型性得到加强,另一方面则要使它的现实性更为削弱,与现实明显地有着距离,这才可能引起人们的美感。某些具有强烈自然主义倾向的艺术作品,往往对现实中的丑恶现象,进行所谓“客观的”、详尽的、津津乐道式的描绘;而一味以颓废、消极、玩世不恭为价值准绳的某些人,则专门夸耀地描写丑恶,力图在读者、观众面前渲染不堪入目的丑人丑事丑态,这就谈不上是真正的艺术,也谈不上创造了美的艺术形象。鲁迅便曾经感慨地说过:

> 作为缺点较多的人物的模特儿,被写入一部小说里,这人总以为是晦气的。
>
> 殊不知这并非大晦气,因为世间实在还有写不进小说里去的人。倘写进去,而又逼真,这小说便被破坏。
>
> 譬如画家,他画蛇,画鳄鱼,画龟,画果子壳,画字纸篓,画垃圾堆,但没有谁画毛毛虫,画癞头疮,画鼻涕,画大便,就是一样的道理。[②]

例如,鲁迅在《药》中并不直接描写刽子手康大叔在刑场上动手杀人的残酷景象,仅仅让读者通过老栓在昏暗中的模糊印象去想象这个场面。

① 高尔基:《论文学》,第 141、144 页,人民文学出版社 1978 年版。

② 《鲁迅全集》第 6 卷,第 483 页,人民文学出版社 1958 年版。

他塑造阿Q这个典型艺术形象，并没有在外形上去着力地去丑化。银幕和舞台上的暴力凶杀和卑鄙行为的表演，也一定要有限度而不能赤裸裸地与现实中完全一样；音乐中反面音乐形象的不协调节奏和难听的噪音，不能超过一定的限度而使人难以忍受，否则，便不能引起人的美感。总之，“低俗不是通俗，欲望不代表希望，单纯感官娱乐不等于精神快乐”。

然而，在市场经济大潮汹涌澎湃的冲击下，有少数人却忘记了艺术美的真谛，忘记了作为“灵魂工程师”的神圣担当。他们热衷于倡导和宣扬金钱万能、“一切向钱看”；在他们那里，判断真善美或假恶丑的唯一标尺，就是“金钱万能”、“市场至上”。他们沾满了铜臭气，甘当名副其实的“市场的奴隶”。例如，有一段时间，有人便公开地宣扬：“抬头向前看，低头向钱看；没有向钱看，不能向前看！”以此作为一切行为举止的导向。照他们看来，“钱”和“前”的关系，就是“低头”和“抬头”的关系，也就是“实际”和“方向”的关系。不讲实际利益和眼前得失，便不可能“向前看”。由此，“收视率和票房是硬道理”等等似是而非的言谈观点，曾经喧嚣一时。

在习近平总书记主持召开的文艺座谈会上，不止一位老艺术家指出，近些年来，文艺事业蓬勃发展，但出现很多“乱象”。有的说，文艺界局部和一度出现“越黑越红，越脏越火”的怪现象。有的又说，一些演员经不起名利的自我膨胀，不管明星做了什么，粉丝都欢呼鼓掌，好坏、黑白、是非不分，这是不应该的。有些作品观众一边看一边骂，创作者一边挨骂一边还挣着大钱。其实，文艺界的“乱象”远远不限于会上讲的那些。比如，有位“著名作家”洋洋得意地自称：“我身上集中了强盗、流氓、劳改犯、书生、英雄、作家等各种人的特性，我就是一个复杂的中国人的代表。”并且有人公然在文艺报刊上大力夸赞。有个别“女作家”在网上公开告示：“我的身体我说了算，性是美好的。性除了是爱情的表达，也可以是一种娱乐，但一定不是羞耻和不道德的。”这样的言论竟然受到点赞和吹捧。更有一些演员、歌星吸毒嫖娼，丑态百出、丑闻频传，不以为耻、反以为荣。这些都充分地说明，确实有少数人，自觉地或不自觉地把艺术美单纯地看作是赚钱的商品，唯市场马首是瞻，成为“市场的奴隶”，“在市场经济大潮中迷失方向”，结果是真假不辨、善恶不分、美丑颠倒。

马克思早已不止一次地指出：“金钱是财产的最一般的形式，它与个人的独特性很少有共同点，它甚至还直接与个人的独特性相对立，关于这一点，莎士比亚要比我们那些满口理论的小资产者知道得更清楚：‘金子，只要有一点儿，/这就可以使黑变成白，/丑变成美，/错变成对，/卑贱变成高贵，/懦夫变成勇士，/老朽的变成朝气勃勃！/啊！这个闪闪发光的骗子手……’”[①]这种为市场所左右、消解艺术美的个性和独特性、将真善美转化为假恶丑的逆反现象和欲望，理当为一切正派的、有职业道德的文学艺术家有意识地、主动地去抵制和拒绝。

鲁迅告诫我们艺术家说：“美术家固然须有精熟的技工，但尤须有进步的思想与高尚的人格。他的制作，表面上看是一张画或一个雕像，其实是他的思想与人格的表现。令我们看了，不但欢喜赏玩，尤能发生感动，造成精神上的影响。我们所要求的美术家，是引路的先觉，不是‘公民团’的首领。我们所要求的美术品，是表记中国民族知能最高点的标本，不是水平线以下的思想的平均分数。”[②]“文艺是铸造灵魂的工程”，丧失了灵魂的民族，绝对没有前途和希望。牢记鲁迅的教诲，批判地继承中国美学的真善美相融合的精神，褒扬中华民族高尚的核心价值体系，担当美学和文艺事业所具有的历史使命和天职，坚持以人民为中心的创作导向，努力创作更多无愧于时代的优秀作品，鼓舞全国各族人民朝气蓬勃地迈向未来，理当成为有中国特色的社会主义社会的美学家、文学家、艺术家的毕生信念和不懈追求。

---

① 《马克思恩格斯全集》第3卷，第254页。

② 《鲁迅全集》第1卷，第104页，人民文学出版社1958年版。

批判继承《红楼梦》的中华美学精神

中国社会科学院少数民族文学研究所研究员、中国作家协会会员　朱　兵

中华美学精神是一个非常博大的课题，它涵盖着中华五千多年文明历史长河中积累沉淀的瑰宝，又囊括着炎黄九百六十万平方公里广袤土地上历代矗立起来的政治、经济、军事、法律、宗教、哲学、交通、外交、教育、文化以及文学、艺术、建筑、绘画、书法、中医等等包罗万象的丰富内容的丰碑。要全面地、系统地、细致地梳理、研究、总结中华民族的优秀美学传统，不是一件轻而易举的事，不是朝夕之功所能办到的，也不是少数人所能完成的。它应该是一个有领导、有组织、有计划的巨大系统工程，比已经竣工的《佛藏》《道藏》和正在进行中的《儒藏》还要巨大得多，复杂得多，丰富得多，其现实意义也更重大得多，历史意义更深远得多。我衷心地希望太湖世界文化论坛这次举办的中华美学精神研讨会，能够成为启动这项巨大工程的一个良好开端，为建设中国特色的社会主义美学大厦奠基，夯实这项巨大系统工程的根底。这项巨大工程必须在马列主义思想指导下，对中国古代文化遗产和人类所创造的一切、所建树的一切，进行批判继承，吸取其精华，剔除其糟粕，绝不是有的学者所讲的道家、儒家、马克思主义三者兼收并蓄的“融合”。

我今天发言的题目《运用马列主义的立场、观点和方法，批判继承〈红楼梦〉的中华美学精神》，只不过是广博宏大的中华美学精神的沧海一粟。

第一题:《红楼梦》蕴含的中华美学精神主要表现在哪些方面

《红楼梦》蕴含的中华传统美学精神，倘若仅仅从思想内容方面讲，集中体现在三个方面:（一）对中国封建思想、封建制度的批判、否定；（二）对未来的理想婚姻、理想人生的向往、追求;（三）通过对贾、史、王、薛四大封建家族由盛而衰的描绘，揭示出中国封建社会必然走向灭亡的趋势。

（一）对中国封建思想、封建制度的批判、否定。

这方面的思想内容，集中反映在曹雪芹呕心沥血精心塑造的两个典型人物身上，这两个人物就是贾宝玉和林黛玉。

这两个人物，自从1987版电视连续剧《红楼梦》播映之后，中国人几乎是家喻户晓、妇孺皆知；许多外国人只要谈起《红楼梦》，对这两个人物也会经常挂在嘴边上。但是，真正要讲谈这两个人物的性格特征以及这两个人物的典型意义，恐怕就没有多少言词，也很难说出个子丑寅卯来。

贾宝玉、林黛玉这两个典型人物最突出的性格特征，就是对封建思想、封建道德、封建制度勇敢地、大胆地叛逆。他们本来是封建阶级的公子哥儿和小姐，本来过着衣来伸手、饭来张口，穿绫罗绸缎，吃山珍海味，衣食住行有丫鬟、小厮侍候的奢华生活。可是，他们偏偏不安分守己，不满足于这种天堂般的物质享受，他们却向往追求贾府大观园里所不曾有、也不能给予他们的精神的东西，如婚姻自主、个性发展、行动自由、人生新观念、新理想；而这些又恰恰是与封建思想、封建道德标准、封建规章制度相龃龉，甚至南辕北辙、背道而驰的东西。在正统的封建统治者看来，他们的思想、行为和追求是大逆不道的，是要坚决取缔、必置之死地而后快的。因此，在贾府、大观园里就展开了两种思想、两种人生观念、两个营垒尖锐、激烈的冲突和你死我活的斗争。

如果要问：贾宝玉和林黛玉叛逆的内容是什么呢？概括讲，至少有以下内容：科举制、宗法制、等级制、婚姻制、伦理制、礼仪制、皇权制、官僚制、太监制、嫔妃制、土地制等等。可以说，从中国封建社会的经济基础到上层建筑乃至意识形态的各个领域、方方面面，几乎都有所涉及了。况且，有不少内容，都触及中国封建社会的根本、基础和生命线，这是要刨中国封建社会的祖坟，要扼杀中国封建社会的老命。总之一句话，他们叛逆的最终目标和最后结果，就是彻底推翻封建统治。这当然是中国统治阶级绝对不答应的。

为什么说，贾宝玉和林黛玉的叛逆体现着中华美学精神呢？

中国封建社会，从春秋末战国初开始，经过秦、汉、晋、隋蓬勃发展时期，又经过唐、宋的鼎盛时期，到曹雪芹的《红楼梦》诞生时，中国封建社会已走到了明、清的衰落时期，尤其到清朝，虽有所谓康乾盛世，看其实质，已经是“金玉其外，败絮其中”的回光返照了。曹雪芹眼中看到的中国封建社会，如行将就木的耄耋老人，处处是黑暗、腐朽和衰败，已经病入膏肓，不可救药。中国封建社会走到这个时代，已经成为社会生产力向前发展的障碍和绊脚石。贾宝玉和林黛玉的叛逆是加速清除障碍和绊脚石的工作，是推动滚滚历史车轮向前滚动的一种动力，它是积极的、进步的，是顺应历史潮流的，是符合广大人民群众的要求和意愿的。因此，它是中华美学精神的体现，属于“民主性的精华”，是值得我们批判继承和继续发扬光大的。

贾宝玉和林黛玉这种叛逆既然反映了客观历史潮流，又符合人民群众的要求和愿望，他们就绝不是孤立的，必然有一定的群众基础。

《红楼梦》里，一些勇敢反抗封建压迫的丫鬟们，如晴雯、司棋、鸳鸯、尤三姐等艺术形象，就充分体现了宝、黛叛逆的社会力量和群众基础。

这些丫鬟们，处于当时社会的最底层，是受剥削最深重、受压迫最残酷的人群。她们在贾府和大观园的反封建压迫的斗争，是曹雪芹在《红楼梦》中异彩纷呈、妙笔生花的地方，也是《红楼梦》的美学精神光芒四射之处。

丫鬟们是支持和声援宝、黛叛逆的生力军，宝、黛是贾府、大观园组成的反封建阵线的主心骨和核心，宝、黛为丫鬟撑腰，给她们打气。所以，两个叛逆的主子和反抗封建压迫的丫鬟是串通一气的，虽不是有组织、有领导的自觉的“统一战线”，却是思想一致、行动配合自然而然形成的松散联盟。这个联盟体现着贾府、大观园里中华美学精神的最强势力。更为可贵的是，这些叛逆者、反抗者为此付出鲜血、青春和生命也在所不辞。他们无所畏惧！

我们为曹雪芹在《红楼梦》中彰显出的如此中华美学精神而喝彩！这是在其他中国古典小说和世界小说中看不到的。

（二）对未来的婚姻理想、人生理想的向往与追求。

贾宝玉和林黛玉对封建思想、封建制度的叛逆与他们对未来婚姻理想、人生理想的向往与追求是紧紧联系在一起的，可以说一件事的两个方面。

宝、黛的理想，最切近的就是男女双方自主、自愿的原则，而不是封建制度规定的“父母之命、媒妁之言”的铁则。

男女双方自主、自愿，在中国以往的小说、戏曲作品中，已经有过不少了，如《西厢记》中的张生与崔莺莺、《梁山伯与祝英台》中的梁山伯与祝英台，神话传说《天仙配》中董永与七仙女、《天河配》中的牛郎与织女，还有以幻想的形式在梦中达到自由结合的《牡丹亭》等等，都是反映男女双方自主、自由结合的。这些作品对打破“父母之命、媒妁之言”的桎梏，都是有积极进步意义的。

曹雪芹的《红楼梦》所描绘的贾宝玉、林黛玉恋爱、婚姻的向往和追求，没有落入一般中国古代作品的窠臼，而是在追求男女双方自主、自愿的基础上向前推进了一步：建立在共同思想基础上的恋爱和建立在爱情基础上的婚姻。这是曹雪芹破天荒第一次反映出来的恋爱观念和婚姻理想。因为这样的恋爱和婚姻，男女双方都能获得更大也更长远的幸福和安乐，所以它符合中华美学精神的原则。

如果曹雪芹踩着中国古代作家的脚印走，他写的贾宝玉和林黛玉的恋爱、婚姻，只停留在邂逅相遇一见钟情的生理、生殖的生物欲求的层面上，《红楼梦》的价值就大大降低了。如果那样，贾宝玉必定选择薛宝钗为对象，因为薛宝钗肌肤洁润、体态丰腴，更符合世俗男性的婚姻欲求。贾宝玉在肉感、性感的眼福诱惑面前，对薛宝钗也一度垂涎过，恍惚过，迷茫过，林黛玉曾用“呆雁”揶揄他，奚落他；但贾宝玉最终选择的是林黛玉而非薛宝钗。虽然贾府封建统治者用欺骗的“调包儿计”，强迫贾宝玉娶了薛宝钗，终因有婚姻而没有爱情，逼得贾宝玉离家出走。

贾宝玉的爱情观，是轻物质、重精神的，薛家比林家富裕得多；又是轻肉体、重思想的，贾宝玉和林黛玉在一起有共同语言，而贾宝玉从薛宝钗嘴里听到的是没完没了的“仕途经济”的噪音。这是有没有爱情基础的关键。

贾宝玉和林黛玉的结局是悲剧，林黛玉被逼而殒命，贾宝玉不得已而出家。他们的悲剧是恋爱、婚姻的悲剧，又是思想性格的悲剧。因为他们处于中国从封建社会向资本主义社会过渡的社会转型期，他们叛逆封建制度、追求未来的理想婚姻、人生理想，反映出社会历史发展方向和广大人民群众的社会诉求，是积极的、先进的、有价值的，因此，他们的悲剧又是社会悲剧，又是《红楼梦》审美理想、美学精神的制高点。

如何评价这个制高点呢？我们翻了明末清初以来，曹雪芹之前的中国启蒙思想家和同时代外国启蒙思想家的著作，有谁提出过男女恋爱、婚姻这样的“基础”没有呢？没有！有哪个与曹雪芹生活的时期相差无几的中外作家在自己的作品中描写过这样的“基础”没有呢？没有！号称世界大文豪的俄罗斯作家列夫·托尔斯泰创作的《安娜·卡列尼娜》比《红楼梦》晚了一百年左右，渥伦斯基与安娜恋爱、结婚轰轰烈烈，吸引亿万读者，也没有像贾宝玉、林黛玉一样的恋爱、婚姻的“基础”。从比较中，你可以看到作家思想境界的高低差距，亦可以看出人物形象典型意义的区别。

《红楼梦》诞生一百年之后，恩格斯在《家庭私有制和国家的起源》中，从家庭发展史的角度，科学地总结了现代社会中男女双方自主婚姻和一夫一妻制的合理性，是对人类婚姻的科学总结。

所以，我认为曹雪芹当年是站在历史社会发展的最前沿，站在当时时代思想的最高峰创作《红楼梦》的，在没有人类历史科学发展观的指导下，从自己对清朝现实社会生活敏锐观察和认真思考，把自己认识到的合理和先进的思想勇敢地大胆地熔进自己的作品，灌注到自己塑造的典型人物的心灵中去。这才是“真正艺术家的勇气”，也只有这样，才使《红楼梦》的思想价值，超过了与曹雪芹同时代的中国和世界其他作家，《红楼梦》才永远放射出中国文学史上和世界文学史上从未有过美学精神的璀璨光芒！

这是曹雪芹和《红楼梦》的真正伟大之处，是值得我们当代作家认真思考和学习的地方。

（三）《红楼梦》的第三个传统美学精神。

《红楼梦》描绘了那些典型人物赖以生存、生活和活动的典型环境，那就是以贾府为中心的贾、史、王、薛四大家族。这是一个清朝前中期康雍乾时代位处中国封建统治核心大家族，上通皇廷，下连普通百姓，而且同中间的各个阶层都有千丝万缕的联系和瓜葛。四大家族的兴盛与衰败，几乎成为整个清朝兴衰的晴雨表。

四大家族的盛世，《红楼梦》是用四句谚语来表达的：

贾不假，白玉为堂金作马；

阿房宫，三百里，住不下金陵一个史；

东海缺少白玉床，龙王来请金陵王；

丰年好大雪（薛），珍珠如土金如铁。

从“烈火烹油，鲜花著锦”“花钱像淌海水似的”豪华奢靡败落到“一片白茫茫大地真干净”。这是四大家族急剧衰落的写照。

为什么说，四大家庭的兴衰是中国封建社会必然走向灭亡的预示呢？

其一，曹雪芹通过对贾、史、王、薛四大家族的描绘，展示了中国封建社会的全貌，涵盖了中国封建社会的方方面面，揭露了中国封建社会外强中干的本质。所以，毛主席在延安时曾对身边的工作人员说：“你要不读《红楼梦》，怎么知道什么叫封建社会呢？这部小说描写的是乾隆年间，清朝开始走下坡路，曹雪芹借贾、史、王、薛‘四大家族’的兴衰，提示了封建制度的腐朽。”[①]从这个角度讲，《红楼梦》是中国封建社会的百科全书。

其二，《红楼梦》借助高度典型化的艺术形象，全面地、深刻地、尖锐地揭露了中国封建社会黑暗、腐朽、糜烂的内幕，揭露其扼杀个性、阻碍进步、抱残守缺、顽固不化，严重影响社会向前发展的反动阶级本性。这一切，都使读者清晰地看到已经走过了两千多年的中国封建社会，已经是从根上、内部烂朽的大厦，处于风雨飘摇之中，距倒塌的日子已经为期不远了。从这个角度讲，《红楼梦》是中国封建社会的“死刑判决书”。

其三，《红楼梦》是中国封建社会的缩影。

《红楼梦》不是产生在秦、汉、晋、隋中国封建社会发展的早期，也

---

① 薄一波：《回忆片断——记毛泽东同志二三事》，1984年12月26日《人民日报》。又见徐中远《毛泽东读评五部古典小说》第18页。

不是产生在唐、宋鼎盛时期，而是诞生在中国封建社会急剧衰败的清朝。从明朝中期始，在中国封建社会腐烂温床上已经渐渐滋生出资本主义生产关系的萌芽——也就是已经产生了封建社会的对立面，成为封建社会的掘墓力量。《红楼梦》的诞生时逢中国社会的转型期。聪明的曹雪芹从明末清初的进步思想家的著作中汲取了启蒙主义的思想营养，他的家庭又处在中国社会转型期新旧思想尖锐斗争的旋涡中、风口浪尖上，他切身感受到他出生又赖以生存的本阶级所统治的封建社会的不合理、黑暗、腐朽和不可救药；他也鲜明地感受到萌芽的新思想、新观念、新的生活追求，具有蓬勃向上的不可阻挡之势，他欣喜之、向往之，借用如椽之笔，把这些新东西如实描绘出来，并对践踏新力量的反动、丑恶势力给以强有力揭露、讥讽和鞭笞；他不粉饰现实，不回避矛盾，直接面对血淋淋人生，终于成就了划时代的鸿篇巨制《红楼梦》，树起了旷古未有的中国文学和世界文学光辉灿烂的丰碑。

曹雪芹和欧洲的意大利诗人但丁一样，是中国封建社会的最后一个作家，又是中国资本主义萌芽时期的第一个作家，是中国封建社会向资本主义社会过渡的最具代表性的作家。

曹雪芹诅咒黑暗、批判腐朽、向往光明、追求理想幸福人生的美学精神是伟大的、不朽的，为后继作家树立了光辉的榜样。这是伟大的中华民族的优秀的美学精神的重要组成部分，是很值得我们批判继承和发扬光大的国之瑰宝。

第二题：曹雪芹为何能写出如此伟大作品

我简单总结概括为五个因素：中国封建社会悠久历史，中国五千年文明史积累的优良文化及文学艺术传统，曹雪芹的身世与家族的特殊性，书香门第丰厚藏书，曹雪芹的天资与勤奋的结合。

（一）中国封建社会悠久历史的因素。

只有中国才有两千多年的封建社会历史，这是世界其他国家无法比拟的。

正因为中国封建社会历史悠久，封建社会的制度建设、文化建设、甚至意识形态领域里的各项建设都完备到无微不至、无以复加的程度。例如：君臣制、分封制、郡县制、城郭设置、冠冕服饰、典章制度，都有极其严格的划分和规定，还有中国独有的太监制、嫔妃制、科举制等等。这些极其烦琐、微细的制度，制定了，人人必须遵守；违犯了，就要受到惩处。尤其是中国封建社会的意识形态，经过了几千年的创立、补充、深化和完善过程，所形成的稳固性、迷惑性、冲击力、穿透力都极其强烈和深远。孔孟之道、程朱理学、三纲五常、三从四德几乎普及神州大地的每个角落，浸透到每个人的心灵深处。几千年数十次的农民起义，不是失败，就是胜利后变质，要彻底推翻封建社会，的确不是一件轻而易举的事。就是现在，封建社会的阴影还时不时干扰我们的思想和生活，要彻底根除封建社会的影响，还需要付出一定的努力。

《红楼梦》真实地、形象地、深刻地揭示中国封建社会的许多本质。其他世界各国，没有中国封建社会的丰富素材，当然就写不出像《红楼梦》这样丰富多彩的文学作品。其他国家有发达的资本主义社会，可以写资本主义社会的优秀作品。

（二）中国具有五千多年优秀文化、文学艺术和美学精神的传统，这也是其他任何一个国家不可企及的。

上有四书五经、汉赋，中有唐诗、宋词，下有元曲、明清小说，上下五千年形成优秀文化、文学艺术、美学精神的源远流长的历史长河。这种传统是孕育、培养、成就伟大作家和伟大作品的肥田沃土和坚实基础。世界古代四大文明古国，巴比伦早已销声匿迹了；埃及创造了古代文明，如今只有金字塔还可以炫耀于世；印度的古文明也曾产生一定的世界影响，但与中国古代文明也无法比肩。中国几千年优秀文化、文学艺术、美学精神传统，一直延续下来，从未停止过前进的脚步，从未间断过，而且每个朝代和历史时期，都产生过有别于其他朝代和历史时期独有的辉煌业绩。中华民族这个又粗又长的珍贵链条永远连接在一起，这是弥足珍贵的。

曹雪芹正是在这种链条的根基上，经过批判继承的冶炼，培植出中华民族美学精神的参天大树。

（三）曹雪芹身世和家庭的特殊性。

曹雪芹出生在清朝前期高官厚禄的“百年望族”，曹家与宫廷有十分亲密的关系，曹雪芹的曾祖母、曹玺的夫人孙氏曾经是康熙皇帝的乳母，曹雪芹的祖父曹寅曾经是康熙皇帝的“伴读”；曹家祖孙三代四人曾做过肥差江南织造达五十八年之久，是其他官僚垂涎而不可得的“浩荡皇恩”；康熙南巡六次，其中四次是曹家接待的。那时候的曹家，的确如《红楼梦》所描写的是“昌明隆盛之邦，诗礼簪缨之族，花柳繁华地，温柔富贵乡”。曹雪芹十三岁之前，也曾享受过“锦衣纨绔”、“饫甘餍肥”的豪华生活。

但是，随着清朝皇权的更迭，曹家在雍正朝就被查抄而衰落了。或者是因为雍正用阴谋手段篡夺了皇权，一上台就不遗余力地打击康熙的“亲党”；或许因为曹家四次接驾康熙南巡奢华太过，造成财政巨额亏空，被雍正抓住辫子而查抄；或许是两种因素加在一起，曹家必败无疑。

还有一个无法回避又拿不到桌面上的原因，曹家虽在康熙朝受宠，位高禄厚，显赫一时，但毕竟是明朝败军投降过来的，只是“内务府包衣”，是不可改变的终身奴才，而且世代都不能改变。因为这个软肋，在皇权争夺中被敌对方打击得会更加惨重。曹家被抄，主要成员入监，家属从金陵迁往北京蒜市口暂住，已降为普通老百姓。曹雪芹随迁入京，混迹在街头巷尾，有机会接触到社会底层的三教九流、五行八作，倒是为他日后的创作提供了素材。

此后曹家再遭厄运，被排挤到京西香山健锐营的“黄叶村”。从此过上了“蓬牖茅椽，绳床瓦灶”，“举家食粥酒常赊”的艰难贫苦的日子。

曹家由豪华顿落到衣食无计的困苦境地，是家运的不幸，可又成了曹雪芹体察社会变迁，尝受人世炎凉的不可多得的机遇。倘若曹雪芹一生都过着公子哥儿的富裕生活，就不会有《红楼梦》问世。

腐败的清朝，捣毁了曹家，却促成了曹雪芹成为伟大作家。又因为朝廷对曹家打击过狠，使曹雪芹身心受深重伤害，造成曹雪芹没有来得及修改完《红楼梦》而英年早逝，留下《红楼梦》后四十回至今无法解决的疑案，构成世界上独一无二的作家悲剧。生活的辩证就是这么无情，是任何个人无法改变的。

（四）书香门第的丰富藏书，为曹雪芹成就伟大作家，起到了不可忽视的浇灌作用。

曹家不仅是封建官僚家庭，而且是书香门第。其祖父曹寅，号楝亭，善书，工诗词，又喜爱戏曲，曾撰写《续琵琶》剧本，著有《楝亭诗钞》八卷，《文钞》一卷，《诗别集》四卷；刊珍本秘籍十二种：《梅苑》《声画集》《法书考》《琴史》《墨经》《砚笺》、刘后村的《千家诗》《禁扁》《钓矶立谈》《都城纪胜》《糖霜谱》《录鬼簿》等。曹寅在扬州曾管领《全唐诗》刻印，扬州的诗局归他管理甚久，自己刻印二十多种精刻的书。除以上所列之外，还有《周易本义》《施遇山集》，捐资介刻朱彝尊的《曝书亭集》。曹寅家的藏书多达三千二百八十七种。此外，曹寅《居常饮馔录》一卷，编前代所传饮膳之法，汇成一编：一曰，宋王灼《糖霜谱》；二、三曰，宋东溪遁叟《粥品》及《面粉品》；四曰，元倪瓒《泉史》，五曰，元海滨逸叟《制脯鲊法》；六曰，明王叔承《酿录》；七曰，明释智舷《茗笺》；八、九曰，明灌畦老叟《蔬香谱》及《制蔬品法》。

这里只列举了曹雪芹祖父曹寅一人的著作、刻书、藏书、编书，曹雪芹的曾祖父曹玺、太祖曹振彦、元祖曹锡远以及叔父曹颙、曹頫、父亲曹颜等人历代储存的书籍、墨宝、书画及其他文物，更是不计其数。

曹氏家庭家业之盛，家藏书籍之丰，远非一般家庭可比。

曹雪芹自幼沉浸在家庭、家族的书山画海之中，受着“谈笑有鸿儒，往来无白丁”的浓郁书香氛围的熏陶，只要自己有强烈的求知欲，浏览、阅读、鉴赏，他可以自由驰骋。这是中国和世界其他作家望尘莫及的。

（五）个人天分和后天勤奋的因素。

曹雪芹天资聪颖。有人说他“洪才河泻，逸藻云翔”；也有人说他，具有李贺的诗才、司马相如的文采；还有人说他，诗胆如铁，“堪与刀颖交寒光”。曹雪芹嗜酒、舞剑，傲骨嶙峋，其写作风格是紧握如椽巨笔横扫邪恶，直抒胸中块垒。他能诗能文，会弹琴，善烹饪，还偏爱戏曲，偶尔也粉墨登场，过一把票友之瘾。

在《红楼梦》中，处处显现曹雪芹横溢的才华。他对中国古代诗、词、曲艺、戏剧、小说无所不通，把他从中国古典文学中汲取的精华，不露痕迹地融化在自己的作品中，这是曹雪芹的特殊本领。

客观上有书可读，主观上喜欢读，读了又能消化、吸收，活学活用，化腐朽为神奇，只有这二者的结合，才能成就曹雪芹这样了不起的作家和传之千秋的旷世杰作《红楼梦》。

由此可见，在中华民族悠悠五千多年历史长河中，每一朵放射着美学精神的花朵，都不是轻而易举诞生的，都是社会发展的客观条件和美学家、作家、艺术家艰辛劳动相结合的结果，任何投机取巧、妄想不劳而获的白日梦，都是注定会碰钉子的。

第三题：对《红楼梦》实事求是的评价

世界上任何事物都是一分为二的。对《红楼梦》的评价也是如此。上面我所讲的两题，都是曹雪芹及其著作的成功的、光明的一面，这些也都是从《红楼梦》中经过综合分析提炼出来的，自然也是实事求是的，并没有无端的拔高和脱离实际的夸大其词。同时也必须看到，《红楼梦》也存在着阶级和时代的局限所带来的深重烙印，表现出来的多是“封建性的糟粕”。这种糟粕多数反映在曹雪芹的主观创作意图上。

其一，补天思想。

毫不讳言地讲，曹雪芹创作《红楼梦》的初衷是“补天”——补缀中国封建制度的苍天。

曹雪芹想效法女娲，补缀已经千疮百孔的中国封建制度的苍天，希望摇摇欲坠的清廷，经过一番整顿、修补，重振朝纲，再度复兴，曹雪芹的家庭、家族也随着清朝的复兴再现昔日的辉煌。

在这个意义上，我把曹雪芹的《红楼梦》比作他向当朝皇帝乾隆的“进谏书”，曹雪芹扮演的就是“文死谏”的角色。

《红楼梦》开卷第一回，借叙述“女娲补天”的神话，表达了曹雪芹“无才补天”的慨叹。

之后，《红楼梦》又编撰了探春、宝钗、李纨三人在大观园“兴利除弊”的改革举措。这是曹雪芹希望参与“治国平天下”雄心壮志的小试牛刀。想借此给皇上看：泱泱神州不乏安邦治国的志士仁人。君不见，小小大观园里，探、钗、纨小试身手乎？裙钗尚且如此，何况堂堂须眉乎？这里反映的是曹雪芹殷殷“补天”之心。

《红楼梦》的客观描写证明，曹雪芹经历从“补天”心切，到“补天”淡漠，再到“补天”绝望的变化过程。

“补天”愿望产生自曹雪芹对曹家昔日豪华生活的留恋，说明他对封建制度的叛逆还不彻底，还没有割断与封建阶级联系的脐带。

《红楼梦》的客观社会效果，走向了曹雪芹“补天”思想的反面：由“进谏书”变成了中国封建社会的死刑判决书。这是曹雪芹世界观和创作方法矛盾的一种表现。

其二，身世叹惋。

曹雪芹对他家从豪华到贫穷的顿落是不甘心的：为何就我家倒霉，遭此厄运。他享惯了富家生活，忍受不了贫穷的凄凉与悲苦，怨天尤人，又无可奈何。《红楼梦》中时不时流露这种忧伤和愤懑。

其三，宿命论。

这条与其二有关，在十二金钗的命运诗中，就明显透露出“生死由命、富贵在天”的宿命论思想。

其四，情场忏悔。

因为恋爱失败，没和黛玉结婚，和宝钗结了婚，却没有爱情，就产生时事难料的消极情绪。

其五，历史循环论。

对社会发展变化，没有科学的认识，正确的解释，就把朝代更迭变化，理解为你刚唱罢我登场，三十年河东，三十年河西，周而复始的循环。

其六，解脱。

与现实格格不入，又没有办法解决矛盾，就想用逃避现实的消极办法解脱，“出家”就是一种表现。

这些局限性反映在贾宝玉身上，就是他叛逆的不彻底性，表现在反对封建社会的斗争方面的软弱性、不坚定性、自发性和非自觉意识。恰恰是这些阶级、时代的局限性造成的曹雪芹的主观创作意图，构成曹雪芹创作《红楼梦》的羁绊和障碍，严重影响他对中国封建社会更无情、更彻底、也更犀利的批判。否则，曹雪芹会在叛逆封建制度的道路上走得更坚定、更远，他描写的对封建阶级的斗争也会更有声势，更有力量。

然而，曹雪芹毕竟无法跨过时代的门槛，做出超越时代的事情。有这些局限，才是真实的曹雪芹，只有光明的一面，没有阴暗的一面，也就不是真实的曹雪芹了。

那么，我们又应该如何权衡曹雪芹的主观创作意图和《红楼梦》的客观社会效果孰轻孰重呢?

我的看法是：

（1）《红楼梦》的客观社会效果是主，曹雪芹的主观创作意图是次。文学作品一旦面世，它就是一种独立的社会现象了，不管作家原来是什么想法，都应以作品的客观社会效果作为评价标准。

（2）《红楼梦》的客观社会效果，体现着《红楼梦》的本质，反映出《红楼梦》的核心价值。这个完全可以出乎作者的意料之外，超越作者世界观之上，这就是追求本质真实——艺术真实的现实主义创作方法的巨大作用。这个道理，已经被曹雪芹证实了，也被托尔斯泰老人和巴尔扎克老人证实了。

（3）作家主观意图往往停留作品表面上，一目了然；而作品的客观社会效果，往往隐蔽在语言背后，渗透在“字里行间”，须要文学研究者结合作家所处的历史时代的特征，经过由表及里、去粗存精的综合分析，逻辑推理，扫去尘埃，拨开雾霾，才得以看清真相。看到作品实际反映的“历史的深度”这是文学研究的使命，也是文学研究者与一般只看故事的读者的不同。

（4）《红楼梦》在中国文学史和世界文学史上的地位，不决定于曹雪芹的主观创作意图，而决定于《红楼梦》的客观社会效果。认识不到这一点，就有舍本逐末的偏颇，甚至会造成把糟粕当精华，把精华当糟粕的是非颠倒的危险。这是有深刻历史教训的。

我们且看《红楼梦》诞生三百年来出现的种种歪理邪说吧。

第四题：《红楼梦》研究中不同观点的梳理

鲁迅先生曾经说："《红楼梦》是中国许多人都知道的，至少是知道名目的书。谁是作者和续者姑且不论，单是命意，就因读者的眼光而有种种：经学家看见《易》，道学家看见'淫'，才子佳人看见缠绵，革命家看见排满，流言家看见宫闱秘事……"[①]

鲁迅的见解十分精辟。《红楼梦》诞生三百年来，歧见很多，争论十分激烈，至今都没有停止。不同时代，站在不同立场上，运用不同的观点和方法，自然会得出千差万别的结论。概括起来，可分为以下几种：

第一种，索隐。

无论是王梦阮的"清世祖与董鄂妃"的恋情说，蔡元培的"吊明之亡"、"揭清之失"的清康熙朝政治说，还是以陈康祺、俞樾、钱静方为代表的乾隆朝宰相明珠儿子纳兰性德的情事说，都属于穿凿附会的索隐。脱离《红楼梦》的实际，根据自己的想象和猜测，钻进自己设置的谜团之中而不能自拔，被世人称为"旧红学"。

第二种，"自叙传"。

以胡适、俞平伯为代表，他们虽然打破了索隐者的八卦阵，把《红楼梦》从索隐者的谜团中拉出来，却又跳进了"自叙传"的怪圈。他们认为，曹雪芹就是贾宝玉，贾府就是曹家，《红楼梦》就是曹雪芹的"自叙传"，武断地说《红楼梦》是"自然主义"。这就把作品形象与生活中的模特儿混为一谈，模糊了传记与小说的界限，否定了《红楼梦》反映生活的现实主义意义，是对《红楼梦》的诋毁，降低了《红楼梦》的价值，曹雪芹在天有灵会心神不安，叫屈不迭的。世人把他们称为"新红学"。

① 《鲁迅全集》第 8 卷，第 145 页，人民文学出版社 1958 年版。

第三种，解脱说。

以王国维为代表，他虽开启了对《红楼梦》的美学评论，但借用叔本华哲学上的唯心论，只从生理、生存、生殖的生物学角度诠释《红楼梦》，而抛弃了贾宝玉和林黛玉恋爱的社会性，只能把《红楼梦》视为不能满足“欲望”而出家的“解脱”的书。当代人还有人说《红楼梦》是一本“解脱”的书。

第四种，人性说。

毛主席《在延安文艺座谈会的讲话》是这样说的：“有没有人性这种东西？当然有的。但是只有具体的人性，没有抽象的人性，在阶级社会里就是只有带着阶级性的人性，而没有什么超阶级的人性。我们主张无产阶级的人性，人民大众的人性，而地主资产阶级则主张地主资产阶级的人性，不过他们口头上不这样说，却说成为唯一的人性。”

《红楼梦》所表现出来的人性，突出反映在两个封建阶级的叛逆者和反抗封建压迫的丫鬟们身上，可以定位为“人民大众的人性”和资产阶级萌芽、胚胎时期的人性，在当时的时代是进步的，值得肯定的。

现在的《红楼梦》研究者倡导的人性，是用超阶级的人性代替《红楼梦》的阶级分野，实际上是退化到地主封建阶级的人性。

他们往往利用老一代红学家著作所表现某些缺欠、不足和值得商榷的问题，并加以扩大，上升为《红楼梦》研究中的主要问题加以鼓吹，却抛弃了老专家在《红楼梦》研究中的主要贡献，是一种别有用心的舍本逐末的歪曲。这种观点主要表现对封建阶级的淑女、封建制度的卫道者薛宝钗的同情、怜悯，对其卫道、伪装面孔的辩护和开脱。因此，毛主席把老一代红学家王昆仑、周汝昌、吴世昌、何其芳等人都列入“新红学”的行列。当然，不能把这些人的观点都视为人性论的观点，他们对《红楼梦》研究水平的提高，都做出了不少贡献，王昆仑、何其芳、蒋和森可以说树起了《红楼梦》文本研究的三座里程碑。但是，也要指出，在有些地方，有些问题上，还存在一些值得商榷的问题，可以说，还不是彻底的、完全的辩证唯物论和历史唯物论观点。毛主席特别指出《红楼梦》第四回是《红楼梦》的纲。这是许多红学家所不注意的。因此，毛主席到1964年还在说：“《红楼梦》写出二百多年了，研究红学的到现在还没有搞清楚，可见问题之难。”[①]“《红楼梦》写四大家族，阶级斗争激烈，几十条人命。统治者二十几人（有人算了三十三人），其他都是奴隶，三百多个，鸳鸯、司棋、尤二姐、尤三姐等等。讲历史不拿阶级观点就讲不通。”[②]这些话，不得不让我们深思。毛泽东主席一贯主张用阶级和阶级斗争观点研究《红楼梦》，是非常正确的。清朝是有阶级存在的封建社会，而且处于由封建社会向资本主义社会过渡的社会转型期，阶级斗争十分尖锐、激烈。封建阶级要维护旧秩序，新生的阶级要登上历史舞台，就会展开你死我活的拼杀。《红楼梦》诞生在这个节骨眼上，怎么能不用阶级和阶级斗争的观点来研究《红楼梦》呢？

第五种，还有人说用美学观点研究《红楼梦》。

表面听，没有错；但他说的“美学观点”是不带阶级性的美学，是超出阶级之上的抽象的美学，是用抽象美学来对抗阶级观点的。美学和人性一样，没有不带阶级性的美学，也没有超阶级的、抽象的美学。

五种之外，至于那些烦琐“考证”和匪夷所思、甚嚣尘上的“探佚”已经是有目共睹的过眼烟云，就不再多道多说了。

以上列举的种种错误观点，几乎无一例外地都在曹雪芹的主观创作意图上兜圈子，大做文章，而对《红楼梦》的客观社会效果，却采取漠然置之的消极态度。这样，只能把《红楼梦》研究引向邪门歪道上去，既不能提高《红楼梦》研究的理论水平，也不能抓住《红楼梦》的核心价值，也

① 《毛泽东选集》四卷合订本，第871—872页，人民出版社1966年3月北京第一版。

② 龚育之、逄先知、石仲泉：《毛泽东的读书生活》，第220—221页，中国出版集团，生活·读书·新知三联书店2005年版。

探索不到真正的《红楼梦》的美学精神，对《红楼梦》做出实事求是的准确评价。用这些观点向国外介绍《红楼梦》，就会引起国际友人的误读，从而起到贬损《红楼梦》的消极作用和负面影响，从而影响《红楼梦》在世界文学中的准确定位。

研究《红楼梦》的唯一正确的立场、观点和方法，就是马克思列宁主义和毛泽东思想所教给我们的辩证唯物主义和历史唯物主义，也就是阶级分析和阶级斗争观点。这个问题，待纪念曹雪芹三百周年诞辰再说吧。

让我用《资本论》1873 年 1 月 24 日第二版“跋”中的几句话结束我今天的发言：“辩证法不崇拜任何东西，按其本质来说，它是批判的和革命的。”①

---

① 马克思《资本论》第 1 卷，上，中共中央马克思·恩格斯·列宁·斯大林著作编译局译，第 24 页，人民出版社 1975 年 6 月第一版。

马克思主义的中国传统文化气质

教育部社科中心文化美育处处长、研究员　马建辉

在当代中国，传承和弘扬中华美学精神，需要我们思考或重新思考一些背景性或基础性问题，比如，马克思主义和中国传统文化的关系问题，等等。马克思主义之所以可以成功中国化，在中国现当代思想文化界枝繁叶茂，其与中国传统文化基因相通、相融，并因而具有浓郁的中国传统文化气质，是一个基本的前提，也是一种不可或缺的催化剂。这种文化基因的相通、相融当然不是完全一致，而是在精神的和观念的维度上具有一定的同向性和同构性。总体来看，马克思主义的中国传统文化气质主要表现为二者在革命精神、社会理想和价值观念等方面的相通与相融。

第一，革命精神相通、相融。一部中国历史，如果从革命的意义维度上讲，就是一部正义反抗和推翻不义，从而为自己前进不断开辟道路的历史，也是被奴役者不断反抗和推翻奴役者，从而获取自身解放的历史。这样的民族文化基因是可以与马克思主义的革命思想遥相呼应的。

中国传统文化，特别是儒家文化主张“民贵君轻”“道统高于政统”。《孟子》中有言：“民为贵，社稷次之，君为轻。是故得乎丘民而为天子，得乎天子为诸侯，得乎诸侯为大夫。诸侯危社稷，则变置。牺牲既成，粢

盛既洁，祭祀以时，然而旱干水溢，则变置社稷。”[①]这里的“变置”诸侯、“变置”社稷实际上也就意味着革命。在儒家文化这里，当政统背离了道统，君主背离了民心，革命也就因之而具有了合法性和正当性。

马克思在《〈政治经济学批判〉序言》中从政治经济学的视角分析了社会革命的发生，他说：“社会的物质生产力发展到一定阶段，便同它们一直在其中运动的现存生产关系或财产关系（这只是生产关系的法律用语）发生矛盾。于是这些关系便由生产力的发展形式变成生产力的桎梏。那时社会革命的时代就到来了。”[②]如果我们把“现存的生产关系或财产关系”看作“政统”的话，那么，“社会的物质生产力发展”就是“道统”，政统阻碍或背离了道统，革命就会发生。在对革命发生的逻辑的理解与阐释上，马克思主义的方式和中国传统文化的方式在实质上是有些类似的。

汤、武革命是我国较早的革命。商汤、周武王是革命者，也是我国传统文化中的“圣王”。儒家经典对汤、武革命的正义性是充分肯定的，《周易》认为，“汤、武革命，顺乎天而应乎人”。[③]《孟子》则说“汤放桀，武王伐纣”是“诛一夫”，是“诛其君而吊其民，若时雨降”，而非“弑君”：“贼仁者谓之贼，贼义者谓之残。残贼之人，谓之一夫。闻诛一夫纣矣，未闻弑君也。”[④]《荀子》也强调了汤武革命的正义性：“天下归之之谓王，天下去之之谓亡。故桀、纣无天下，而汤、武不弑君，由此效之也。汤、武者，民之父母也；桀、纣者，民之怨贼也。”[⑤]这些都表明了儒家思想文化

---

① 焦循：《孟子正义·尽心章句下》，《诸子集成（1）》，第573页，上海：上海书店1986年影印版。

② 《马克思恩格斯文集》第2卷，第591—592页，北京：人民出版社2009年版。

③ 《周易正义·卷第五·革》，阮元校刻《十三经注疏》上册，第60页，北京：中华书局1980年影印版。

④ 焦循：《孟子正义·梁惠王章句下》，《诸子集成（1）》，第87、90页，上海：上海书店1986年影印版。

⑤ 王先谦：《荀子集解·正论篇第十八》，《诸子集成（2）》，第216页，上海：上海书店1986年影印版。

中的革命一维。

封建社会自秦汉以降所发生的革命，其模式大体为“儒者革命与农民起义相结合”。最早响应陈涉起义的革命儒者是孔子第八世孙孔甲。孔甲，名鲋，《史记》言其“年五十七，为陈王涉博士。死于陈下”。[①]他带着礼器去投奔、辅佐陈涉，“并非走投无路时的机会主义的选择，而是受着儒家自孔子创宗以来便已形成的民本主义的感召”，开了儒者革命与农民起义相结合的先河。他堪称孔家为革命牺牲的第一人，真正践行了“有杀身以成仁”的革命精神。[②]在这样的儒者革命精神的感召和鼓舞下，我国历史上无数志士仁人义无反顾投身抗争不义和暴政的洪流之中。毛泽东同志指出，从秦朝的陈胜、吴广到清朝的太平天国，中国封建社会的农民起义大小有数百次之多，“中国历史上的农民起义和农民战争（农民革命的表现形式——引者注）的规模之大，是世界历史上所仅见的”。[③]而这些农民起义中，都不乏儒者的身影。这些都表明革命是中国传统文化中的一种根深蒂固的要素和基因，离开革命就不能真正理解和全面把握中国传统文化的生机与活力之所在。

在中国传统文化中，革命是推翻暴政，实现仁政，使“民本”、“民贵”思想得以复归的路径和方法，是道德的、向善的行动。在马克思主义那里，这样的革命意义倾向同样存在。可以说，“革命”是马克思主义思想的关键词、核心词之一。马克思在《关于费尔巴哈的提纲》中说：“哲学家们只是用不同的方式解释世界，问题在于改变世界。”[④]而革命正是改变世界的最为有效和必要的手段。马克思在《资本论》中说：“暴力是每一个孕

① 司马迁：《史记（六）·世家[二]·孔子世家第十七》（点校本二十四史修订本），第2344页，北京：中华书局2013年版。

② 李冬君：《儒家革命与汉初统一》，载《中国社会历史评论》（南开大学年刊）2005年第6卷。

③ 《毛泽东选集》第4卷，第625页，北京：人民出版社1991年版。

④ 《马克思恩格斯文集》第1卷，第502页，北京：人民出版社2009年版。

育着新社会的旧社会的助产婆。”[①] 他还深刻阐明了革命的客观必然性，他指出，随着“贫困、压迫、奴役、退化和剥削的程度不断加深”，被奴役和被剥夺者的反抗也不断增长；当奴役和剥夺达到被奴役和被剥夺者所能够容忍的极限，奴役和剥夺的外壳就要炸毁，奴役者的丧钟就会敲响，“剥夺者就要被剥夺了”，[②]革命就必然会发生。革命精神，可以说是马克思主义的基本精神之一，也是其核心观念之一。

就革命观念的实质而言，马克思主义的革命与中国传统文化中的革命是有着很大差异的，但这并不妨碍它们作为一种“改变世界”的精神的相通性和一致性。也正由此，我们或许可以说，马克思主义的革命精神与中国传统文化中的革命精神的结合就是中国革命精神的现代化或科学化形态。毛泽东的革命精神与革命观就是这种现代化或科学化的中国革命精神与观念的代表，他阐明了中国革命发生的必然性，明确指出，“有压迫，就有反抗；有剥削，就有反抗。”[③] “‘压迫—反抗’模式构成了毛泽东对革命起源的基本解释框架。他认为社会上广泛存在的剥削、压迫、奴役是导致革命的直接原因。人们不甘于受压迫，于是就反抗，就斗争，就革命，期望通过革命求得自身的解放，过上自由幸福的生活。”[④]毛泽东的革命思想包括武装革命、人民革命、土地革命、民主革命、思想革命、文化革命等诸多方面，形成了一个严整的革命思想体系，是中国革命精神的集大成者，把中国革命理念推向了一个崭新的发展阶段。应该说，毛泽东的革命精神和革命观既有马克思主义革命思想要素的汲取与发展，也有中国传统文化中革命观念的传承与创新。

第二，社会理想相通、相融。马克思主义的社会理想是共产主义。中

---

① 《马克思恩格斯文集》第 5 卷，第 861 页，北京：人民出版社 2009 年版。

② 《马克思恩格斯文集》第 5 卷，第 874 页，北京：人民出版社 2009 年版。

③ 《毛泽东文集》第 8 卷，第 384 页，北京：人民出版社 1999 年版。

④ 何云峰:《试论晚年毛泽东的革命观》，载《河南大学学报》2014 年第 4 期。

国传统文化，特别是儒家文化中的社会理想是“大同”。我国哲学史家冯友兰先生曾指出：“《礼记》所描写的大同那一段，在中国近代史中经常为当时的先进人物所引用，认为是社会进步的理想。康有为引用它，孙中山也引用它，其实，他们所理想的和《礼运》所描写的并不是一回事。他们所理想的是经过社会主义革命才能实现的共产主义。《礼运》所描写的是原始共产主义社会。——一个是对未来的向往，一个是对于过去的回忆，真正的共产主义社会和原始共产主义社会表面上有类似之处，但本质上是不同的。”[①]应该说，这样的见解在对“大同”和共产主义社会差异方面的理解上是有道理的。但另一方面，我们也必须看到，实际上，在二者到底是“形似神异”还是“形异神似”之间做这样的区分是有些简单化了的。因为对于观念而言，形、神是不可分的：神似之处，必有形随；形似之处，亦必有神会。“大同”和共产主义社会作为理想倾向或观念形态，浅表层面上的类似，也必有其基因发动之根源，即人们所共有的追求未来美好生活和美好社会的真实愿望与天性向往。

《礼记》以孔子答子游问的形式提出了“大同”社会的理想：“大道之行也，天下为公，选贤与能，讲信修睦。故人不独亲其亲，不独子其子，使老有所终，壮有所用，幼有所长，矜寡孤独废疾者皆有所养，男有分，女有归。货，恶其弃于地也，不必藏于己；力，恶其不出于身也，不必为己。是故谋闭而不兴，盗窃乱贼而不作，故外户而不闭。是谓大同。”[②]“大同”社会是合于大道，也即合于正道、合于自然发展规律的社会，孔子在这里主要从人与社会、人与人和谐关系的视角为我们描述了“大同”社会的美好的、理想的道德化场景。这或许可以视为中国的理想的共产主义社会的远端。

① 冯友兰：《中国哲学史新编》(中册)，第119页，北京：人民出版社1998年版。

② 《礼记正义·卷二十一(礼运第九)》，阮元校刻《十三经注疏》下册，第1414页，北京：中华书局1980年影印版。

东晋诗人陶渊明在其《桃花源记并诗》中以文学语言对“大同”进行了描绘：“土地平旷，屋舍俨然，有良田、美池、桑竹之属。阡陌交通，鸡犬相闻。其中往来种作，男女衣着，悉如外人。黄发垂髫，并怡然自乐。”“相命肆农耕，日入从所憩。桑竹垂余荫，菽稷随时艺。春蚕收长丝，秋熟靡王税。荒路暧交通，鸡犬互鸣吠。俎豆犹古法，衣裳无新制。童孺纵行歌，斑白欢游诣。草荣识节和，木衰知风厉。虽无纪历志，四时自成岁。怡然有余乐，于何劳智慧？”[①]其诗其文给我们展现出一幅农耕时代的优美素描，把“大同”社会理想诗意化了。如果说孔子所讲述的“大同”强调了人与人之间、人与社会之间的和谐关系的话；那么，在陶渊明这里，除了上述二者之外，还体现出人与自然、人与自身的和谐关系。这显然是对孔子“大同”社会理想的有益的丰富和补充。

马克思、恩格斯在《共产党宣言》中断言：在共产主义社会，阶级差别在发展进程中已经消失，全部生产集中在联合起来的个人的手里，公共权力失去了其政治性质，“在那里，每个人的自由发展是一切人的自由发展的条件”。[②]在《哥达纲领批判》中，马克思进一步指出，共产主义社会高级阶段是以“各尽所能，按需分配”为特征的。在这个阶段，迫使个人奴隶般地服从分工的情形已经消失，脑力劳动和体力劳动的对立也随之消失；劳动已经不只是谋生的手段，还是生活的第一需要；随着个人的全面发展，他们的生产力也增长起来，集体财富的一切源泉都充分涌流。[③]另外，在其早期著作《1844年经济学哲学手稿》中，马克思还宣称：“无神论的博爱最初还只是哲学的、抽象的博爱，而共产主义的博爱则径直是现实的和直接追求实效的。”[④]在马克思主义创始人所设计的这样的共产主义

---

① 陶潜：《桃花源记并诗》，《陶渊明集全译》，贵州人民出版社1992年版，第291—292页。

② 《马克思恩格斯文集》第2卷，第53页，北京：人民出版社2009年版。

③ 《马克思恩格斯文集》第3卷，第435—436页，北京：人民出版社2009年版。

④ 《马克思恩格斯全集》第3卷，第298页，北京：人民出版社2002年版。

社会图景中，我们无疑可以看到“大同”社会的隐约影像。

马克思说，共产主义“是人和自然界之间、人和人之间的矛盾的真正解决，是存在和本质、对象化和自我确证、自由和必然、个体和类之间的斗争的真正解决”[①]。这句话似可理解为对陶渊明《桃花源诗》的理论深化或哲理升华，而《桃花源诗》也可以理解为对马克思这句名言的诗意象征。在中国传统文化的“大同”观念与共产主义社会理想之间，存在着一条可以彼此沟通的路径。

毛泽东同志在《论人民民主专政》中，几次提到“大同”，并将其作为和共产主义同等的概念来使用。他说：“资产阶级的民主主义让位给工人阶级领导的人民民主主义，资产阶级共和国让位给人民共和国。这样就造成了一种可能性：经过人民共和国到达社会主义和共产主义，到达阶级的消灭和世界的大同。康有为写了《大同书》，他没有也不可能找到一条到达大同的路。资产阶级的共和国，外国有过的，中国不能有，因为中国是受帝国主义压迫的国家。唯一的路是经过工人阶级领导的人民共和国。”[②]“在工人阶级和共产党的领导之下稳步地由农业国进到工业国，由新民主主义社会进到社会主义社会和共产主义社会，消灭阶级和实现大同。”[③]

可以说，“天下为公”观念与“大同”社会理想形成了中国现代知识分子对于马克思主义共产主义（或社会主义）社会的前理解。因此，当马克思主义开始在中国传播，共产主义理想社会的前景无疑与国人内心潜在的“大同”愿望相契合，马克思主义被国人所接受，特别是被中国现代知识分子所接受，与他们文化基因中的“大同”思想是分不开的。这无疑也应是马克思主义比起其他“主义”更容易在中国工农劳动大众心中扎下根的原因所在。

---

① 《马克思恩格斯全集》第3卷，第297页，北京：人民出版社2002年版。

② 《毛泽东选集》第4卷，第1471页，北京：人民出版社1991年版。

③ 《毛泽东选集》第4卷，第1476页，北京：人民出版社1991年版。

第三，价值观念相通、相融。马克思主义是为大多数人民群众谋幸福的理论体系，是为被剥削、被奴役、被压迫者谋解放的思想武器，其价值观立场，与中国传统文化中的“民本”思想、“民贵君轻”观念相通、相融；马克思主义对资本、对盘剥的批判，与“重义轻利”这一中华文化价值伦理相通。这些都为我国现代知识分子和人民群众从价值观念层面、从道德伦理层面接受马克思主义提供了前提、奠定了基础。

我们知道，作为中国传统文化之代表的儒学是“仁义之学”，“仁”与“义”是儒家价值理念的核心与基础。《论语》记载：“樊迟问仁，子曰：‘爱人。’”[①]这是孔子自己对其所主张的“仁”的涵义的明确规定。“爱人”，就是关爱他人，这是孔子仁学思想内涵的实质所在。孔子宣扬的“爱人”“安人”“安百姓”“泛爱众”“博施济众”等观念，都内在地包含了“仁”的思想。从“爱人”“安人”“济众”的视角看，儒家所主张的“仁”主要是对人民、对民众的“仁”，对受奴役者的“仁”，对被侮辱与被损害者的“仁”。这一点在毛泽东思想中也有体现，比如，他曾明确指出：“我们对于反动派和反动阶级的反动行为，决不施仁政。我们仅仅施仁政于人民内部，而不施于人民外部的反动派和反动阶级的反动行为。”[②]这样的“仁”就是具体的“仁”，是现实的“仁”，是实践着的“仁”，它与作为被奴役者的解放思想的马克思主义显然是有相通、相融之处的。

青年马克思在《青年在选择职业时的考虑》一文中就曾说：“在选择职业时，我们应该遵循的主要指针是人类的幸福和我们自身的完美。”“人们只有为同时代人的完美、为他们的幸福而工作，才能使自己也达到完美。”“历史承认那些为共同目标劳动因而自己变得高尚的人是伟大人物；经验赞美那些为大多数人带来幸福的人是最幸福的人；宗教本身也教诲我

---

① 刘宝楠：《论语正义·颜渊第十二》，《诸子集成（1）》，第278页，上海：上海书店1986年影印版。

② 《毛泽东选集》第4卷，第1476页，北京：人民出版社1991年版。

们，人人敬仰的理想人物，就曾为人类牺牲了自己。”“如果我们选择了最能为人类福利而劳动的职业，那么，重担就不能把我们压倒，因为这是为大家而献身；那时我们所感到的就不是可怜的、有限的、自私的乐趣，我们的幸福将属于千百万人，我们的事业将默默地、但是永恒发挥作用地存在下去，而面对我们的骨灰，高尚的人们将洒下热泪。”[①]马克思坚定地把为人类幸福和人类福利而劳动作为自己的职业抱负，这不能不说是把“仁”推向了极致。

中国传统文化，特别是儒家文化非常重视“义”。孔子在《论语》中说：“质直而好义”，[②]“闻义不能徙，不善不能改，是吾忧也”，“不义而富且贵，于我如浮云”，[③]“见利思义”，[④]“君子义以为上”，[⑤]“君子义以为质，礼以行之，孙以出之，信以成之”。[⑥]这里的“义”都蕴涵了善的意思，是指以善为基础的道义或道德。我国典籍中讨论“义”比较集中的是《孟子》，其中“义”字出现了一百零八次之多。孟子说：“羞恶之心，义也。”[⑦]朱熹认为：“羞，耻己之不善也。恶，憎人之不善也。”[⑧]可见，孟子的“义”的思想也是以尚善为其基本精神的。墨家创始人墨子也称：“万事莫贵于义。”[⑨]又说：

① 《马克思恩格斯全集》第40卷，第6—7页，北京：人民出版社1982年版。

② 刘宝楠：《论语正义·颜渊第十二》，《诸子集成（1）》，第276页，上海：上海书店1986年影印版。

③ 刘宝楠：《论语正义·述而第七》，《诸子集成（1）》，第136、143页，上海：上海书店1986年影印版。

④ 刘宝楠：《论语正义·宪问第十四》，《诸子集成（1）》，第308页，上海：上海书店1986年影印版。

⑤ 刘宝楠：《论语正义·阳货第十七》，《诸子集成（1）》，第384页，上海：上海书店1986年影印版。

⑥ 刘宝楠：《论语正义·卫灵公第十五》，《诸子集成（1）》，第342页，上海：上海书店1986年影印版。

⑦ 焦循：《孟子正义·告子章句上》，《诸子集成（1）》，第446页，上海：上海书店1986年影印版。

⑧ 朱熹：《四书章句集注（下）·孟子集注》，第305页，上海：上海古籍出版社2006年版。

⑨ 孙诒让：《墨子间诂·贵义第四十七》，《诸子集成（4）》，第265页，上海：上海书店1986年影印版。

"义，利也。"[①]这里的"利"不是私利，而是指天下人之"利"，是公共利益。墨家的义思想认为，只有维护他人的权利，为天下人谋利，才能称之为"义"，而只强调个人的权利，甚至"亏人自利"，则是违背"义"的。

"义"的古体字或繁体字一般写作"義"。东汉学者许慎在《说文解字》中解释说："義，己之威仪也。从我羊。"[②]这是对"义"的较古老的用法的解释。人们对"义"更多地解释为"宜"，《中庸》就有"義者，宜也"[③]的说法，意思是做事举止合理、妥当就是"义"。清人段玉裁《说文解字注》指出："義之本训，为礼容各得其宜。礼容得宜则善矣。故文王、我将毛传皆曰：'義，善也。'引申之训也。""从羊者，与善、美同意。"[④]如果从字形上去辨析的话，上"羊"下"我"的"義"字可以有三种解释（这三种解释来自古人对"我"字的三种认识）：其一，古代"我"字就是"殺"（杀的繁体字），"義"就是杀羊以分配给众人，分配要合理、妥当，要"得宜"，这就是"義"；其二，"我"字是手持武器"戈"的意思，"羊"是善、美之义，持"戈"以保护、卫护善、美，就是"義"；其三，"我"就是自己，就是"己"，"義"就是善由己出的意思，把善推己及人就是"義"。

这三层意思在马克思主义那里都可以找到相应的思想因子：其一，马克思主义主张初级共产主义基础上的"按劳分配"原则和高级共产主义阶段的"按需分配"原则，这对应了实施合理或公平分配的观点。其二，马克思、恩格斯认为，作为至善的共产主义"只有用暴力推翻全部现存的社会制度才能达到"，"革命"将使被奴役者和被剥夺者"失去"锁链，而获

① 孙诒让：《墨子间诂·经说下第四十三》，《诸子集成（4）》，第233页，上海：上海书店1986年影印版。

② 许慎：《说文解字》，第267页，天津：天津市古籍书店1991年影印版。

③ 《礼记正义·卷五十二（中庸第三十一）》，阮元校刻《十三经注疏》下册，第1629页，北京：中华书局1980年影印版。

④ 段玉裁：《说文解字注》（许惟贤整理），第1100页，南京：凤凰出版社2007年版。

得解放，获得“整个世界”。[①]这样的具有先进性质的革命对应了以武器去保卫正义、实现善与美的观点。其三，马克思在《1844年经济学哲学手稿》中说：“只能用爱来交换爱，只能用信任来交换信任”；“如果你想得到艺术的享受，那你就必须是一个有艺术修养的人。如果你想感化别人，那你就必须是一个实际上能鼓舞和推动别人前进的人。”[②]这对应了善由己出、推己及人的观点。这样来看，马克思主义在价值观念上也是与中国传统文化息息相通的。

毫无疑问，尽管我们上面谈了那么多马克思主义和中国传统文化中的相通、相融之处，尽管在一定意义上说，马克思主义具有某些中国传统文化气质；但是马克思主义与中国传统文化无论在革命精神、社会理想和价值观念上也都有着不少本质上的差异。因此，在马克思主义和中国传统文化之间我们既可以选择“筑墙”，也可以选择“架桥”。我想，在20世纪特定历史时期，在以马克思主义批判传统文化支持和粉饰下的旧中国的社会现实时，对二者之间的差异的强调显然应该是主导的方面，人们所做的大多是“筑墙”的工作也就是可以理解的，这是历史的要求；而现在，在调动一切积极文化因素构建中国社会主义文化以实现文化强国梦的当下，强调二者的共通性就应该成为主导的方面了，我们更应该做的就是“架桥”的工作了，这同样是历史的要求。再者，毕竟文化的发展不是按时间次序以一种文化推倒另一种文化，而是推陈出新、批判继承、有机融会、综合创新。

实际上，正如我曾在一篇文章中提到的，马克思主义在中国被接受，乃至融入中华民族文化，成为中国文化发展的指导思想。除了它适应了改造中国社会的现实需要之外，还有一个重要原因在于马克思主义价值观念的一些主要方面与中国传统文化价值观系统具有基因兼容性，二者是顺向

---

① 《马克思恩格斯文集》第2卷，第66页，北京：人民出版社2009年版。

② 《马克思恩格斯全集》第3卷，第364页，北京：人民出版社2002年版。

发展的。应该说，如果没有这样的基因共通性或兼容性，马克思主义思想不可能在中国发挥这样深广的影响。可以说，马克思主义融入中国文化，使中国文化的面目焕然一新。如果从这个意义上去理解的话，马克思主义指导下的革命文化和社会主义文化，应当正是中国传统文化的现代化形态。①

当我们谈到中国文化的时候，常常把传统文化与现代的马克思主义指导下革命文化和社会主义文化分别开来，把传统文化与先进文化分割开来，这既不利于先进文化在华夏大地上扎根，也不利于传统文化的现代化。把先进文化理解为优秀传统文化的当代形态或现代化形态，一方面可以更好地衔接文化发展的血脉，一方面也能够弥合古典与现代的裂纹，确立起一个内在统一的、有机的、总体性的中国文化，从而为文化强国建设确立“主脑”。事实上，中国文化的生命力也正表现在其强大的涵容力上，在精神气质上与中国传统文化相顺应，具有相当程度的同构关系，是外来思想文化深层次融入中国文化，甚至最终成为中国文化的有机组成部分的必要条件。

① 参看马建辉《建设文化强国应着力构建中华性》，载《人民论坛》（旬刊）2011年第32期。

革故鼎新，生生不息

——弘扬和创造新时代的中华美学精神

吉林大学文学院副教授、文艺学博士　李　龙

美学问题、文化问题一直是中国马克思主义者高度关注和思考的问题。简单地从近代以来所产生的美学学科的视角来进行解读，是无法真正理解美学问题之于中国马克思主义者的意义的。可以毫不夸张地说，不理解中国马克思主义者的美学追求和文化理想，就难以理解近百年来中国的历史，更难以理解中国的未来。而美学和文化问题之所以在中国马克思主义者这里成为关注的核心问题，则有着深刻的原因。

其一，这是由经典马克思主义美学产生的历史语境所决定的。德国古典美学为现代的美学观念和美学思想奠定了基本问题域，而马克思主义经典作家正是通过对德意志意识形态和一切旧秩序的批判，建立起了历史唯物主义理论体系，同时提出了自己美学的观念、方法和历史使命。

德国古典美学的理论基础是康德提出来的人性论和主体性原则，如哈贝马斯所言，主体性原则确立了现代的文化形态，[①] 建立在主体性原则基础之上的德国古典美学，自然要以“人”为出发点，然后又回到“人”。于是，“人的解放”便成为德国古典美学的最高理想。同时也要注意到，从思想史上的意义上来看，德国古典美学在实质上是对启蒙运动思想主题

① 〔德〕于尔根·哈贝马斯:《现代性的哲学话语》，曹卫东等译，第 21 页，南京：译林出版社 2004 年版。

的继承和延续，并试图把审美作为切入点来为人的解放找到新的答案。德国古典美学对审美问题的重视，既是在捍卫人的主体性，也是对近代资本主义生产关系崛起之后，由于对理性化的过分强调而造成的对人的压抑和分裂的反抗。“感性学”（美学）的提出，是对西方传统中对感性的贬斥和边缘化的一种颠覆。

马克思主义美学继承了德国古典美学所提出来的历史主题，但是，马克思主义创始人却第一次给出了科学的解释和正确的道路。对马克思主义创始人来说，德国古典美学所说的“人的解放”，只是一种抽象的解放，不是真正的解放。解放应是一种现实的、历史的活动，而非思想活动。所以，想要解决这一问题，就必须打破形而上学的幻象，从社会历史存在和发展的真正基础上来寻找答案。现代社会人的不自由，不是由于人性的分裂造成的，那是结果而非原因，真实的原因是由于“物的关系”对人的统治，这种“物的关系”又源于资本主义生产关系。因此，马克思指出：“在现代，物的关系对个人的统治、偶然性对个性的压抑，已具有最尖锐最普遍的形式，这样就给现有的个人提出了十分明确的任务。这种情况向他们提出了这样的任务：确立个人对偶然性和关系的统治，以之代替关系和偶然性对个人的统治。”[①] 所以，摆脱“物的关系”对人的统治，实现人的解放，更进一步说，通过对生产关系的解放从而实现人的自由全面的发展，这才是马克思主义的崇高追求。

其二，马克思主义美学的诞生，打破了美学意识形态的神话。美学学科的产生，属于西方传统知识论范畴划分的结果。现代美学学科的提出者鲍姆嘉通认为，人的心理活动可以分为知、情、意三个部分，研究“知”的，也就是人的理性认识，是逻辑学；研究“意”，也就是关系人类态度行为的东西，这是伦理学；而研究“情”，也就是人的感性认识，则是“美学”。

---

① 马克思和恩格斯：《德意志意识形态》，《马克思恩格斯全集》第 3 卷，第 515 页，北京：人民出版社 1960 年版。

所以，从这个角度说，一方面，美学是理性试图对感性进行理性化的掌控的知识体系；另一方面，美学则追求一种自律性，它为自己划分了独特的研究对象和研究领域。在经典马克思主义作家看来，德国古典美学对美的理解，对人的解放的理解，完全是一种美学意识形态。这种美学意识形态使得他们将审美宗教化，并将这一思想垄断了近代以来的社会再生产领域，垄断了文化和思想领域，而事实上它掩盖的正是在资本主义社会中人的异化和分裂这一最根本的事实。对于马克思来说，“彼岸世界的真理消逝以后，历史的任务就是确立此岸世界的真理。人的自我异化的神圣形象被揭穿以后，揭露非神圣形象中的自我异化，就成了为历史服务的哲学的迫切任务”。[①] 抽象的审美主义、人道主义，本质上都属于“非神圣形象的自我异化”，因而也是需要被揭露的对象。

经典马克思主义美学的诞生，根本不是在传统知识论范畴内对美学问题的提出和解决，它将美的创造、审美活动、审美理想完全置于人类社会历史存在和发展的深厚基础上，既打破了传统美学知识论的划分模式，也颠覆了传统美学形而上学的基础，冲破了德意志意识形态的神话，因之可以说是破天荒的。它把一种资产阶级自律性的话语体系，变成了一种深深地植根于历史之中的话语，马克思主义创始人为美学赋予了崇高的历史使命，并明确地指出了实现人的解放的根本途径：“意识的一切形式和产物不是可以通过精神的批判来消灭的，不是可以通过把它们消融在‘自我意识’中或化为‘幽灵’‘怪影’‘怪想’等等来消灭的，而只有通过实际地推翻这一切唯心主义谬论所由产生的现实的社会关系，才能把它们消灭；历史的动力以及宗教、哲学和任何其他理论的动力是革命，而不是批判。”[②]

① 马克思：《〈黑格尔法哲学批判〉导言》，《马克思恩格斯文集》第1卷，第4页，北京：人民出版社2009年版。

② 马克思和恩格斯：《德意志意识形态》，《马克思恩格斯全集》第3卷，第544页，北京：人民出版社1960年版。

因为社会生活的本质是生产实践，而不是理论的虚构和神圣观念的自我演绎，所以，只有通过对“非神圣形象的自我异化”的批判，通过理论革命和现实生产关系的变革，才会破除传统意识形态的神话，才会使人成为真正的人，才会使人摆脱抽象的统治，摆脱资本主义生产关系的普遍桎梏，才会真正实现人的解放。恩格斯所说的“德国的工人运动是德国古典哲学的继承者”[①]，其原因正在于此。

其三，对于中国的马克思主义者来说，对美学和文化问题的关注，不仅继承了马克思主义经典作家崇高的美学追求和历史追求，也是由中国独特的历史和现实的文化基因所决定的。它意味着中国的马克思主义者选择了一条独特的既具有中国自身特色，也具有深远的世界史意义的道路。

从中国自身的历史来看，中国有着漫长的美学思想史和艺术创造史，在中华文明的基因中就存在着与生俱来的艺术气息和美学精神。从小的层面来讲，它以培养健全的人格为目标，通过“兴于诗，立于礼，成于乐”几个步骤，完成人的培养和改造。从大的层面来讲，它注重的是对所谓“大道”的体悟，上下与天地合德，究天人之际，通古今之变。笔者认为，这种独特的中华美学精神生成的根基，在于“生”的理念。《易传》说“天地之大德曰生”，上至天地，下至人世，乃至人的生成，都源于一个“生”字。宋代程颢说“仁者，浑然与天地同体”[②]，朱熹在《论语集注》中说“胸次悠然，直与天地万物上下同流”。他们所说的，都是指个体的生命，通过对天地的体认，获得永恒的意义。那么，充塞天地之间的又是什么呢？张载说：“天惟运动一气，鼓万物而生，无心以恤物。”也就是说，是充塞于天地之间的元气流动，赋予天地一种饱满的生命力。在此基础上，古人提出的“生仁合一”，体现的是现实的关怀和对最高的境界的

① 恩格斯：《路德维希·费尔巴哈和德国古典哲学的终结》，《马克思恩格斯文集》第4卷，第313页，北京：人民出版社2009年版。

② 程颢：《河南程氏遗书卷二》。

体悟。天地自然万物，都以“生”作为最根本的特点，它体现的是一种积极、活泼、饱满和昂扬向上的精神和力量。因为元气的流动，天地的根本精神就是化生万物，创造新生命，如王夫之在《思问录外篇》中所言：“无恒器而有恒道也。天地之德不易，而天地之化日新。”正因如此，我们看到，中华传统美学精神，展示给我们的是一个元气淋漓、不断创造的艺术世界，生生不息，积健为雄，气韵生动是中华传统美学精神的重要组成部分。周虽旧邦，其命维新，不断的革新和创造体现的正是这种生生不息的力量。

中国的马克思主义美学，除了继承了马克思主义经典作家的美学追求和美学理想之外，也继承了中华传统美学精神中的生生不息的创造性精神，继承了中华美学精神中所强调的人的培养的目标。从世界历史的进程来看，中国在近百年革命和社会主义建设的历史进程中，体现了一种宏大的历史追求和独特的美学追求和文化理想，整个国家体现出一种积极进取、蓬勃向上的气象。在笔者看来，这种美学追求和文化理想就是：建设新国家，塑造新国民，创造新文化。通过社会主义文化改造，塑造社会主义新人形象，从而创造一种崭新的文化和美学精神，这才是最重要的文化启蒙，这种美学追求和文化理想就是中国马克思主义者所体认的人间大道和人间正道，也正是因为这种美学追求和文化理想，使得中国在传统与现代、东方与西方的张力结构中，创造了一种新的美学精神，同时，由于它拒绝进入现代资本主义体系之中，因而也使现代中国在世界历史的进程中获得了自己独特的文化身份，并为人类的未来提供了一种选择的可能性。

提出这一美学追求和文化理想，在今天依然具有现实的意义，因为提升国民人文素质，进行文化批判和文化创造，加强文化软实力和文化领导权的建构，依然是中国马克思主义者在新的伟大时代应该去努力完成的重任。在全球化时代和中华民族伟大复兴的历史进程中，高扬中华美学精神，不是简单的复古，更不是对马克思主义美学的否定，相反，它体现的是中国马克思主义者在文化上的一种创造性追求。它需要我们有广阔的胸怀和人文气象，需要一种恢宏的历史视野和深刻的问题意识，去不断面对历史给我们提出的问题和挑战。中国要以新的形象走向世界，要为人类美好的未来提供一种新的可能性，“大道之行也，天下为公”，继承、弘扬、创造中华美学精神，这既是文化自信和理论自信的体现，也是中国马克思主义者最高的世界情怀和人类情怀。

马克思主义与传统中国文化的“现代转化”

《文艺理论与批评》副主编　李云雷

近代以来，传统中国文化遭遇了“三千年未有之变局”。面对前所未有的民族危机与社会危机，一方面传统文化内部发生了重大的变化与调整，传统的经学等数千年来正统之学地位降低，而以前处于边缘位置的诸子之学以及佛学、道学等则获得了空前的活力；另一方面，西方文化传入中国，在与传统中国文化及中国现实的碰撞中，诞生了中国的“新文化”，“五四”以来的“新文化”在20世纪中国的历史中处于中心的位置。在西方文化中，马克思主义在中国的传播与发展有着特殊的重要性，这不仅由于马克思主义是一种“反西方的西方文化”，而且由于马克思主义在中国的实践获得了成功，而在这一过程中也形成了“中国化的马克思主义”。现在马克思主义已经成为了中国新文化内在的重要组成部分，在传统中国文化的现代转化过程中起到了重要的作用。如何认识马克思主义对中华传统文化现代转化的功能，是一个重大的课题，本文只能简略地提出一个提纲性的思路。

在我看来，马克思主义在传统中国文化现代转化中最重要的作用，在于它提供了一种完全不同的新的视野，以及新的思考世界的方法，这主要包括以下几个方面。

首先，马克思主义是面向底层的，而传统中国文化则是面向精英的。

以生产力发展和阶级斗争为历史推动力的马克思主义，注重底层劳动者在历史与现实中的重要作用。而在传统中国文化中，底层劳动者则处于较低的社会地位，无论是“劳心者治人，劳力者治于人”，还是“君子远庖厨”，在底层劳动者与社会精英阶层之间都有一个巨大的鸿沟，无论是儒家还是法家都将底层劳动者作为社会治理的对象，而从未将之作为社会发展的根本动力。在宋代理学成为中国社会的国家意识形态之后，以家族为核心构造的社会结构，虽然打破了此前门阀政治的贵族专制，但豪门与寒门之间的鸿沟并没有完全打破。也正是由于传统中国文化以社会精英为对象，对底层民众利益的漠视，才造成了中国历史上的治乱循环。而马克思主义则为我们提供了一种新的世界观与价值观，它赋予底层劳动者历史主体的地位，认为它们是历史发展的根本动力。这不仅仅只是一种观念，而是在20世纪的实践中得到充分证明的理论。面对空前的民族危机与社会危机，只有动员了最广泛民众的马克思主义，才使中国度过了最为艰难的历史阶段。中国革命的成功不仅改变了中国的文化与社会结构，也为传统中国文化重视底层民众的作用提供了一个重要契机，这是其现代转换的重要面向。

其次，马克思主义是面向未来的，而传统中国文化则是面向过去的。传统中国文化的理想社会是“三代之治”，这是不少有为的君王想要达到的理想，但是这一在中国古史中记载并不多以井田制为核心的理想社会，只是一种虚无缥缈的空想，或者一种小国寡民的理想，历史上真正想要回到三代之治的政治家，大都以失败而告终。而马克思主义则不同，马克思主义是在对当代社会的生产方式、社会结构及其动力做了深入细致的分析之后，提出了未来社会的发展方向，为人们勾画了一个理想社会的远景，马克思主义对未来的设想是立足于现实的一种科学规划。应该说面向未来是自“现代性”发生以来不同思想的共同指向，“未来”在这里不仅是一个时间坐标，也是一种思想展开的空间。但与其他思想不同的是，马克思主义将未来的设想，与对历史和现实的分析结合起来，并寻找到历史发展的动力。在这方面，传统中国文化虽然有悠久的历史，但并无法提出关于未来社会的一套完整设想，而其现代性转换的难处也就在于：如何将诞生于农耕文明的政治理论与生活伦理，在一个现代社会中做出新的阐释并与现实结合起来？在这方面，马克思主义的未来指向可在其转换的过程中予以启发。

再次，马克思主义是面向现代的，而传统中国文化则是倾向保守的。传统中国文化强调“天不变，道亦不变”，虽然中国文化从汉学、宋学到清学已发生了很大的变化，但其讨论的问题、范畴、方法，相对于两千年的历史来说，可以说是在一种稳定社会结构中的缓慢嬗变。但马克思主义则不同，马克思主义面对的现代社会也不同。现代社会是一个复杂的系统与结构，也是一个不断在发生变化与“断裂”的社会，面对这样一种社会，很难以一种固定的“道”来以不变应万变，只能探寻其复杂结构的内部构造，及其发生变化的内在规律。马克思主义对资本主义社会的深入研究从这样的地方出发的，并在此基础上提出了一整套哲学、政治经济学思想。传统中国文化的现代转换，也要面对现代社会的复杂结构及其变化规律，简单的“义利之辨”并不能应对市场经济中的复杂问题，“修身、齐家、治国、平天下”的人生理想，也只能放在当代社会的复杂结构中才具有现实意义。当然这并不是说类似“义利之辨”的讨论没有意义，而只是强调其面临的环境已经发生了巨大的变化，只有经过现代转换才能具有新的阐释力。

以上从三个层面简单探讨了马克思主义与传统中国文化的不同，及其在传统中国文化现代转化中所具有的功能与启示。从大的历史视野来看，马克思主义的中国化与传统中国文化的现代化，都是中国文化20世纪以来经历的重大事件，这也是一个尚未终结的历史过程，只有深入研究这一问题，并与当代中国的现实结合起来，才有可能创造出新的中国文化。

西方美学和中华美学之异同

中国社会科学院荣誉学部委员、外国文学研究所原所长、
国际文学伦理学研究会会长　吴元迈

习主席提出“要结合新的时代条件传承和弘扬中华美学精神”，这是赋予当下中国文艺界的一项使命和责任。

从中西美学的起源和传统看，两者极为不同，各有体系。可是，都同样根植于自己的民族和社会的土壤之中，并从自己的民族文化和艺术实践中吸收养料。而古希腊文艺，按马克思的评论，它具有“永久的魅力”，“从某些方面说还是一种规范和高不可及的范本”。众所周知，古希腊文化和美学是西方文化和美学的开端，是以诗和哲学的关系提出问题；而中国美学则以对汉字——方块字即象形字，或“象”的源流作为解释的起点。

尽管中西文化和美学的形成根本不同，但是，中西文化及其美学均不是封闭的、自给自足的。两者在时间的长河中，并非单个地孤立地前行，也不是同国外美学或西方美学平行地前行，而是在互相联系、互相交流和互相影响中，“你中有我”，“我中有你”、同中有异、异中有同地前行。也就是说，是一个经历了历时性的变化和发展的动态过程。例如西方文化的产生，它一开始便受到近东巴比伦和埃及等的影响。1922 年，英国人罗素曾写道：“不同文化之间的交流过去已经多次证明是人类文明发展的里程碑：古希腊学习埃及，罗马借鉴希腊，阿拉伯参照罗马帝国，中世纪的欧洲又摹仿希腊，而文艺复兴时期的欧洲则摹仿拜占庭帝国。”美国学者

威尔·杜兰于1935年的著作《世界文明史》中写道:"我们之所以由东方开始,并不是因为亚洲乃最古老的文明之地,而是因为亚洲的文明形成了古希腊与古罗马文化的背景和基础。"至于中华文化或中华美学里的中华,已不是汉文化及其美学的同义词,而是以汉文化为主流的中华大地各个民族文化的有机融合或辩证整合。从中西文化的关系而言,闻名遐迩的丝绸之路,已成为中西文化交流活生生的历史见证。

由于历史和社会的具体条件的不同,世界各国的文化发展并不平衡,有高峰有低潮。前者在西方诸如文艺复兴时代的文化,在东方诸如汉唐时代的文化。后者在西方诸如中世纪文化,在东方诸如中国的近代文化。关于中国近代文化,毛泽东于1957年指出:"近代文化,外国比我们高,要承认这一点,艺术是不是这样呢?中国在某一点上有独到之处,在另一点上外国比我们高明。小说,外国是后起之秀,我们落后了";又说"要承认近代西洋前进了一步……"。产生于1914年5月的"五四"新文化运动是中国文化发展的转型期或转折点,也是中国文化向西方文化学习和借鉴、开拓和创造的新里程碑。

可以说,总体上的开放性,是中西文化和美学的共同诉求;总体上的与时俱进,也是中西文化和美学的共同诉求。

此外我国有人认为:西方求异,中国求同;西方求物质,中国求精神。在我看来,似是而非。还是钱钟书说得好:"东海西海,心理悠同;南学北学,学术未裂。"作为人类文化高峰之一的德国古典哲学及美学,难道不重视精神只重视物质?答案是不言而喻的。

重读俄苏文学经典在当代美育中的作用

中国社会科学院外国文学研究所副所长、研究员　吴晓都

记得在中俄建交六十年时国内举办的“俄罗斯文学中译本研讨会”上，一位著名作家说了这样一段话：“从某种意义上讲，俄罗斯和苏联文学的中译本也可以看作是中国现代文学的一个组成部分。”这句饱含深情的高度评价既概括了“五四”以来，俄罗斯和苏联进步文学对中国现代文学进程无可比拟的巨大影响，同时，也是对中国老一辈俄苏文学翻译家对中国现代文学，甚至是对现代中国文化事业发展所做的不可磨灭功勋的赞颂与致敬。正是这些进步的俄苏经典文学在新中国几代人的成长教育中，也包括在美育中发挥了文化正能量，是人们公认的优秀美育教科书。

20 世纪五四运动和新文化运动以来，俄苏进步文学经典像不灭的薪火，在一代又一代的中国读者中传诵着，传承着，它们影响了无数青年人的成长经历。无论时代如何变化，像保尔·柯察金、青年近卫军英雄群像这样的光辉文学形象始终活在几代读者的心中，他们的英勇精神和真善美的人格情操激励着青少年沿着正确的人生之路前行。憧憬着光明梦的俄苏经典文学的美育之功效在新中国青少年的成长经历中发挥了独特的作用。曾几何时，“作家是人类灵魂的工程师”的文学观念几乎被淡忘，甚至遭到嘲弄。毋庸讳言，现实社会上出现的道德滑坡与文学界某些作者责任感的缺失，甚至对道德情操和美育培养的有意无意的解构不无关联。这的确

是当今一个值得汲取的严重教训。

其实，苏联进步文学提出“作家是人类灵魂的工程师”的文艺主张并不是苏联文艺家和美育教育家自己的发明创造，这个正确的文艺主张实际上是世界千百年来优秀文学美学教育传统的合理的、自然的承续发展的思想结晶，是世界文艺思想的真谛。古罗马诗人兼文艺家马贺拉斯早就主张“寓教于乐”，法国浪漫主义文学大家雨果提出作品能够“建构读者的灵魂”，而马克思主义美学进一步指出，“人是按照美的规律来建构的”。千百年来的所有这些正确文艺美育理念也深深影响了19世纪以来的俄罗斯文艺思想。俄罗斯和苏联文学家和美学家也正是沿着欧洲文艺美学的这样一个千年不衰的传统思路提出了自己时代的文艺主张和美育思想的。19世纪的文学批评大家别林斯基认为，普希金优美健康的抒情诗是培养青少年情感“最好的教科书”。车尔尼雪夫斯基提倡“人的一切都应该是美的”，并在革命实践和政治经济学和哲学美学研究的繁忙之余亲自创作小说以塑造“新人”形象来践行他的美育观念。小说家戏剧家契诃夫主张用美的和乐观的态度看待生活和大自然。受俄罗斯革命民主主义美学思想成长起来的苏联工农作家尼古拉·奥斯特洛夫斯基在革命励志小说创作中始终歌颂青春力量之美和理想之美。他在小说《钢铁是怎样炼成的》中写道：“青春终于胜利了！”而《钢铁是怎样炼成的》正是20世纪那个激情燃烧时代的中国几代青年心中的“青春之歌”。中国读者不会忘记，深受中国青年读者喜爱的苏联著名诗人伊萨科夫斯基也曾以《青春之歌》为书名出版了自己的抒情诗集。他歌颂青春之美、劳动之美、爱情之美的抒情诗精品感染教育了许多读者。高尔基的散文诗和神话故事也都充满了道德情操和审美心灵培养的建构力量。苏联著名散文家帕乌斯托夫斯基的优美散文，马卡连柯的教育小说等大多可以视为培养青少年遵守纪律、热爱生活、爱集体爱劳动的美育教材。可以说，在新中国六十余年里，特别是在五六十年代，在对青少年读者积极向上精神与健康心灵的美育培养中，俄苏进步文学经典功不可没。

别林斯基曾经把普希金的优美健康的抒情诗视为“培养俄罗斯青年情感最好的教科书”。我们借用这种表述也可以说，进步的俄苏文学经典也可以看作是青年美育最好的教科书之一。与西方19世纪以降的颓废文学相比，自启蒙时代以来俄苏新文学所蕴含的乐观精神，为了人类美好理想实现而顽强奋斗的精神，对人类未来充满期望和信心的人生观，珍惜人生积极有为的精神，是坚守人的崇高价值而永不放弃的精神。当20世纪的西方现代派文学充溢消极的怀疑精神，放弃人的价值，渲染沉沦，进而解构人的价值意义时，苏联进步文学经典却始终高扬革命的人生价值观，坚守真善美的精神价值，守护高尔基“文学就是人学”的积极理念，维护人的尊严和价值，为人的称号熔铸了积极的道德理想，让人的高尚品德在美的文学中大放异彩，让真善美的美育传统在文学中传承并发挥美育的正能量。虽然，苏联解体今天已经是一个复杂而沉重的话题，但高尔基的丹柯们、法捷耶夫的奥列格们、奥斯特洛夫斯基的保尔们的真善美理想和为之付出的英雄壮举却不会随历史的远去而湮没，俄苏进步经典文学不会失去既有的理想主义和美学的光芒。20世纪上半期，苏维埃俄国能在短短的几十年内由曾经落后的农业国变成工业基础雄厚的社会主义的世界强国，又在艰苦卓绝的卫国战争中和世界各国人民一道，以顽强的斗志最终打败了不可一世的德国法西斯和日本法西斯，捍卫了世界和平。试想，如果没有保尔们的崇高理想和英勇精神，没有几代顽强的心灵美的革命者和建设者，俄罗斯和苏联会有这样的建设成就吗？在宏大而悲壮的卫国战争中会取得这样的巨大的世界性胜利吗？在苏维埃国家刚刚建立之初和卫国战争期间遭遇前所未有的困难那些日日夜夜，没有这种乐观顽强自信的精神，缺少像波列伏依《真正的人》、西蒙诺夫《等着我吧》《他们为祖国而战》等这样英雄主义的篇章，没有《遥远、遥远》《喀秋莎》《灯光》《小路》《三个坦克手》给人以美的慰藉的诗歌与音乐，实在是不可想象的！从某种意义上讲，当年强大的社会主义苏联物质文明与精神文明的建设成就正是俄罗斯和苏联人民踏实苦干顽强奋斗的产物，正是持续不断地追求真善美的理想的结果！因此，重温俄苏进步文学那些美的温暖感人篇章，我们就会体会到当年俄苏人民不向困难和敌人屈服的大无畏的英雄气概和对人生美好情感的守护是多么难能可贵。

苏联进步文学经典也是真正继承了俄罗斯文化优秀传统的文学经典。中国读者尤为熟悉的小说《钢铁是怎样炼成的》正是这些经典代表作之一。笔者今天之所以仍然要特别地推荐这部在20世纪中国读书界影响巨大的青年励志教育的文学经典，是因为，由普希金开创的俄罗斯文学理想光明梦的传统，车尔尼雪夫斯基在小说《怎么办》中开启的“新人”刻画的传统，高尔基把俄国现实主义和积极浪漫主义结合起来的社会主义现实主义创新美学原则都充分体现在这部具有德育和美育双重功效的文学经典创作中。不是有评论家在《钢铁是怎样炼成的》这部作品主人公的形象中读出了古俄罗斯民族《圣徒传》的心灵净化韵味吗？不是有研究家在保尔名言中体会到19世纪俄罗斯文学普希金一代对生活美的哲理感叹吗？而奥斯特洛夫斯基小说主人公传奇的成长经历，曲折动人的青春故事，浓郁的抒情氛围，振奋心灵的人生格言，作品所蕴含的这些思想和艺术的魅力，当年不仅激励了无数的俄苏进步青年，而且让当年向往光明进步的中国青年读者们也倍感新颖、亲切和振奋。特别值得一提的是，在“十年动乱”的特殊岁月里，在当时中国读者只能面对“八个样板戏”和几部“概念化”“公式化”平庸小说的枯寂文艺时空时，这部充满革命浪漫主义情怀和青春赞美的俄苏文学佳作又给热爱文学的中国读者以另一种难得的精神抚慰。尤为让我们欣喜和感佩的是，受保尔精神影响和鼓舞的英雄依然在当今的新世纪时代涌现，我们的航空科技战线的英雄罗阳同志的简朴的书柜里也放着一本《钢铁是怎样炼成的》。不言而喻，这部青春励志的文学经典始终伴随着并潜移默化地激励着一代又一代的中国的英雄楷模的成长。他们都由衷地喜欢这部洋溢着青春美的力量的俄苏文学的“青春之歌”。时代在前进，社会在变化发展，但体现社会主义核心价值观并发挥社会正能量的保尔的崇高精神将会随着英雄们的不断的践行而永放光辉。

苏联解体后，俄罗斯文坛兴起了一股摹仿西方后现代创作的潮流，但是，新俄罗斯诞生的这二十多年来，为当下俄罗斯读者认可的真正精品却未能出现，而像奥斯特洛夫斯基所创作的这样的能够影响整个俄罗斯社会的文学经典更是几乎没有。俄罗斯文学评论界认为，与当下的这些所谓的“新潮”俄罗斯文学相比，倒是苏联时代的优秀文学经典更加接近，更加符合俄罗斯古典文学的优秀传统。

高尔基说：“书籍自有自己的命运。”进入20世纪下半叶，特别是新世纪前后，随着世界风云的变幻，《钢铁是怎样炼成的》等这样公认的世界名著在俄罗斯国内外也经历了另类评价，甚至遭到诋毁和攻击。经典文艺作品引起争论在文学史文艺史上并不是什么罕见的现象，大文豪列夫·托尔斯泰就质疑和批判过莎士比亚的经典。但是，真正的文艺经典并不会因为有人质疑就失去光彩，相反，真金从来不惧火炼。

苏联解体前后，在俄罗斯国内外的文化界传统文学史上的许多必读作品遭遇了质疑，在中国读书界诵读了几十年的公认的苏联文学经典也受到了某些“风派”学者“赶时髦”的评论的嘲弄。比如，《钢铁是怎样炼成的》竟被有的评论者说成是“个人崇拜”的文学产物，企图将这部优秀的作品从经典文学之列中删除，更有偏激的论者竟然污称这部经典是“一本坏书”。但真正的文学经典是经得起任何风吹雨打的，正如高尔基在《海燕之歌》中信心百倍地预言的那样：“乌云是遮不住太阳的，是的，遮不住的！”普希金曾经坚信，他的诗歌一定会被后世广为传诵，因为，他的诗心与俄罗斯人民的心灵相通。同样，从人民大众中成长起来的作家尼古拉·奥斯特洛夫斯基的心也是与俄罗斯人民的心相通的，他的奋斗经历和人生价值观也是与人民信念联在一起的，体现着对人民的忠诚，他奋力地工作，又克服病痛的折磨顽强生活下去，不是为了自己，而是为了人民，所以，他也将不朽。笔者重读这部经典时感到，除了保尔为人们耳熟能详的那段人生格言外，主人公下面这句内心沉思和精神境界同样会让我们永远刻记铭心：“即使生活到了实在难以忍受的地步，也要能够活下去，使生活变得有益于人民！”这里没有任何豪言壮语，只有对人生价值的守护和对人民的无限忠诚，同样闪耀着精神的崇高之美。

其实，历经苏联解体后十年的动荡，在叶利钦时代后期俄罗斯人文界就已经开始了对苏联文化传统再反思，俄罗斯文化界和读书界现在逐渐重新评价了俄苏文学经典的思想与艺术价值，这些经典小说的评价也重新回归理性，重新认识到了俄苏文学经典的思想崇高之美和精神纯洁之美。例如，2004 年俄罗斯著名《文学报》，终于在复刊七十五周年之际恢复了苏联文学奠基人高尔基的地位。像《钢铁是怎样炼成的》这样一些经典名作及其作者在其诞生的祖国俄罗斯也终于得到公正的对待。2004 年，恰逢作者尼古拉·奥斯特洛夫斯基诞辰一百周年，俄罗斯《文学报》用专栏文章隆重纪念了这位胸怀理想身残志坚的杰出战士和作家，充分表达了俄罗斯人民对文学史上这位英雄作家的缅怀之情。当代正直的俄罗斯教育工作者、学者和出版人认识到，仅仅靠否定或咒骂苏维埃时代的前辈，“俄罗斯是绝不会在废墟上重新崛起的”，应该以历史主义的态度对待包括高尔基、法捷耶夫、尼·奥斯特洛夫斯基在内的苏联革命作家的文学成就，客观公正地评价他们的历史文化功绩。在普京时代，莫斯科教育当局又重新将这部名著列为中学文学教育的阅读书目。1999 年由莫斯科大学教授 T·格奥尔吉耶娃撰写并由俄罗斯联邦教育部推荐出版的《俄罗斯文化史》就称赞《钢铁是怎样炼成的》是俄罗斯文化史上“一部不可多得的耀眼的文献”。2000 年由俄罗斯国立赫尔岑师范大学审定出版的《祖国 20 世纪文学史》也高度评价了尼古拉·奥斯特洛夫斯基的文学功勋，作者认为，“仅仅凭一个残疾作者能写出这样一部著作本身，就是了不起的文化事件”。

2012年根据俄罗斯联邦教育纲要新近出版的中学生《俄罗斯文学著作内容简释》一书依然把法捷耶夫的《毁灭》、肖洛霍夫的《被开垦的处女地》、马雅可夫斯基的《好》《十月》、勃洛克的《第十二个》等关于十月革命和苏联社会主义革命和建设的经典列入其中。经历解体之痛的俄罗斯人民深刻反思重祭民族文学经典的事实证明，俄罗斯人民是需要蕴藏着崇高美和真善美的俄苏进步文学经典的，这些俄苏文学的精神遗产是经得起历史检验的。

诚然，每个时代都有自己新的时代偶像，新的时代楷模。毋庸讳言，保尔·柯察金这个20世纪上半叶诞生的青年偶像在新世纪来临之际同样也遭遇了新时代新观念的挑战。如何看待保尔的崇高精神？需要我们做出新时代的回答。在市场经济时代，究竟是学保尔·柯察金，还是学习现代创业者的典范比尔·盖茨？这个青少年成长中的新问题曾经在我们国内媒体中掀起了争论波澜。实际上，这是人们习惯于二元对立思维在学习对象选择中的一种非此即彼的简单化的表现。笔者认为，保尔精神象征着人类为理想社会的实现而顽强奋斗的坚定信念，体现着珍惜宝贵生命且积极有为的人生态度。无论在什么时代，这种积极的人生观和价值观都会发挥正能量的作用。无论是面对工作中的困难，还是生活中的困难，这种崇高的和英雄主义的精神从来都是需要的，也绝不会过时。而美国的时代精英比尔·盖茨善于抓住机遇，用自己的智慧利用新技术创业积累财富，也是新时代的创业人可以学习借鉴的一种榜样。其实，不同时代的这两个偶像所蕴含的人生价值意义并不矛盾，为何一定要进行非此即彼的排他性取舍呢？因此，在我们这个生活与发展方式具有多样选择的新时代，既需要保尔顽强精神之坚毅，也需要比尔·盖茨的现代创业经营理念之精明，继承优良传统，奋力开拓创新，相辅相成，相得益彰，才是当代青年发展的明智抉择。虽然，今天的时代与保尔战斗的年代已经有了很大的不同，但保尔的精神却依然可以激励处在困境中的人们坚忍不拔，永不言弃。

总之，在当代美育实践中，重读俄罗斯和苏联进步文学经典，对于扩大当代青少年的知识面，培育他们真善美的美好道德情操，对于他们了解民族文化发展的历史进程，多方位理解世界进步文艺的美学价值，避免西方文化中心主义的偏颇，进而积极利用世界一切优秀的文艺美学资源来建设有中国特色的社会主义文化具有积极的借鉴意义。

日本汉诗与中华美学[①]

中国作家协会创作研究部原副主任、中华诗词学会顾问　雍文华

顾炎武说，中国文化是“天下文化”。之所以这样说，是因为，在东亚的历史上，存在一个很长时期的汉文化圈。汉字除了中国人使用，日本、琉球、朝鲜和越南，在本国文字尚未形成以前和形成以后，都使用汉字，产生了一大批汉字文献，具有非常高的价值。

早在周朝，朝鲜半岛就是中国领土，分封土地时是箕子的领地。西汉时，公元前 109 年汉武帝在那里设置玄菟、乐浪、真番、临屯四郡。中国汉字最晚在公元前 3 世纪到 4 世纪传入朝鲜。在这漫长的历程中，汉字不仅未被朝鲜国文“训民正音”击倒，而且以更加旺盛的生命力立起了朝鲜汉文化的丰碑。朝鲜汉诗从产生到发展，在其形态演变上深受中国诗歌的影响。其四言体诗，主要受到《诗经》的影响；五言体诗，与对《文选》的学习有密切关联；到新罗时期，朝鲜汉诗已趋成熟，创作空前繁荣。现存世的诗文集多达二百多种。最重要的诗人则是李奎报和李齐贤，一向被誉为高丽文学双璧。

自明初至清末五百余年，琉球作为中国的附属国，受中国文化影响极

① 本文参考书目：祁晓明《江户时期的日本诗话》，中国社会科学出版社 2009 年 10 月版；严明《东亚汉诗研究》，中国书籍出版社 2013 年 5 月版；高汉文《日本近代汉文学》，宁夏人民出版社 2005 年 5 月版。

深。明代琉球汉诗今已不存；清代琉球汉诗，自顺治年间开始，风行二百年。琉球汉诗大致有两大主题，一为有国之乐，二为亡国之痛。琉球汉诗的黄金时期正值中国的康乾盛世，一时诗人辈出。

公元前214年，秦始皇在红河中下游（古称交趾、安南，居民为雒越人）之地，设置了南海、桂林、象郡三郡。秦末中原大乱，秦将赵佗，河北正定人，武力统一各郡，建立南越国，是为越南建国之始。汉武帝灭了南越政权，改为郡县。自此之后，直至唐五代末，南越都是中国的郡县，越南史称“郡县时代”，约一千二百年。宋太祖开宝元年（前968），交趾人丁部领建立丁朝，脱离中国统辖，但一直向中国称臣朝贡，史称“藩属时期”。直至清德宗光绪十一年（1885），中法《天津条约》签订，越南成为法国保护国，结束了约九百年的藩属关系。作为中国郡县的越南，经过多年的教化，已渐“通诗书，识礼乐，为文献之邦”;作为中国藩属的越南，继续用汉字，立孔庙，兴科举，崇尚儒学，兼容佛老，中国文化仍然大行其道。今天能见到的最早的一首越南人作的诗，是廖有方《题旅榇（chèn，棺材）》，载于《全唐诗》。安南立国后，丁、黎、李，直到陈朝前期，由于佛教势力影响巨大，禅诗盛行三百余年。

古代日本没有本民族的文字，5世纪左右汉字才从中国传到日本。但日本学者和辻哲郎《日本古代文化》指出“日本人开始接触汉字，是在上古的弥生文化时代”。《魏志·倭人传》中有魏明帝正始元年（240）“倭王因使上表，答谢恩诏”的记载，可见在早于应神天皇（第十五代，在位期间270—310）时代，日本人当中就已经有懂得汉语使用汉字的人了。而日本现存最早的汉文作品则见于我国的《宋书·夷蛮传》。南朝宋顺帝昇明二年（478），倭王（雄略天皇第二十一代，在位期间456—479）曾遣使上表：“封国偏远，作藩于外。自昔祖祢，躬擐甲胄，跋涉山川，不遑宁处。东征毛人五十六国，西服众夷六十六国，渡平海北九十五国……”当时日本人用汉文写作，当时的日语也是用汉字做音符来书写的，著名的《万叶集》就是用这种方法写成的，因而又称为《万叶假名》。但是，用汉字做音符，书写起来很不方便。8世纪时，唐朝武则天圣历二年——德宗贞元十五年，留学生吉备真备利用汉字偏旁创造了日本表音文字——片假名，从此，日本才有了自己的文字。后来，日本留唐求法僧空海又利用汉字行书创造了日本的行书假名——平假名（如："あ"来源于汉字"安"）。这个空海应该多说几句。空海，俗姓佐伯，号遍照金刚，平安时代名僧，生活于唐代宗大历九年至唐文宗大和九年（774—835）。十五岁随其舅父研习经史文章，熟读《诗》《书》《左传》等中国典籍。后入佛门，三十一岁入唐求学，曾到长安西明寺、青龙寺学习佛法，归国后居日本金刚峰寺总艺种智院著书。他汉文造诣甚高，尤其精通汉诗的格律声韵理论，著有《文镜秘府论》《篆隶万象名义》《三教指归》《十佳心论》《秘藏宝轮》等。其著于唐宪宗元和十四年（819）的《文镜秘府论》，乃日本第一部诗话，专论中国骈俪文学，不仅给日本汉学和汉诗以极大影响，而且也为研究中国古典文学理论保存了许多珍贵资料，如盛唐七绝圣手王昌龄的《诗格》，其价值极高。王昌龄《诗格》，在我国只在明胡震亨的《唐音癸签》卷二保存了"为诗在神之于心"及"诗思有三"两条。东亚诸国今存其著作版本多种，我国有王利器《文镜秘府论校注》，于1983年由中国社会科学出版社出版发行。

中华文化传入日本始于何时，历来有两种说法。其一为"徐福赍来"说，其一为"神后征韩收还"说。前者的依据是宋代欧阳修《日本刀歌》，诗中有"徐生行时书未焚，逸书百篇今尚存。先王大典藏夷貊，苍波浩荡无通津"。在日本《神皇正统记》"孝灵天皇（第七代，在位时间前290—前215）"条中也有类似的说法："四十五年（前246）乙卯，秦始皇即位，始皇好神仙，求长生不老药于日本，日本欲得彼国之五帝三王遗书，始皇乃悉送之。其后三十五年，彼国焚书坑儒，孔子全经遂存于日本。"后者的依据是《日本书记》，其中有神功皇后征新罗时"入国中，封重宝府库，收图籍文书”的记载。但史学界一致的观点是，中华典籍的传入始于应神天皇。据《古事记》及《日本书纪》卷十记载，应神天皇十五年（284），百济王照古派大臣阿直岐来日，十六年（285）百济博士王仁归化日本，阿直岐曾担任皇太子菟道雉郎子的老师，当时，王仁曾向应神天皇进献中国典籍《论语》十卷和《千字文》一卷。到了继体天皇（第二十六代，在位时间 507—531）七年（513），百济又向日本派出五经博士段杨尔，十年（516）又请求以五经博士高安茂来替换段杨尔。十六年（522），南梁司马达传入佛教。钦明天皇（第二十九代，在位期间 539—571）十五年（554），五经博士王柳贵替代了前任马丁安，此后《易》博士王道良、历博士顾德、王保孙以及医博士、采药师、乐师等纷纷来日。到了推古天皇时（第三十三代，在位时间 592—628），圣德太子师从高丽僧惠慈学佛学，并师从高丽博士觉苛学汉籍，对于佛教及儒学的推广和繁荣起了巨大作用，中华典籍的传播开始蔚为大观。推古天皇十二年（604），圣德太子制定的《宪法十七条》字句精练，措辞简古，其中对《诗经》《尚书》《孝经》《论语》《左传》《礼记》《管子》《孟子》《墨子》《庄子》《韩非子》《史记》《汉书》等儒家诸子百家的著作以及佛教典籍均有引用。

日本汉诗兴起于公元 7 世纪中叶的近江（667—672）时代，弘文天皇（第三十九代，在位时间 671—672）是最初用汉文写诗的人。

日本现存最早的汉诗是天智七年，天智天皇（第三十八代，在位时期 661—671）（668）正月三日，弘文天皇被册封为皇太子，群臣祝宴时弘文天皇（其时为大友皇子）的《侍宴》：

皇明光日月，帝德载天地。三才并泰昌，万国表臣义。

日本最早的汉诗集，是成书于孝谦天皇（第四十六代，在位时间 749—758）太平胜宝三年（751）的《怀风藻》。比现存最早的和歌集《万叶集》至少早十年左右。书中序文记载，该书共收从7世纪后半叶近江朝（667—670）至8世纪奈良朝（701—794）的诗一百二十首。但现存《怀风藻》的实际数目为一百一十六首，少了四首。作者是以天皇为中心的宫廷诗人，尤以奈良朝诗人居多，因此可以说《怀风藻》是一部从7世纪后半叶至8世纪中叶的宫廷诗人们的诗集。平安时期（794—1192）继《怀风藻》以后，又出现了《凌云集》《文华秀丽集》和《经国集》三部汉诗集。

在日本，自8世纪初的奈良时代以来，初唐诗人特别是王勃、骆宾王的诗风风靡一时。《王勃集》唐写本的卷二十八、二十九、三十的残卷仅存于日本，正仓院文书里也留下了一部王勃的《诗序》。《骆宾王文集》一卷虽然为逸书，但正仓院文献录有其名，我们也不难想象它和《王勃集》一样，曾给当时的诗人以一定的影响。《怀风藻》中可以找到很多摹仿这两个人诗作的痕迹。

圣武天皇（第四十五代，在位时间724—749）时代，从时间上来讲，相当于盛唐时期，但当时的诗人们也许并没有接触过李白、杜甫的诗。编纂于9世纪末的《日本国见在书目录》中，盛唐诗人只录有王维、王昌龄、张说的文集，并没有杜甫的文集，李白则仅录有《李白歌行集》三卷而已。但是，在那个与中国大陆往来不便的时代，出现这种现象毫不为奇。诗人们还是以既往的六朝诗或初唐诗为范本，为尽可能接近唐人的水准耗费了大量心血。

汉词则兴起于公元9世纪的平安时代，嵯峨天皇（第五十二代，在位时间809—823），是日本填词的开山祖。《经国集》卷十四载有嵯峨天皇御制《渔歌子》五阕，是仿张志和的《渔歌子》而作。据夏承焘《域外词选·前言》，此词写于嵯峨天皇弘仁十四年（823），上距张志和原作产生仅四十九年。

《渔歌子》五首（每歌用“带”字）

江水渡头柳乱丝，渔翁上船烟景迟。乘春兴，无厌时，求鱼不得带风吹。

渔人不记岁月流，淹泊沿洄老棹舟。心自效，常狎鸥，桃花春水带浪游。

青春林下渡江桥，湖水翩翩入云霄。烟波客，钓舟摇，往来无定带落潮。

溪边垂钓奈乐何，世上无家水宿多。闲钓醉，独棹歌，洪荡飘飖带沧波。

寒江春晓片云晴，两岸花飞夜更明。鲈鱼脍，莼菜羹，餐罢酣歌带月行。

张志和原作五阕，初见于唐李德裕写的《玄真子渔歌记》(《李文饶文集》别集七)，五代《尊前集》和宋计有功《唐诗纪事》等书也有记载：

西塞山前白鹭飞，桃花流水鳜鱼肥。青箬笠，绿蓑衣，斜风细雨不须归。

钓台渔父褐为裘，两两三三舴艋舟。能纵棹，惯乘流，长江白浪不曾忧。

云溪湾里钓鱼翁，舴艋为家西复东。江上雪，浦边风，笑着荷衣不叹穷。

松江蟹舍主人欢，菰饭莼羹亦共餐。枫叶落，荻花干，醉宿渔舟不觉寒。

青草湖中月正圆，巴陵渔父棹歌连。钓车子，橛头船，乐在风波不用仙。

五阕联章，且每歌用一“不”字。故嵯峨天皇标明“每歌用一‘带’

字”。嵯峨天皇的摹仿之作，和张志和原作一样，均见高雅冲淡的意趣。

日本汉诗汉词到明治维新时代走向衰落，约有一千二百年的历史。其间诞生了数以几十万计的汉诗作品。据1980年东京刊行的《汉诗文图书目录》统计，从奈良时代到明治时代，日本出版的各种汉诗总集、别集共七百六十九种，凡两千三百三十九卷，二十余万首诗。

“诗言志”“诗缘情”，志情相通，实则一也(孔颖达疏杜预注《左传·昭公二十五年》)。中华美学、诗学的论诗主旨，在于倡导仁爱、推行德政以及关怀社会人生，在于“达则兼济天下，穷则独善其身”。这种中华诗学、美学精神，对日本汉诗有着深远的影响。

(一)家国民生：

嵯峨天皇《春日游猎》：

三春出猎重城外，四望江山势围雄。逐兔马蹄承落日，追禽鹰翮拂轻风。

征船暮入连天水，明月孤悬欲晓空。不学夏王荒此事，为思周卜遇非熊。

诗的尾联用了两个典故，一个是夏桀亡国的典故，一个是周文王出猎遇吕尚的故事。诗人对中国历史的熟识由此可见一斑。

有智子《春日山庄》：

寂寂幽庄水树里，仙舆一降一池塘。栖林孤鸟识春泽，隐涧寒花见日光。

泉声近报初雷响，山色高晴暮雨行。从此更知恩顾渥，生涯何以答旻苍？

有智子（806—847），嵯峨天皇之女。自幼能写一手好汉诗，深得父皇钟爱。诗作较多，收于《经国集》《雅言奉和》中，被后人誉为平安朝第一女诗人。此诗为在嵯峨天皇驾临她居住的山庄时应命而作，借咏山庄景色表达了她对父皇垂顾的感激之情。

藤原宇合（694—737）《奉西海道节度使之作》：

往岁东山役，今年西海行。行人一生里，几度倦边兵。

虽只短短四句，却也写尽了人们厌战的心声。藤原宇合是日本的贵族公子，曾在唐玄宗开元五年（717），以遣唐副使的身份到过中国，直接得到过华夏文化的浸润，其作品完全可以和初、盛、中唐时期的诗歌写作高手媲美。

菅原道真：

丞相度年几乐思，今宵触物自然悲。声寒络纬风吹处，叶落梧桐雨打时。

君富春秋臣渐老，恩无涯崖报犹迟。不知此意何安慰，饮酒听琴又咏诗。

菅原道真（845—903），书香世家出生，其祖上代代为大学头、文章博士，而道真更是平安朝最具代表性的一个诗人，深受白居易的影响。他于公元 899 年当上了右大臣。公元 900 年，他在出席醍醐天皇的祝宴时，接受天皇命题写了上面这首诗。次年，道真被左大臣藤原时平排斥，被贬为驻九州的大宰帅。被贬后的道真在回忆起一年前的待宴作诗的情景，曾写下一首《九月十日》：

去年今夜待清凉，秋思诗篇独断肠。恩赐御衣今在此，捧持每日拜余香。

诗中诗人的念君、怨君的凄凉之情跃然纸上。

菊池溪琴《河川途上》：

南朝古木锁寒霏，六百春秋一梦非。几度问天天不答，金刚山下暮云归。

菊池溪琴（1799—1881），名保定，字士固，通称孙左卫门，号溪琴，晚称海庄，纪州（今和歌山县）人。世代富豪，关心国事，尤重海防。但谢绝出仕，隐居山林，啸傲风月。其诗前期多忧国之作，隐居后，诗风恬淡，有谪仙遗风。

国分高胤《改官制》：

清廷改官制，任免各大臣。锐意学西法，百弊期一新。衰弱两百年，岂无其原因。头小而尾大，国势竟不振。上下只征利，徒说义与仁。苞苴公然行，水火悲斯民。近来有所悟，制度仿东邻。各省拔才俊，留学日问津。从来宪政美，先要得其人。愿不趋皮相，沉潜养精神。

国分高胤（1857—1944），吟诗六十年，为雅文会、吟社、兴社、兰社、朴社等众多诗社之盟主，指陈时事，诗风苍劲，关怀民生，豪情慷慨，被认为是日本汉诗千年创作史上的殿军。

铃木虎雄（豹轩）《无题》：

夺将民志赴干戈，四海风云日夜多。若使管商长跋扈，神州天地竟如何?

河上肇《兵祸何时止》：

薄粥犹难得饱尝，煮茶聊慰我饥肠。不知兵祸何时止，破屋颓栏倚夕阳。

（二）咏史

乌山辅宽《秦始皇》：

弃掷皇坟与圣经，漫求仙药究蓬溟。盛称水德真堪笑，不救咸阳火一星。

乌山辅宽（1655—1715），京都人，善书法，精于诗，有“晚唐宗匠”之称。其书法被时人誉为“洛阳名笔”。

新井君美：

霜剑一销皆入秦，咸阳铜狄为传神。莫言天下浑无事，犹有江东学剑人。

新井君美（1657—1725），名君美，号白石，江户人。江户中期汉学家、政治家。曾先后辅佐三代将军，为德川幕府的重臣。其诗气势博大，新见迭出。

这首诗写秦始皇焚销书籍、销毁武器，企图巩固帝业而适得其反。这自然使我们想起章碣《焚书坑》:“竹帛烟销帝业虚，关河空锁祖龙居。

坑灰未冷山东乱，刘项原来不读书。”旨意相同，传达出较为深刻的历史意识。

久保得二（天随）《铜雀台》：

漳水东流去不回，几多宫观劫余灰。终生权略三分业，旷古文章七子才。

墓表题名欺后世，帐前奏伎引余哀。依稀疑冢亦荒草，秋老西陵风雨来。

久保得二（1875—1934），号天随，又号春琴。信州（今长野）高远人。著有《四书新释》《庄子新释》《列子新释》《韩非子新释》《西厢记研究》《日本儒学史》《近世儒学史》《日本汉学史》《秋碧吟庐诗抄》等。

森茂（沧浪）《汴都怀古》：

繁台落日望无涯，千古兴亡入客怀。南渡君臣歌玉树，北征将士泣金牌。

中原云涌连三晋，河朔风来接两淮。不耐登临重转首，故宫衰柳草侵阶。

高野进（真斋）《古战场》：

十里愁阴惨不开，荒原吊古去徘徊。当年逐鹿人安在，今日放牛童自来。

青史有名唯将帅，断碑无字只莓苔。黄昏转觉荒凉甚，数点秋磷起路隈。

（三）山水诗

文武天皇《咏月》：

> 月舟移雾渚，枫楫泛霞滨。台上澄流耀，酒中沉去轮。
> 水下斜阴碎，树落秋光新。独以星间镜，还浮云汉津。

文武天皇（在位时间697—707），此诗在早期的日本汉诗中，是最富诗情画意的一首。将月比作舟，将月下云霞比作舟楫，想象自然，诗中“酒中沉去轮”一句，优雅而有余韵。

兼明亲王《忆龟山》：

> 忆龟山，龟山久往还。南溪夜雨花开后，西岭秋风叶落间。岂不忆龟山！

兼明亲王是醍醐天皇的儿子，此词是摹仿白居易的《忆江南》。

绝海中津《多景楼》：

> 北固高楼拥梵宫，楼前风物古今同。千年城堑孙刘后，万里盐麻吴蜀通。
> 京口云开春树绿，海门潮落夕阳空。英雄一去江山在，白发残僧立晚风。

绝海中津（1336—1405）出生在土佐（今高知县）津野，早慧，三十四岁西渡明朝，广交江南名士，曾受到明太祖朱元璋的召见，并以敏捷诗才得到朱元璋的赞赏。绝海中津诗风自然超逸，名擅一时。代表诗作《蕉坚稾》。此诗景阔思长，情怀悲壮，与明初高启名篇《登金陵雨花台望大江》

有异曲同工之妙。

藤原惺窝《山居》：

青山高耸白云边，仄听樵歌忘世缘。意足不求丝竹乐，幽禽睡熟碧岩前。

藤原惺窝（1561—1619），名肃，字敛夫。江户前期思想家。在日本首倡程朱理学，为程朱理学在日本的传播奠定了基础。其门人甚多。如号称藤原门下“四大天王”的松永尺五、林罗山、那波活所、崛杏庵，以及石川丈山等人。

石川丈山《富士山》：

仙客来游云外巅，神龙栖老洞中渊。雪如纨素烟如柄，白扇倒悬东海天。

石川丈山（1583—1672），藤原惺窝弟子，被誉为“日东李杜”。

这是他在病殁前写的日本最为脍炙人口的咏富士山的诗，尤其是结句，把遥望的富士山比作倒悬的白扇，极为神似，又使人感以亲切。作者曾师事藤原惺窝。他的诗得到朝鲜使节权式的赞扬，称他为“日东李杜”。后人赖杏坪有诗一首纪念石川丈山：“戎衣一脱住青山，竹径梅关小有天。不问云台三十六，草堂六六画诗仙。”

室直清《富士山》：

上帝高居白玉台，千秋积雪拥蓬莱。金鸡咿喔人寰夜，海底红轮飞影来。

室直清（1658—1734），江户前期著名汉学者、汉诗人。此诗想象神奇，场景阔大，笔力雄浑。

高野惟馨《月夜三叉江泛舟》：

三叉中断大江流，明月新悬万里秋。欲向碧天吹玉笛，浮云一片落扁舟。

高野惟馨（1704—1757），号兰亭，诗情豪放，专学明后七子李攀龙，喜爱盛唐诗风。此诗场面广阔，气魄极大，秋夜河面波光粼粼，明月新悬，扁舟一叶，引吭高歌，颇有苏东坡赤壁泛舟之意境。

江村绶《夏川》：

河上烟岚迭碧纱，南风吹动水纹斜。夕阳才敛飞萤乱，却胜春流泛落花。

江村绶（1707—1782），此诗写景细腻生动。

龟田长兴《江月》：

满天明月满天秋，一色江天万里流。半夜酒醒人不见，霜风萧瑟荻芦洲。

《放歌》：

人俟河清寿几何，功名富贵亦无多。古今兴废一丘貉，日月往来两掷梭。

秦庙草荒埋石马，汉门霜冷卧铜驼。桑田碧海须臾梦，我举一杯君试歌。

龟田长兴（1752—1826），号鹏斋，江户人。鼓吹宋诗，有《善身堂诗钞》传世。

草场船山《江南》：

江南十里晚莺啼，野店小桥垂柳西。日暮行人思一醉，杏花满地雨凄凄。

草场船山（1822—1889），名廉，字立大，通称立大郎。好儒学，重视经史，其忠君思想，后来发展成为极端民族主义思想。

森大来（槐南）《夜过镇江》：

他日扁舟归莫迟，扬州风物最相思。好赊京口斜阳酒，流水寒鸦万柳丝。

森大来（槐南，1863—1911），爱读《水浒传》。汉诗中心星社之盟主，以清诗为宗，创刊汉文杂志《鸥梦新志》《明诗综》《百花栏》及报纸汉文专栏《朝日新闻》的《沧海拾珠》和《日本新闻》的《文苑》等。诗风婉约绵永，颇有韵致。

田边华《万里长城》：

雄关北划古幽州，浩浩风沙朔气遒。不上长城看落日，谁知天地有悲秋。

田边华（1864—1931），号碧堂。出生于备中长尾（今冈山县浅口郡）

名门。此为登长城后的感慨之作，境界阔大，气魄豪迈，意旨深邃。最后两句，总括了万里长城及中华民族的悠久历史，渲染出大清帝国行将灭亡前的惨淡氛围，从眼前的衰败凄凉回想起昔日的强盛，从长城落日感到古今悲秋，感慨无穷，令人心灵震撼。

（四）诗人个性显现

雪村友梅《偶作》：

函谷关西放逐僧，同行唯有一枝藤。终南翠色连嵩华，庆快平生此一登。

雪村友梅（1290—1346），镰仓末期、南北朝时的禅僧。公元 1300 年流元，一时被元政府怀疑为日谍，在湖州入狱三年，后放逐西蜀约十年，获赦后返长安。公元 1329 年归国。后世认为，他的诗“放在盛唐诗中，也不逊色”。这是作者被放逐西蜀过秦岭时写的。

义堂周信《小景》：

酒旆翩翩弄晚风，招人避暑绿荫中。谁将钓艇来投宿，典却蓑衣醉一蓬。

义堂周信（1326—1389），号空华道人，南北朝著名诗僧，与绝海中津并称“五山文学的双璧”，在公元 1386 年做了京都五山中最高的南禅寺的住持。其诗素以巧致著称。代表诗作《空华集》，此诗描写了夏日河畔小景，显得甚为别致。“典却蓑衣醉一蓬”一句，颇有生活气息。

足利义昭《避乱泛舟江洲湖上》：

落魄江湖暗结愁，孤舟一夜思悠悠。天公亦怜吾生否，月白芦花浅水秋。

足利义昭（1537—1597），乃是室町墓府的末代将军，他少时在奈良为僧，法号觉庆。他曾得助于织田信长而当上将军，后又被信长赶下台。此诗是他于公元1565年逃难近江时所作。

松永尺五《途中》：

稻畦千顷若铺毡，白鹭双飞斜日边。远村幽村晚烟里，豆人寸马画屏前。

松永尺五，名遐年，字昌三，号尺五。山城人，江户前期儒学者。著有汉诗文集《尺五先生全集》，这是尺五的代表作之一。此诗如一幅秋日田园风景画，由近至远层次分明，步步引人入胜。结句取自《王维山水论》意，是点睛之笔。（《王氏画苑卷一・王维山水论》："凡画山水，意在笔先。丈山尺树，寸马分人。远人无目，远树无枝。远山无石，隐隐如眉；远水无波，高与云齐：此是诀也。"）

伊藤仁斋《渔父图》：

两鬓皤皤霜雪垂，芦洲水浅吐花时。好将整顿乾坤手，独向江湖理钓丝。

伊藤仁斋（1627—1705），名维真，字源佐，号敬斋、仁斋。京都人。江户前期儒学家。古义学派创始人，主张诗以言情。著有《论语古义》《孟子古义》等。后人编有他汉诗文集《古学先生诗集》。此诗实际是诗人晚年的一幅自画像，在一丝不苟地钻研学问的同时，充满了自负。

梁田邦美《九日》：

棋树连云秋色飞，独怜细菊近荆扉。登高能赋今谁是，海内文章落布衣。

梁田邦美（1672—1757），精研朱子学，有布衣诗人强烈自豪感，后两句，大有睥睨豪贵，唯我独尊的气势。

荻生徂徕《还馆口号》：

甲阳美酒绿葡萄，霜露三更湿客袍。须识良宵天下少，芙蓉峰上一轮高。

荻生徂徕（1666—1728），名双松，字茂卿，号徂徕。江户人。江户中期思想家，是古文辞派的代表。他反对朱子学，主张复古，继承周以前的“先王之道”，主张“文秦汉，诗盛唐”，讲究辞章，开创徂徕学派，门人甚多。著有《萱园随笔》《辩道》《太平策》等。

这首是诗人奉幕命去视察甲州返回江户时所作，描写了在甲州客居的庭院里饮酒欣赏月夜中的富士山的情景。

新井白石《自题肖像》：

苍颜如铁鬓如银，紫石棱棱电射人。五尺小身浑是胆，明时何用画麒麟。

这首诗写于宝永七年（1710），时年五十四岁。这一年被派赴上洛（京都）参加中御门天皇（在位时间 1709—1735）即位登基典礼。这首诗凸显出一位老练政治家的胆识与胸襟。

三浦晋《谢聘》：

樵蹊不与世间通，高卧东山异谢公。占得烟霞吾已老，清风鹤唳白云中。

三浦晋（1723—1789），号梅园，洞仙。当时各地藩主争相聘请他。诗中表示不入仕途，自甘闲居，显示出高尚的人格，也流露出自视甚高、颇为自负的个性。

梁川星岩《耶马溪绝句》：

日车红闪晓风回，树树晴烟次第开。青压马头惊欲倒，万峰飞舞自天来。

梁川星岩（1785—1858），名孟围，字公图，号星岩。江户末期晚起的折衷学派的代表人物，他们提倡袁宏道的性灵说，反对古文辞学派，被誉为“日本的李白”。此诗是星岩的代表作之一，采用了李白式的夸张手法，极有气势。

冈本黄石《赠星岩先生》：

道气日将华发新，文章兼见旧精神。已知骨相归无色，更信灵台绝幻尘。

毫发遂无遗憾事，波澜真是老成人。前身毋奈浣花叟，百代重扶大雅轮。

冈本黄石（1811—1898），名宣迪，字吉甫，通称留弥，黄石是其号。黄石出身于政坛，忠实地继承了恩师梁川星岩救国济民思想，其诗源于生活，出于自然，且有真情和灵气。

小野湖山《朱舜水先生墓》：

安危成败亦唯天，绝海求援岂偶然。一片丹心空白骨，两行哀泪洒黄泉。

丰碑尚记明征士，优待曾逢国大贤。莫恨孤棺葬殊域，九州疆土尽腥膻。

小野湖山（1814—1910），名长愿，字士达，号湖山。因仰慕白乐天，故别号玉池仙史、狂狂生等。近江人。十九岁时，加入星岩的“玉池吟社”，为“优游吟社”盟主。这首诗是他青年时代访水户谒前明遗臣朱舜水墓时写的。湖山颇长寿，一直活到明治维新后，后为日本汉诗长老。1879 年清末文人王韬访日时，曾赠诗欢迎王韬。诗曰：

虽云殊域岂其然，文字相通兴欲仙。蓬岛风光尚如旧，迟来徐福二千年。

诗中充满了对中国的友好感情。

释月性《将东游题壁》：

男儿立志出乡关，学若无成不复还。埋骨何期坟墓地，人间到处有青山。

释月性（1817—1858），仗剑离乡，立志报国。令人想起李贺的“男儿何不带吴钩”一诗来。相传毛泽东在湖南一师曾书此以自励。

黑泽胜算《绝命词》：

呼狂呼贼任他评，几岁妖云一旦晴。正是樱花好时节，樱花门外血如樱。

黑泽胜算（1840—1861），因参与“樱田门暗杀事件”，被幕府处死。1860 年 3 月，幕府大老井伊直弼被来自水户、萨摩的十八名浪士杀死于江户城樱田门外，史称“樱田门外之变”，促使日后幕府的倒台。这首诗反映幕末义士高尚的道德情操和精神境界。

今关天彭《岁端杂吟》：

江湖满地欲何之，犹是万方多难时。八十老翁无所用，拥炉暗诵杜陵诗。

今关天彭（1882—1970），与清末章炳麟、康有为、梁启超交往，学问长进。后赴中国，在北京、南京任教，并担任外务大臣的对华顾问。战败后归国，鼓吹风雅，传授汉诗，参与编辑《汉诗大系》。

田边太一（莲舟）《老将》：

万里轮台白骨横，将军百战此余生。天高铜柱飞鸢度，风黑南山射虎行。

一卧沧江新岁月，十年辽海旧勋名。腰间曾佩双龙在，阴雨时听匣里声。

前原一诚（梅窗）《逸题》：

汗马铁衣过一春，归来欲脱却风尘。一场残醉曲肱睡，不梦周公梦美人。

宫岛诚一郎（粟香）：

黄参赞公度君将辞京，有留别作七律五篇。余与公度交最厚，临别不能无黯然销魂，强和其韵，叙平生以充赠言。

幸然文字结奇缘，衣钵偏宜际此传。霞馆秋吟明月夜，鞠街春酌早樱天。

佳篇上梓人争诵，新史盈箱手自编。恰爱过江名士好，翩翩裙屐若神仙。

自昔星槎浮海到，看他文物盛京华。相将玉帛通千里，可喜车书共一家。

使客纵观新制度，词人争赏好樱花。墨江春色东台景，分与天工着意夸。

服部辙（担风）《郁达夫寄示近作即次其韵却寄》：

万里悲哉气作秋，怜君家国有深忧。功名唾手抛黄卷，车笠论交抵白头。

鲈味何曾慕张翰，鹏图行合答庄周。略同宗悫平生志，又上乘风破浪舟。

金井雄（秋蘋）《绿天楼与剑士话别》：

我亦旗亭愧有名，频年腰笛带离声。从今同作他乡客，花月良宵怨柏城。

以上，我们从日本汉诗看，中华诗美学精神深刻、全面、系统渗透于日本汉诗作者的诗美学观念和作品之中。事实上，他们对中国历代著名诗人，如屈原、谢灵运、陶潜、王维、孟浩然、韦应物、柳宗元、李白、杜甫、白居易、李贺、李商隐、孟郊、贾岛、欧阳修、苏轼、黄庭坚、辛弃疾、陆游、周密、李东阳、李攀龙、王洋渔、沈德潜、袁枚、梁启超等等十分景仰。他们对于南朝的山水诗、司空图的“韵味说”、严羽的“禅趣”、王洋渔的“神韵说”、沈德潜的“格调说”及袁枚的“性灵说”等等均有精深的研究和运用。

或曰：日本之对于中国，自古至今，由仰视到平视再到俯视，脱亚入欧。我相信，随着中国的崛起，随着中华民族的复兴，中国现代文化的繁荣和发展，日本必将重温历史，再续中日友好的前缘，对中国由俯视改为平视，甚至再度仰视，脱欧入亚，最终回到亚洲，与东亚、亚洲、中国世代友好，则是必定无疑的！

对构建当代文艺学的一点拙见

中国作家协会原党组成员、《文艺报》原总编辑、
中华诗词学会驻会名誉会长　郑伯农

世界各民族的文学艺术，既有共同点，又有不同的特征。既要研究各国文艺的共同点，也要研究各自的不同特征。

我们的文艺学教科书，基本上是移植西方和前苏联的文艺学体系而构建起来的。我以为，我们首先要研究中华民族五千年以来文艺的发展历程和它的特殊规律，参照西方的学术成果，在这个基础上构建自己的文艺学。

中华文学和西方文学有诸多不同点，其中很明显的一点，就是西方文学以拼音文字为载体，中华文学以方块文字为载体。汉语一字一音，有四声、平仄，有一字多音、一音多字、一字多义，等等，由此产生了种种与西方不同的表达方式，也产生了一些与西方完全不同的文学品种。譬如运用谐音字，就是我国古典诗歌的一种很独特的手法。刘禹锡的“东边日出西边雨，道是无晴却有晴”，就是运用谐音字表达爱情的千古绝唱。又如楹联，乃是我国所独有的一种艺术形式。自唐宋以来，楹联在中国老百姓中十分普及。“千门万户曈曈日，总把新桃换旧符。”每逢过年，几乎每家都要贴春联。中国的诗词歌赋中有对有联，西方就没有。那么，楹联算不算文学？我们的《现代汉语词典》文学条目是这么写的：“文学，以语言为工具形象化地反映客观现实的艺术，包括戏剧、诗歌、小说、散文等。”

根据这个定义，楹联可以归入哪一类？恐怕哪一类都算不上。所以，现代教科书上的文学概念，基本上是根据西方流行的文学品种概括出来的。诸葛亮的前后《出师表》、骆宾王的《讨武瞾檄》，当然可以勉强归入散文，但和新文学中的散文是很不一样的。《出师表》是诸葛亮写给刘禅的奏章，《讨武瞾檄》是骆宾王为徐敬业写的告示，按照教科书的文体分类，它只能算公文、应用文，不能算文学。

《现代汉语词典》的“艺术”条目是这么写的：“用形象来反映现实但比现实有典型性的社会意识形态，包括文学、绘画、雕塑、建筑、音乐、舞蹈、戏剧、电影、曲艺等。”这里，把曲艺包括进去了，这是很大的进步。但没有书法。为什么？原因很简单，因为西方没有书法。文艺学教科书，解释得了《荷马史诗》，解释得了希腊悲剧，却解释不了类似书法、楹联这样的中华文艺。许多文艺品种都以“形象地反映生活”为追求目标，但中华文艺中亦有很“另类”者，譬如书法，虽以象形文字为书写对象，却并不追求再现生活中的具象。绘画讲究“酷似”，书法则追求气韵，追求“精、气、神”。

“五四”新文化运动猛烈批判了我国几千年的旧文化，它的反帝反封建精神和民主科学精神是十分可贵的，但正如毛泽东所指出的，存在着严重的形而上学，对传统文化有片面否定的倾向。在批判传统文化的时候，一些人把矛头指向汉字，认为中国文化的落后，根子在于语言的不科学，出路就在于废除方块字，实行汉字的拉丁化、拼音化。不论胡适这样的右翼文人，还是鲁迅、瞿秋白这样的左翼文人，在这一点上似乎并无歧见。新中国成立后，成立了语言文字改革委员会。在党中央的领导下，这个委员会没有否定汉字，没有赞同汉字拼音化的主张，而是实行简化汉字。这是十分英明的。我们还要感谢两千多年前的秦始皇，他实行“书同文、车同轨”，对于凝聚中华民族产生了无可估量的重大作用。世界上有不少文明古国，它们大多没有延续至今，中华民族则至今延绵不断。秦始皇的

“书同文、车同轨”，我们的方块字，在其中立下了不朽的功勋。如果没有共同的象形文字，如果文字不具有与他人迥异的特点，占世界人口四分之一的中华民族，能延续不断地凝聚至今么？

习近平同志不久前批评了语文教材中的“去中国化”问题。我以为，这个问题不但存在于教育领域，其他领域也存在。搞“去中国化”，有的是自觉的，大多是受习惯势力的影响，跟着潮流走。不少同志真心实意地为建设中国的文艺学体系而努力。有人以为，只要把古典文论中的一些概念，譬如“风骨”“神韵”“性灵”“境界”等，转换成现代汉语词汇，转换成能与西方文艺学概念接轨的词汇，就能实现中国文论的现代化。我以为问题没有那么简单。中国的文字和西方大不一样，文艺传统也很不一样。他们有他们的体系，我们有我们的体系。我们首先要把自己的情况搞清楚，立足本国，放眼世界。如果连本民族的艺术特征都搞不清楚，还怎么可能更宏观地把握世界各国艺术的共同特征？要在马克思主义的指引下，下苦功夫研究中华文化，从中引出规律性的东西。只有把握好民族文艺的特殊规律，又深入研究世界各国文艺的特征，我们才能在这个基础上写好当代的文艺学。我们的文艺学不仅要“中国制造”，还要“中国创造”。要越过“移植”这道门槛，进入真正的独立创造。

中华美学精神的当代性与社会价值性

中国毛泽东诗词研究会常务副会长、吉林大学文学院教授　李志宏

审美是人类精神的形象表现；人类精神的价值指向是真善美，所有美的形象都要以善，以有利性为基础。

中华美学精神在有利性方面的现实基础和社会支撑，是中华民族全体人民群众的核心利益和要求，体现着进步的社会历史价值。在当代社会，马克思主义具有最大的历史进步意义；中国共产党领导的人民革命事业和社会主义事业，是中华民族最大的功利要求之所在。文艺“以人民为中心”，就要以人民的利益和要求为美学精神的内涵。

从美学的学理方面看。近些年来，有一种美学倾向，要对马克思主义实行“转基因”式的改造，主张以海德格尔的存在论取代马克思主义的认识论。出于对认识论的曲解和误解，在中国今天的美学界，认识论几乎成了错误理论的标签。而由于对待认识论的态度不端正，错误的美学理论难以得到很好的纠正，在文艺理论界也形成一种错误倾向，片面解读康德提出的审美非利害性原则，把审美性与功利性对立起来；以为具有审美性的艺术作品是不能带有社会功利价值的，一旦具有，就是违反了艺术规律，就不具有审美性。结果，在文学史研究中，在文艺批评中，同政治、阶级等社会功利价值相关联的红色经典作品被排除在审美艺术之外。鲁迅、茅盾这些进步作家遭到贬损，张爱玲、周作人这类不良文人受到吹捧。如此一来，中国人民革命事业的历

史被虚无化了，文艺的进步性质无法体现，文艺的正能量作用也发挥不出来。

事实上，只是对人具有功利价值的事物，其外形才能在人的认知结构中刻画出相应的审美认知模块，构成审美的前提。不同的社会存在具有不同的社会历史价值，由此形成不同的社会功利观和审美观。毛泽东说："我们是以最广和最远为目标的革命的功利主义者。"红色经典充分体现了最广和最远的人民功利性，体现了中华美学精神的当代性；在求翻身、求解放的广大劳动人民眼中具有极大的审美价值。而站在不同的立场上，采取相反的社会历史价值观，审美评价当然不相同。

再从文艺创作的理念方面看。在错误的美学理论影响下，创作理念发生偏移。例如所谓"性格组合论"认为：任何一个人都是善恶组合的矛盾体；进行文艺创作时既要让人意会到善，又要意会到恶，而且要做到让人"几乎看不到善与恶的明显界线"。这种论点是要把真善美一体的传统中华美学精神修改成美丑不分、善恶并举的新教条；使创作形成新的公式化、雷同化：对反动的、为非作歹的人物都要进行性格的美化，使其具有美好的人性和人格。例如，大毒品贩子、大汉奸的人性都是善良而美好的，对待爱人十分的温情，对待父母十分的孝道。反之，对进步人物的形象都要进行丑化，使其在人性和人格方面是不近人情的、面目可憎的。例如"马列主义老太太"的形象就以偏概全，几乎成为对马克思主义加以嘲讽的一个符号、一个象征。

由于人性和人格表现同人们的切身感受更贴近，因此更容易感染人的情绪，进而影响到思想观念。结果，所谓善恶并举的创作，就以抽象的人情、人性掩盖了现实社会中功利价值的大是大非问题。特别是对世界观还不成熟的青少年来说，在情绪的作用下，对社会历史价值的判断很容易发生是非混淆。

针对这类错误的现象，特别需要强化科学的美学理论，从学理上充分论证社会主义文艺的合理性和必要性。这是我们今天在弘扬中华美学精神时，必须关注的一个问题。

传统文化与当代诉求

中国艺术研究院马克思主义文艺理论研究所助理研究员　崔　柯

马克思在致斐迪南·拉萨尔的信中指出，法国剧作家的“三一律”，是建立在对希腊戏剧“曲解”的基础上的，但是，“这种曲解是合理的，因为法国人是按照自己艺术的需要来理解希腊人的”。马克思指出，“被曲解了的形式正好是普遍的形式，并且在社会的一定发展阶段上是适于普遍应用的形式”。[①]也就是说，马克思所看重的，是后人根据自身所处的历史语境对希腊戏剧的创造性阐释。马克思主义创始人对待西方传统文化的这种做法，对于我们今天继承和发扬中国优秀文化传统，也是有重要的启示意义的。

马克思主义创始人对西方传统文化和文艺传统，很少给予毫无保留的赞扬，他们总是联系一定的历史条件来阐释传统文化的现实意义，比如，马克思承认古希腊艺术的典范性，但是同时指出，古希腊艺术是“人类童年时代”的产物，只能“作为永不复返的阶段而显示出永久的魅力”，[②]后人对希腊文化的继承，不是对其进行复制和再现，而应该从一定历史阶段的现实出发进行创造性的阐发。马克思主义创始人更为看重的，是传统文化中能够对当时的无产阶级运动有着启示意义的成分。比如，恩格斯一

① 《马克思恩格斯全集》第30卷，第608页，人民出版社1974年版。

② 《马克思恩格斯全集》第12卷，第762页，人民出版社1962年版。

方面承认但丁的伟大，认为但丁作为“中世纪最后一位诗人，同时又是新时代的最初一位诗人”，宣告了“封建的中世纪的终结和现代资本主义纪元的开端”，但他更重视的，是如何产生一位无产阶级的伟大作家，呼吁“意大利是否会给我们一个新的但丁来宣告这个无产阶级新纪元的产生呢？”[①]因此，马克思主义创始人推重那些反映了人民的反抗和呼声的艺术作品，就是因为这些艺术作品对当时无产阶级运动有着切实的现实意义。比如，恩格斯对爱尔兰民歌的褒扬，就是因其爱尔兰民歌记录了几百年中爱尔兰人民反对英国殖民者压迫的英雄行为，并且反映了他们仍然处于阶级压迫的现实处境。[②] 同样，丹麦民歌反映了“日益强大的贵族怎样反对自由农，以及农民通过哪些手段结束了贵族的勒索”的状况，对于德国有着启发意义：“这首富有朝气的古代农民歌曲对于德国这样的国家非常适合，因为在德国，有产阶级中封建贵族和资产阶级一样多；无产阶级中农业无产者和工业工人也一样多，或者甚至还要多些。”[③]

从当时德国的社会历史现实出发，马克思主义创始人对一些伟大的天才作家也给予了批判性的阐释。马克思主义创始人肯定文艺创作要“莎士比亚化”，但并没有将莎士比亚的戏剧视为最高的范本，而是认为德国戏剧的社会历史内容和莎士比亚艺术形式的结合才是戏剧的发展的未来方向：“德国戏剧具有的较大的思想深度和自觉的历史内容，同莎士比亚剧作的情节的生动性和丰富性的完美融合，大概只有将来才能达到，而且也许根本不是由德国人来达到的。”[④]

可见，马克思主义创始人对西方传统文化的考察，从来不局限于某种文化本身，而是从一定的现实诉求出发，对传统文化进行批判性的阐

① 《马克思恩格斯选集》第 1 卷，第 397—398 页，人民出版社 2012 年版。

② 恩格斯：《爱尔兰歌曲集代序》，《马克思恩格斯全集》第 16 卷，第 575 页，人民出版社 1964 年版。

③ 《马克思恩格斯全集》第 16 卷，第 39 页，人民出版社 1964 年版。

④ 《马克思恩格斯文集》第 10 卷，第 174 页，人民出版社 2009 年版。

发。那么，我们在继承中国的传统文化的时候，也要首先明确我们的现实诉求，立足中国当代的历史和现实语境以及我们当前文化建设的总体目标。而历史和现实不是假设出来的某种可能性，不是主观预设的理想化图景，而是客观发生的社会现实。客观说来，我们当下的现实就是经过20世纪的新民主主义革命、社会主义革命和社会主义建设，依靠人民群众的力量建立起了社会主义国家，并摸索出了一条具有中国特色的社会主义道路。我们对传统的继承，应当以“五四”以来的中国历史和我们当下的时代任务为立足点，去对我们五千年的历史文化传统进行批判的吸收和继承。

但是在当下，有一种倾向，就是在强调传统文化的同时，忽略甚至规避新民主主义革命、社会主义革命时期和社会主义建设过程中所产生和形成的革命文化与社会主义文化传统，将“传统”限制在“古典”的范畴之内，而忽略了传统文化的历史延续性。然而，如果不能正视20世纪以来中国真实存在的历史及其合理性，仅仅将通过逻辑的演绎构建出来的理想图景作为文化建设的未来路径，实际是抽空了我们的历史和现实的根基，也就难以得出令人信服的结论。

以文艺理论中一个最基本的问题即“文艺学”这一学科命名为例，不少学者已经指出，“文艺学”这一术语是从苏联引进的，原本意义应是“文学学”，由于汉语表述习惯而采取“文艺学”的命名。但是对于采取“文艺学”这一表述的依据，以及由这一命名带来的理解上的混乱等问题，目前似乎还未达成统一的认识。在笔者看来，对这个问题，不仅要从逻辑上进行辨析，也要结合中国现、当代以来的历史语境进行观照。

首先，“文艺”一词往往用来指代文学现象或者以文学现象为主体的艺术活动，而不是广义的文学和其他艺术门类的总称，在现代文学语境中，“文艺”一词不是文学加艺术的并列结构，而是“有艺术性的文学”或者“作为艺术的文学”，“文艺”就是指称文学，早有现代批评家对此做了解释。这种对“文艺”的理解只是早期对文学现象和文学活动一般意义上的理解，此后，“文艺”这一概念通过以毛泽东为代表的中国共产党人对文艺活动的一系列阐述和规定而取得了特定含义。毛泽东在《在延安文艺座谈会上的讲话》中明确提出：文艺根本的问题、原则的问题是文艺为什么人服务的问题。中国共产党领导下的文艺活动是为以工农兵为主体的人民大众服务的。在这里，“文艺”不再是一般意义上的文学现象，而是以“人民大众”为群众基础和最终指向。至于为何以“文艺”指称“文学”，有学者指出，“文艺”这一表达隐含着独特的价值取向和历史想象。在笔者看来，20 世纪 40 年代之后所说的“文艺”和此前的“文艺”概念，区别就在于，《讲话》开始所确立的“文艺”概念，是有明确的指向和诉求的，这个指向就是“人民大众”。

此外，从文艺学的学科发展来看，一方面，文艺学是新中国建立以后才成为大学中文系的独立学科的，这里的“文艺”当是延安时期以来《讲话》所确立的“文艺”含义，和民国时期文学理论教材里用的“文艺”虽然字面相同，但有着不同的价值取向。在这里，以“人民大众”为群众基础是“文艺”的潜在含义。可以说，在产生之初，作为一门学科的“文艺学”，其研究对象不是在一般的意义的文学活动和文学现象，而是有着鲜明的社会主义性质。“文艺学”的学科命名，原因固然有“文学学”不符合习惯的表达方式，然而更重要的，应该是对《讲话》以来所确立的“文艺”概念的沿用；另一方面，文艺学的学科设置，是与新中国成立初期整个国家的社会主义建设事业紧密联系的，在文化领域里，配合社会主义国家政治、经济的建设，引导人民群众尽快用马克思主义的立场、观点和方法来分析问题，是一个迫切的任务。文艺学因其理论品格而更适合做这个任务的有力担当者。应该说，当时的一些理论探讨，从今天来看似乎有理论性不足的嫌疑，也确实存在理论优先于事实甚至“以论代史”的问题。然而，这种自上而下的理论普及，也是迅速以社会主义思想观念改造人们的意识，以配合社会主义国家经济建设和政治建设的必要。站在今天的历史制高点上，以当下完备的知识体系和严密的理论性来将当时的文艺学建设指责为在苏联影响下的工具性和教条主义，是存在错位的。

因此可以说，文艺学学科在产生之初具有两个规定性，一个是其群众基础，一个是其社会主义性质。无论是从“文艺”一词的概念考察还是从文艺学的学科产生来看，文艺学与我国的革命历史和社会主义国家的建设历史都是紧密关联的。“文艺学”这个概念、这个学科本身，是一个颇具中国特色的创造，是马克思主义文艺理论中国化的一个成果。忽略了这种历史语境，仅仅从中国和西方文学理论内部发展的脉络中考察，是无法理解“文艺学”的一系列相关问题的。

而新时期的文艺理论建设在纠正对之前的偏差时，客观上消解了这两个规定性。一方面，新时期对于之前文艺理论过度政治化的情况进行了反思，这样的必要性无须多说。然而，对文艺理论研究的自主性和独立性的诉求，往往试图剥离政治因素寻求学科独立。这样，抽离了政治维度的文艺理论研究，就有可能脱离其历史和现实语境，而抽离了政治维度对其做反思，就无法有效地描述文艺学在中国语境下的产生、发展以及如何走入误区的历史脉络，无法有效地解释文艺学所处的社会历史语境的复杂性与多面性，也就很难说明马克思主义文艺理论走过的曲折历史和面临的困境。另一方面，随着学科发展更加严密和规范化，文艺学逐渐成为一个学院知识生产的领域，出现专业化乃至艰深的趋向，逐渐失去了文艺学广泛的群众基础。这样，文艺学所产生初期的两个规定性在新时期被忽视、被抽离，新的文艺学学科范式虽然多样，却缺乏一个公认的、有效的范式，其原因就在于，抽离这两个规定性的文艺学研究，没有也无法对文艺学学科在中国的产生、发展乃至出现误区的深层历史根源做有效的说明。

中华民族有着悠久的历史文化传统，产生了无数卓越的文艺作品，我们今天建构有中国特色的文艺学、美学体系，无疑要继承和发扬我们优秀的文化传统。但面对浩瀚的文化宝库如何取舍，是我们应当认真思考的一个问题。其中，立足中国当下的社会建设和文化建设的现实诉求，对传统文化进行批判性的阐释，进而创造出具有中国特色和时代特点的文化成果，应该是我们努力的一个方向。

以人民美学为文艺创造导向

《文艺理论与批评》主编　陈飞龙

从理论层面上分析习近平总书记的这次文艺座谈会的讲话，主要讲了三个问题：一是文艺与人民的关系问题；二是文艺与生活的关系问题；三是讲党怎么管理文艺的问题。习总书记没有谈文艺与政治的关系的问题，他只谈了党怎么样领导文艺的问题。我认为这次文艺座谈会的核心问题即文艺为人民的问题，这是讨论的一个核心点。

文艺为人民服务是马克思主义文艺理论的核心内容，也是社会主义文艺创作的重要美学原则。现在有的艺术院团领导说我们的演出就是为人民，谁买我们的票就是人民。在他们眼里他们是在演出市场的第一线，是务实的，你们搞文艺理论批评的，好像是务虚的；你们说的人民太抽象。在他们看来以前提的文艺为人民服务，现在实际上成了一个形式上的口号，已经没有具体的内容了。他们说的人民是具体的，消费者就是人民。我认为文艺为人民服务也不能对人民理解得那么狭隘，那么实用。

马克思主义经典作家们一向十分重视社会主义文艺事业的导向性。马克思曾明确说过文艺作品应该由人民来评定。马克思、恩格斯曾以极大的热情支持和呼唤无产阶级的文学艺术。当恩格斯在马克思遗稿中发现德国诗人维特的诗作时，盛赞他为“德国无产阶级第一个和重要的诗人”，赞扬他的作品是“社会主义和政治的诗篇”，“是社会主义的诗”。恩格斯在给敏·考茨基和玛·哈克奈斯的信中反复提到“具有社会主义倾向的小说”和“社会主义的小说”的概念，认为无产阶级以及他们所进行的斗争，“应当在现实主义领域内有自己的地位”。从“为绝大多数人”这个根本点出发描绘无产阶级的斗争生活，创造无产阶级自己的文学艺术，就成了无产阶级文艺导向的最初表述。列宁继承和发展了马克思、恩格斯的文艺思想，明确提出了无产阶级文艺要“为千千万万劳动人民”服务的基本导向，并强调“社会主义无产阶级”的“写作事业应当成为无产阶级总的事业的一部分”，这一事业必须接受党的监督和领导。毛泽东在严酷惨烈的战争环境条件下，从中国革命的实际出发，始终重视和直接关注文艺工作的导向性。他在《新民主主义论》一文中阐明了社会主义文化是“民族的”“科学的”之后，还特别强调“这种新民主主义的文化是大众的，因而是民主的。它应为全民族中百分之九十以上的工农劳苦民众服务，并逐渐成为他们的新文化”。毛泽东在《在延安文艺座谈会上的讲话》一文中对革命文艺的导向做了著名的表述：“我们的文学艺术都是为人民大众的，首先是为工农兵的，为工农兵而创作，为工农兵所利用的。”毛泽东依据列宁的思想明确提出：“无产阶级的文学艺术是无产阶级整个事业的一部分，党的文艺工作，在党的整个革命工作位置，是确定了摆好了的，是服从党在一定革命时期内规定的革命任务的。”革命文艺“作为团结人民、教育人民、打击敌人、消灭敌人的有力武器”。从此，“文艺为工农兵服务、文艺为无产阶级政治服务”成为抗日战争和解放战争时期革命文艺工作的基本导向。这个革命文艺传统的基本导向一直延续到新中国成立以后相当长一段时间。“为工农兵服务、为无产阶级政治服务”这个革命文艺的基本导向把我国的文学艺术从宫廷贵族、文人雅士那里走向民间，接近民众，起到过把被颠倒的历史重新颠倒过来的作用，它为中华民族的独立和中国人民的解放事业曾立下了不可磨灭的光辉业绩，它为保卫刚刚建立的人民政权和巩固政权起到过一定的积极作用。

历史在进步，社会在发展。在新的历史时期，随着全党的工作重心的转移，革命文艺传统的基本导向需要容纳社会主义文艺事业的时代内容和新的任务。邓小平早在20世纪70年代末就旗帜鲜明地提出“坚持毛泽东同志提出的文艺为最广大的人民群众，首先为工农兵服务的方向”。他继承了毛泽东为革命文艺制定的基本导向的核心内容，并在此基础上给予了新的理论阐发，提出了“人民需要艺术，艺术更需要人民”的新命题。他要求文艺工作者虚心向人民学习，在人民生活中汲取丰富的营养，努力使自己成为名副其实的人类灵魂工程师。邓小平精辟地指出，“永远保持文艺工作者同人民群众之间的血肉联系，这就是我们社会主义文艺事业兴旺发达的根本道路。”他还明确提出了新时期党领导的社会主义文艺事业的新导向：“我们的社会主义文艺，要通过有血有肉、生动感人的艺术形象，真实地反映丰富的社会生活，反映人们在各种社会关系中的本质，表现时代前进的要求和历史发展的趋势，并且努力用社会主义思想教育人民，给他们以积极进取、奋发图强的精神。”党中央根据邓小平关于文艺为人民、为社会主义服务的思想，将新时期社会主义文艺的基本导向概括为文艺“为人民服务、为社会主义服务”，代替了“为工农兵服务、为无产阶级政治服务”那个在革命战争年代里革命文艺工作的基本导向。新时期社会主义文艺的新导向，无论从内涵和外延上都比旧导向宽泛和丰富得多。它为建设有中国特色社会主义文艺拓宽了前进的道路，尤其是它的具体内容更加符合党的文艺路线和政策，十分适应党在新时期的总路线，完全适合社会主义初级阶段理论和实践，因而建设有中国特色社会主义文艺的这个基本导向更具现实性、时代性和指导性。

习近平总书记多次指出，“坚持以人民为中心的工作导向”，“无论改什么、怎么改，导向不能改，阵地不能丢”。在新的历史条件下，坚持以人民为中心的工作导向，必须牢固树立群众观点，把维护人民群众的基本文化权益、改善文化民生摆在文化建设的首要位置，不断增强文化服务的针对性和实效性，要坚持文化面向基层、重心下移。要引导文艺家们深入生活、接地气，鼓励多出那些深入生活、充满生活气息、为老百姓喜闻乐见的文艺作品。同时，我们的文化产品应该要有层次性地，尽量满足各个阶层人们的需求，努力提高人民的幸福指数，而且我们文化产品的质量、品位也应该有明显的提高。我们一定要坚持文化体制改革的方向不能变，坚持社会主义文化的正确导向更不能变。我在想如果能在文化管理体制改革中建立起一种以人民美学为社会主义文艺创作的导向机制，那么我们的文化体制改革将会有一个长期的既积极又稳妥的推进和深化。有了这样一个体制机制，就能保证我们的文化体制改革有一个很好的导向，就能以更多更好的文化产品和文化服务占领市场，就能创作和生产出更多更好的反映人民主体地位和现实生活、老百姓喜闻乐见的精品力作。

文艺创作与弘扬中华美学精神

——由农民兄弟的笑声说起

国务院研究室司长　忽培元

已故画家吴冠中生前撰文回忆说，20 世纪 70 年代他下放农村劳动锻炼。劳动之余，他坚持为农民画像，或对着牛马驴骡庄稼树木村落写生。他画成一幅画，就拿去让农民看。农民说“像”，他觉得还不够，于是修改，改后再叫农民看。农民说“好”，他还不满意，又拿去修改。直到农民看了不再说话而是嘿嘿地发出笑声，他才感到满意。

中国农民大多识字不多，但他们心中有自己的审美标准。这个标准是从父母或祖父祖母心口相传而来，充满地道的中华传统的文化意趣与审美精神。面对一幅画，农民点头一笑，就说明同画家的审美追求吻合了。在吴先生看来，一个专业画家要得到业内认可并不困难，可是要得到农民一笑，那是很不容易的。同样，在我们家乡陕北农村，大量的民间艺术充满着中华美学精神。比如陕北的剪纸、面花、泥塑、农民画、大秧歌、腰鼓、说书、民歌、道情、唢呐演奏和锣鼓敲击乐等等，都体现的是一种粗犷、辽远、凝重、豪放的大写意的风格；都抒发的是一种苍凉、悲怆、哀婉、舒朗、含蓄、乐观和生生不息的健康情绪。而且这样的意趣与风格，又是跨越地域与民风的，甚至跨越了时代与阶级的局限，是深深地植根于大地，流淌在人们的血脉之中的。在神州大地，这样的民间艺术与审美标准相互影响渗透，便凝结成了我们中华民族整体的审美精神的内核，亦即我们所讲的中华美学精神。曾在陕北农村插队七年之久的习近平同志，他20世纪末阅读河北作家贾大山的作品并给予较高评价，原因也就是感受到了作品的生活情调与泥土气息。类似这种美与审美情趣的碰撞，是属于整个中国的，体现的也就是中华美学精神与文艺创作产生的共鸣。

中华美学精神的源头，可以追溯到原始人类活动时期。在中华版图上迄今发现的新疆阿勒泰、宁夏贺兰山等地的岩画，陕西、甘肃的马家窑、半坡遗址的陶器纹饰等，以至于以后的先秦诸子百家，特别是老子、孔子、庄子等人，用他们的思想与著作开启了把美与审美放到整个社会文化、宇宙自然、人伦道德的大视野中加以观照和阐释的美学格局。换言之，也就是开拓了中华美学精神的纪元。比如，老子的“道法自然”，强调的是天人合一的美学理想；孔子的礼乐观和美善观，则强调从个体的社会责任出发去观照人类的审美活动；而庄子的大美不言和逍遥之美，则是从生命的内在律动来观照人类的审美活动，等等。这些侧重点不同的美学主张与审美原则，共同奠定了中华美学精神的理论根基，逐渐形成了五伦、五常、四维、八德等自然观与社会道德规范等在文艺作品中的价值取向。从这些理论主张中可以见得，中华传统美学精神，除了形式上的和谐、对称、概括、叙事性、写意、简约、质朴等特征外，从思想理念上一开始就是与“讲仁爱”“重诚信”“尚和合”“求大同”等价值观密不可分。以文学论，从先秦散文到两汉辞赋，从唐诗宋词到元曲清音，从明清小说到现代经典，经过漫长的历史积淀，中国文学形成了稳定而强大的传统。这种传统，构造了中华民族的独特审美。审美又反过来塑造了民族文艺，彰显民族的审美。两者默契相合，相辅相成。其他艺术门类亦然。吴冠中先生所看重的农民的笑声，正是由这些结点上作者与受众之间产生强烈共鸣的结果。实践证明，广大人民群众才是文艺作品的享受者和最终的权威评判者。

然而，相当一个时期以来，我们似乎已经厌倦了中国传统的文化风采与艺术风格，也很少注意听取人民的声音。有人也许至今还在为“文革”期间文艺舞台仅有“八个样板戏”而感到愤慨。可是最近三十多年来，我们的戏剧舞台又有几个作品能够达到“样板戏”水平？其实，“样板戏”也并非江青等人功绩，而是新中国成立后三十年间，甚至包括延安时期，我们全国几代文艺工作者创作的大量优秀文艺作品的结晶。比如贺敬之等创作的歌剧《白毛女》，就是延安时期的作品。其他样板戏，也都是在文学精品的基础上改编的。是在毛泽东《延安文艺座谈会上的讲话》精神和党的“二为方针”指引下创作出的文艺精品。这些经典之作，直至今天仍然还站立在文艺舞台上。而恰恰是近些年来，我们的文艺创作和文艺批评中出现偏向甚至走入误区，那就是盲目否定传统文化，否定中华美学精神，拼命西化、洋化，千方百计远离国风，背离传统艺术规律，也就是说有意无意地就要放弃中华美学精神。人民群众对此很不满意。这种逐渐形成的创作理念以至文艺风气，也就导致了以西方文艺理论为标准度量中国文学艺术作品的盲目习惯。形成了专门用西方的美学思想阐释中国文艺实践，用西方化的审美标准衡量中国文艺作品的奇怪现象。结果造成了一些原本很有才华和激情的中青年作家艺术家，甚至包括一些文艺理论家、批评家，也都自觉不自觉地陷入了民族和历史的虚无主义、盲目崇洋媚外的误区。例如对于欧美文学形式的简单套用、机械摹仿盛行，甚至在一些所谓大作家的作品中都是显而易见。新诗的创作与评论更是问题突出。由于受上述不良风气和错误思潮的影响，新诗几乎完全失去了普通读者。形式上既不讲究押韵，也不讲究文字的对仗工整之美，内容也是越来越离奇古怪，脱离大众生活，无病呻吟或有病呻吟，令人不知所云。结果只能在诗人自己的小圈子里打转转，津津乐道、孤芳自赏。小说形势也不容乐观，黑色幽默、黄色噱头，任意编造，或是越写得艰涩难懂就越发自觉高明。有的专意篡改歪曲历史，放大阴暗，肆意否定我们的社会制度和民族历史，甚至不惜替海外敌对势力的反华合唱大敲边鼓，甘当帮腔。更有以此得奖者，不以为耻，反以为荣。有的作家艺术家甚至还将此作为自己创作的一条成功经验四处加以炫耀，就像不孝之子被母亲奶水养大后却翻着白眼专挑母亲毛病、专写母亲丑陋。这样的一种心态实在令人难以理解。作品的风格与其中的中国早已变形变味。也造成了中国人创作的文艺作品好与不好，本土的读者、观众实际上说了不算，必须由西方当代文艺理论来评判。人家说好才算好，人家给奖就是荣耀。这种奇怪现象早已司空见惯。这种所谓的文艺创作，不但背离了社会主义核心价值体系，也从根本上背离了中华美学精神。是人民群众深恶痛绝、嗤之以鼻的。

习近平同志在不久前召开的文艺工作座谈会上指出：“中华优秀传统文化是中华民族的精神命脉，是涵养社会主义核心价值观的重要源泉，也是我们在世界文化激荡中站稳脚跟的坚实根基。要结合新的时代条件传承和弘扬中华优秀传统文化，传承和弘扬中华美学精神。”总书记的讲话，指出了当前文艺的症结所在，也抓住了文艺复兴的目标所在，是我们的文艺创作和文艺评论走出误区的行动指南。显然，习总书记要求的传承和弘扬传统文化以至中华美学精神，也不仅仅是针对文艺问题，而是就整个中华民族的伟大复兴而言。就意识形态来讲，则无疑是涵养社会主义核心价值观、促进中国特色社会主义文艺健康持续繁荣发展的重要条件之一，也是为中华民族在 21 世纪以审美方式把握世界、促进和谐安定开出的一剂济世良方。如果不能从这样的高度来理解，我们就可能坐失良机。可见恪守和弘扬中华美学精神，对于人类文明进程也是一种贡献。

当然我们也不否认，文艺的繁荣发展，同样也离不了开放。要看到世界各民族的文化都有自己的优长、特点，同时要看到不同民族的文化相互借鉴、彼此映衬，相互比较中互补才能加快发展。但是，在开放中我们必须始终明白，包括文学艺术在内的一切文化，都具有鲜明的民族属性。这种民族属性，从遥远的历史深处流淌而出，深刻沉淀于民族的血液之中。没有民族特性，就没有民族文化，文学艺术的生长与发展尤其如此。人民呼唤具有中国气派的文艺作品，因为只有这样的佳作，才是在中华民族的审美体系中孵化出的美丽凤凰。她是植根于中国大地与民族精神的诗性写意的生命力极其旺盛的长江黄河。那博大、汹涌、坚韧、跌宕的“美在意象”，是中华美学精神的本质真谛。中国国画妙在“似与不似之间”，中国戏曲“以歌舞演故事”，以虚代实，程式化，营造意境，都旨在追求诗性品格和超越写实的浪漫情怀。我们的美学精神，是从岩画、陶纹时代开始，从活化石一样的民间艺术中传承，这种跨越今古，超越国界的，堪称千年不衰、独领风骚的，既包括情、趣、境、气，又具有韵、味、品、形的中国气派的美学概念与美学原则，需要我们一代又一代的中国艺术家不断拓展，不断丰富。只有这样，才能够使之不断繁荣，不断成长为参天大树，光彩夺目地永远屹立于世界的东方。

文艺创作如何在市场经济大潮中坚持正确方向

中国社会科学院荣誉学部委员、哲学研究所原所长　陈筠泉

一

在改革开放实践向纵深发展的今天，我国的文化事业无疑也有进一步深化文化体制改革的问题。但是，因为经济改革走市场化的道路，并大力发展文化产业，提出建立和完善现代文化市场体系，有人就断定文化事业也要市场化，“要引导文化艺术生产单位逐步走向市场”，“通过商品交换来实现文化产品的价值”。这究竟有没有理论根据、在实践上是否切实可行，能否带来社会主义文化事业的繁荣，是一件需要认真地研究和讨论的、事关国家民族的前途、子孙后代命运的大事。

我们知道，高雅的文艺作品和人文、社会科学研究的成果之作为文化产品，只能是凝结、体现并发展着真、善、美价值的东西。否则，就不成其为文化产品。文化产品中体现着的真、善、美不是互不相关的，而是有机统一在一起的。艺术美的创造和欣赏在社会生活中的特殊作用，更是与真和善不可分割地联系着。在文艺工作座谈会上，习近平总书记从理论的高度精辟地指出：“追求真善美是文艺的永恒价值。”“我们要通过文艺作品传递真善美，传递向上向善的价值观。”“只要中华民族一代

接着一代追求真善美的道德境界，我们的民族就永远健康向上、永远充满希望。”[①]

但是，在市场经济的条件下，精神文化产品的价值就变得复杂起来了。因为市场经济按其本性来说，有一种不可遏止的趋势，力图把自己的原则扩展到社会生活的一切领域，使各种东西都带上商品的性质，以致各种精神文化产品也不能幸免。在市场经济的条件下，文艺作品、学术成果完全可能、并且实际已在成为买和卖的对象。但这是否意味着，各种事物的自身价值只能通过商品价值来实现呢?

实际上，在市场经济条件下，各种文化产品不得不带上商品的属性，这就意味着：文化产品被赋予了多重复杂的特性。在这里，根本的问题在于，当这些文化产品在市场上被作为商品而交换时，实现的究竟是哪一种价值——是它们作为商品的交换价值，抑或是某种特定的使用价值，还是它们真正的文化价值。对这种复杂情况不做科学分析，简单地宣称“通过商品交换来实现文化产品的价值”，势必导致思想混乱。难道真、善、美也是可以用金钱来购买的东西，谁有足够的钱，谁就可以占有和享用真、善、美的价值?

马克思十分明确地说过：在商品交换关系本身中，商品的交换价值表现为同它们的使用价值（即满足什么样的需要）完全无关的东西。因此，精神文化产品一旦作为商品出现在市场上时，它们的交换价值（表现为“票房价值”或是否畅销）也未必真实地反映它们满足人民大众的内在精神文化需要的程度。这种精神文化价值，即真、善、美的价值，既不能用交换价值来衡量，更无法用金钱的尺度来度量。

---

① 习近平：《在文艺工作座谈会上的讲话》（2014 年 10 月 15 日）。

二

毛泽东文艺思想中的一个重要原则，就是以人民群众的审美标准作为文艺创作的价值取向。他认为："人类的社会生活虽是文学艺术的唯一源泉，虽是较之后者有不可比拟的生动丰富的内容，但是人民还是不满足于前者而要求后者。""因为虽然两者都是美，但是文艺作品中反映出来的生活却可以而且应该比普通的实际生活更高，更强烈，更有集中性，更典型，更理想……"[①] 因此，他向文艺工作者提出要"深入生活"的要求，并希望他们能够真正了解老百姓"喜闻"什么，"乐见"什么，懂得和熟悉人民大众基本的和变化着的审美要求。

但是，现在有人却提出文化管理部门"要按照市场需求来安排文化艺术产品生产"，其理由是："对文艺作品的市场需求直接就是人民群众对精神文化食粮的实际需要。"这一类见解似是而非，容易引起思想混乱，不利于文艺工作者深入生活，真正了解人民大众的实际文化需要，因此有必要对它做些理论分析。

我们知道，在精神生产引入市场机制的场合，不但精神生产的要素会转化为商品，而且精神劳动者（演员、歌手、画师、作家等等）都能成为经营者牟取暴利的手段。在这样的条件下，精神生产和人民大众的精神文化消费之间会插进越来越多的中介环节，如出版商、广告商、"包装"商、形形色色的经纪人、大众传媒的"股东"等等。这样，所谓的"市场需求"不过是交易市场上代表着不同利益的不同角色进行竞争而产生的综合效应。从而，"市场需求"对于人民大众的实际文化需要的反映，由于多重中介的折射而变得扭曲、模糊不清，甚至是完全被颠倒了。这种情况下，

① 《毛泽东选集》（一卷本），第 863 页，人民出版社 1966 年版。

平庸的、低俗的、毫无审美价值的文艺作品充斥市场，也就不奇怪了。

在文艺工作座谈会上，习近平总书记阐明了新时代文艺工作的地位和作用。他全面而又深刻地指出："文艺不能在市场经济大潮中迷失方向，不能在为什么人的问题上发生偏差，否则文艺就没有生命力。"文艺工作者要"认识自己所担负的历史使命和责任"，"坚持以人民为中心的创作导向"。

随着人民生活水平的提高，人民对文艺作品的要求也更高了。因此，习近平总书记强调，文学、戏剧、电影、电视、音乐、舞蹈、美术以及民间文艺等各个领域都"要跟上时代发展、把握人民需求"，"创作生产出人民喜闻乐见的优秀作品，让人民精神文化生活不断迈上新台阶"。[①]

三

什么是文艺作品的文化价值？我们知道，文化是标志作为目的本身的人的发展过程及其成果的范畴，是从人作为历史过程主体的自我实现这个角度，对人类所创造的一切物质、精神财富及其创造过程的一种科学抽象。所谓文化价值，用马克思的话来说，就是谋求"超出对人的自然存在直接需要的发展"，就是"发展不追求任何直接实践目的的人的能力和社会潜力（艺术等等，科学）"。[②]显然，文化价值的这种理解，已经远远超出了一般使用价值的意义。

文化的基本功能在于塑造全面发展的个人。文化价值的实现意味着具有高度主体性的、完美健全的个性的自我实现，意味着人民大众生活品质的提高和生命内涵的充实。正如马克思所说："艺术对象创造出懂得艺术和具有审美能力的大众。"而这种艺术对象只能是不受金钱、物欲诱惑，不为任何外在目的所驱使的真正自由创造活动的成果。

---

① 习近平：《在文艺工作座谈会上的讲话》（2014 年 10 月 15 日）。

② 《马克思恩格斯全集》第 47 卷，第 215、216 页，人民出版社 1979 年版。

马克思把创造文化艺术价值的劳动同追求交换价值、生产和再生产资本的劳动区别开来。他还举例说明，受资本家雇佣的钢琴生产者的劳动是经济意义上的劳动，因为他“再生产了资本”，而为观众演奏音乐的钢琴演奏者，尽管他“用自己的劳动同收入相交换”，却不是经济意义上的劳动。“钢琴演奏者生产了音乐，满足了我们的音乐感，不是也在某种意义上生产了音乐感吗？”“他使我们个性更加精力充沛，更加生气勃勃。”“但他的劳动并不因此就是经济意义上的生产劳动。”[①]

这里，所谓“经济意义上的生产劳动”，也就是以追求利润最大化、追求商品价值的增值为目标的劳动。而恰恰是那种非经济意义上的“一般劳动”，才是文化价值的实体。马克思认为，创造文化价值的一般劳动是扬弃外在强制的自由劳动。他曾以作曲这种艺术创作活动为例，来说明文化创造不是“外在的强制劳动”，而是“真正的自由劳动”，这种劳动才能“成为个人的自我实现”。

迄今为止，在市场经济居主导地位的社会里，都存在着不受交换价值支配的活动领域，存在着非市场因素。例如，在资本主义市场经济条件下，马克思所说的那种非经济意义上的劳动，弥尔顿如春蚕吐丝般地写作《失乐园》这样的自由的文化创造，正说明这种自由的活动领域和非市场因素的客观存在。在当代发达的市场经济国家里，这种非市场因素还有不断扩大的趋势。

在文艺工作座谈会上，习近平总书记指出，文艺“最能代表一个时代的风貌，最能引领一个时代的风气”。我们的文艺工作者“要志存高远，随着时代生活创新，以自己的艺术个性创新”。他们“应该成为时代风气的先觉者、先行者、先倡者”，通过创作出更多的优秀的文艺作品，来“书写和记录人民的伟大实践、时代的进步要求，彰显信仰之美、崇高之美”。[②]

---

① 《马克思恩格斯全集》第 46 卷 [上]，第 264 页，人民出版社 1979 年版。

② 习近平：《在文艺工作座谈会上的讲话》(2014 年 10 月 15 日)。

四

在市场经济的条件下，文化产品虽然具有商品属性，但这决不意味着可以把文化和经济的不同本质等同起来，把商品的价值规律当成文化繁荣的推动力。同时还应认识到，经济的发展、科技的进步，并不会自动地推动人的素质、思想道德水平的提高，带来人的无限丰富的精神文化需求的满足，以及促进社会进步和人的全面发展。

市场经济在满足物质需求方面的贡献是惊人的，但它却容易把人们引向追求物质享乐，使社会陷入极度物欲膨胀之中，使人失去价值理想和对生存意义的反思。因此，文化建设对市场经济的积极适应，应当是以否定性为媒介的适应。这就是创造各种条件，使文化生产摆脱拜金主义的诱惑，使文化按照自己的本性和规律健康发展，借以限制和扬弃市场经济的负面效应。只有这样，才能对市场经济的发展发挥真正的促进作用。

在文艺工作座谈会上，习近平总书记强调：“社会主义文艺，从本质上讲，就是人民的文艺”，文艺“要坚持为人民服务，为社会主义服务这个根本方向”；一部好的作品，“应该是把社会效益放在首位，同时也应该是社会效益和经济效益相统一的作品。”“文艺不能当市场的奴隶，不要沾满了铜臭气。”文艺不仅“是铸造灵魂的工程”，也“是时代前进的号角”。优秀的文艺作品，最为集中地反映着时代的风貌和人民的心声，“为历史存正气，为世人弘美德”。[①]

从总的历史发展来看，市场经济的发展乃是人类文化发展的不可缺少的环节。它打破了以血缘为纽带的人身依附关系的自然局限性，并为人们克服文化发展的社会局限性（即物化的社会关系）创造了物质前提。与

① 习近平：《在文艺工作座谈会上的讲话》（2014年10月15日）。

此同时，文化发展本身也是对市场经济的某种制衡，构成市场经济不断发展所不可缺少的条件。我们必须正视市场经济的内在矛盾，不仅要承认市场经济具有的负面效应，而且还要看到这种负面效应不可能由其自身来克服，从而更加深刻地认识到文化的健康发展、人们的道德水平和精神境界的提高对我国社会主义市场经济发展的巨大意义。

文艺创作与传承、弘扬中华美学精神

中国社会科学院文学研究所研究员、当代文学研究室原主任
《文学评论》原副主编　曾镇南

一

习近平在文艺座谈会上的讲话，把创作生产优秀作品作为文艺工作的中心环节，作为文艺工作者的立身之本，展开了对文艺作品创作和接受过程中诸多因素及其相互关系的阐述。其中，他把创作过程提升到美学理论的高度来分析，给人留下了强烈的印象。他一则说，创作过程实质上就是“从人民的伟大实践和丰富多彩的生活中汲取营养”，“不断进行美的发现和美的创造”的过程；二则说文艺工作者要“通过更多有筋骨、有道德、有温度的文艺作品”，书写和记录时代的进步要求，“彰显信仰之美、崇高之美”；三则说“追求真善美是文艺的永恒价值。艺术的最高境界就是让人动心，让人们的灵魂经受洗礼，让人们发现自然的美、生活的美、心灵的美”。总之，他用审美理想之光照亮创作过程，以美的创造、美学精神的传承与弘扬来充实、说明和引领创作过程，以创作生产美的作品作为创作过程的旨归、目标，希望文艺工作者“努力创作生产更多传播当代中国价值观念、体现中华文化精神、反映中国人审美追求，思想性、艺术性、观赏性有机统一的优秀作品”。

综观习近平在文艺座谈会上的讲话，从头到尾，回荡着美的创造的韵调和旋律，跳动着中华美学精神的血脉，抒发着一个有鲜明个性的当代中国人对美的时代敏感。这是自 20 世纪 80 年代新时期美学复兴的第一个高潮过后，沉寂多年又复听到的文艺美学的空谷足音，也是澄清文艺创作领域里相当严重地存在着的文艺雾霾，重新建构清新朴素、生机勃发的文艺生态，为美的作品大量涌现辟地开宇的号角之声。

从美学史上看，文学艺术从来都是美学研究主要的、也是最为集中的对象。文、音、美、剧及其他，综合而称为艺术。凡是艺术，都应该具有美的品格、美的精魂。优秀作品的创作过程，也即是美的创造过程。这个过程中，创造美的主体，与客观存在的自然美的关系，也即文艺家与生活的关系，是贯穿始终的一个基本问题；而作为“第二自然”的作品（也即艺术品）的丰富多彩的具象形态及其种种特殊属性，则是展开艺术与现实关系的美学课题必然要深入探求的具体而微的问题。环绕着文艺创作的美学研究，实际上是从哲学世界观的高度，对美的作品的生产创作规律、生存状态，接受传远的运行规律的探索、揭示。这是一种致广大而极精微的研究。从这个角度看，习近平在文艺座谈会上关于在新的时代条件下催生美的作品，传承和弘扬中华美学精神的系列指示，正是从文艺创作的特殊性入手，从美的创造的主客体的辩证关系入手，提纲挈领地抓住了文艺创作的客观规律，推动了文艺领域里人的认识从必然王国向自由王国的一次飞跃。

二

按照马克思在《政治经济学批判》导言中提出的观点，人类与世界的关系，是一种在生产和创造中实现自身的生存和发展的关系，这种关系展开为各种不同的掌握世界的方式，例如，体现在政治经济学研究中的从抽象到具体的演绎，是对于世界的理论方式的掌握，“而这种方式是不同于对于世界的艺术精神、宗教精神的，实践精神的掌握的”。马克思认为，人类的发展史表明，人类是通过劳动创造世界也创造自身的。在这种创造活动中，“人还按照美的规律来创造”。照天性而言，人都是艺术家，都天然地倾向于美，追求着美。他无论在什么地方，总是希望把“美”带到自己的生活中去。人的生存和发展，总是伴随着美的创造。而作为艺术家的人，更是以发现美、创造美为使命。对美的追求，往往达到狂热的、生死以之的程度。文艺作品的生产创造，是人类对于世界之艺术精神的掌握方式的体现，它更加是按照美的规律来创造的。在新的时代条件下，传承、弘扬中华美学精神这一美学命题的提出，实际上就是提出当代中国人，要按照中华本土固有的美学精神来掌握世界，进行具有民族特色、地方色彩的美的创造。

文艺作品的创作、产生过程、接受过程中的美的规律，是细分为许多层次的：有广大浑括的，如攸关文艺作品的发生学，也即源泉论的；有流动超逸的，如攸关文艺作品的形态学，也即美学品位、美学境界的；也有分门别类，依类而存的，如关系文艺作品的类型学，也即文体论、体裁特征的；还有具体而精微的，如关系到文艺作品的风格学、语言论的；更有绝调孤诣的，如深细地关联到每一个作家、艺术家不同的倾向、性格、习惯、风调，也即每一个作家、艺术家独特的掌握世界的方式，等等。所有这些，都会纳入弘扬中华美学精神这一美学课题之中，为文艺作品的创作、美的作品的研究开启广大无量之法门。

三

习近平关于传承、弘扬中华美学精神的提法，是在论述中华优秀传统文化时提出的。他指出：“中华优秀传统文化是中华民族的精神命脉，是涵养社会主义核心价值观的重要源泉，也是我们在世界文化激荡中站稳脚跟的坚实根基。”弘扬中华美学精神，就是在这样一个“世界文化激荡”的时代背景下予以强调的。这说明，这一有强烈现实针对性的民族美学命题，实际上也是一个历史的课题。

中国进入半封建半殖民地的社会以来，在西方文化的逼临、冲击、对比之下，中国固有文化相形见绌的落后的一面凸显了，于是就迫切地出现了大量吸取、容纳外国先进文化的呼声。先进的中国人，在学习西方进步文化，实行文化、文学方面的开放、革新方面，是敏感地把捉到了时代的先机的。鲁迅早年就曾说过：“世界的潮流早已六面袭来，而自己还拘禁在三千年的桎梏里。”他指出：“想在现今的世界上，协同生死，挣一地位，即须有相当进步的理论。”他主张，放开度量，大胆地、无畏地将新文化尽量地吸收。“别求新声于异邦”。为了抵制封建主义文化的鬼魂，摆脱其纠缠，鲁迅甚至有针对性地提出少读或不读中国书。他激愤地说：“中国书虽有劝人入世的话，也多是僵尸的乐观；外国书即使是颓唐和厌世的，但都是活人的颓唐和厌世。”“即使所崇拜的仍是新偶像，也总比中国陈旧的好。与其崇拜孔丘、关羽，还不如崇拜达尔文、易卜生；与其牺牲于瘟将军五道神，还不如牺牲于拿破仑。”正是基于这种彻底反对封建主义的激进的民主主义战士的立场，对中国古代小说有着广博而湛深的研究，著有《中国小说史略》这一中国小说史和小说美学的开山之作的鲁迅，在开始遵“五四”文学革命的先驱者之命来作起新小说时，却信奉在西方文学思潮浸润下产生的“启蒙主义”，“为人生而且要改良这人生”的文学主张，而深恶先前的称小说为“闲书”的说法，而且将也是从西方文艺思潮中引入的“为艺术的艺术”，看作不过是“消闲”的新式的别号加以鄙薄。鲁迅坦然地自述，在创作《狂人日记》之前，仰仗的就是曾经看过大约百多篇外国的文学作品。这种传承与借鉴的似乎有些矛盾的现象，很可以说明当时西方文化相对于中国文化的优势和影响。

毛主席在论述新民主主义的文化时，也曾经指出，新民主主义文化的提出，是为了“中华民族的尊严和独立”；这种新文化“是我们这个民族的，带有我们民族的特性”，但也要吸收外国的进步文化。他主张“中国应该大量吸收外国的进步文化，作为自己文化食粮的原料。这种工作过去还做得很不够”。为什么要大量吸收？就是因为外国的进步文化有比我们固有文化高的地方。1956年，毛主席在同音乐工作者谈话时说：“近代文化，外国比我们高，要承认这一点。艺术是不是这样呢？中国某一点上有独特之处，在另一点上外国比我们高明。小说，外国是后起之秀，我们落后了。”这是一个很重要的思想，与鲁迅在小说创作初期所取得的借鉴取向和所持的小说美学观念有某种相通之处。

四

文学创作，在整个艺术创作的天地里，在人类美的创造全部活动中，可以说是自成一个雄厚超迈的重镇的，这自然是因为它的各种艺术形式，小说、诗歌、散文所固有的涵纳、反映人类社会生活的广阔的空间、悠远的时间及直抵人生、人性深处的纵深贯穿力；以及由此产生的反转来影响社会、人生的辐射力、浸润性、陶涵功能。同时，它还有为其他姐妹艺术形式提供再创作、伴生、衍生创作的文学母题的功能。因为文学这种人类掌握世界的方式的特殊美学影响力，在“五四”以来形成的文化新军中，文学可以说是威力巨大、成果累累的最大军团。文学家鲁迅也因此成为了文化新军的主将，新文学作品群山中耸峙的奇峰。考察这一肇始之时主要取法于西方的领域在尔后的广大而持续的发展中的变化趋向，我们不能不惊讶地发现，几乎每一个真正取得成就和影响的作家，都或先或后在创作实践中回归到民族特点、中华美学精神的发扬，都回归到文艺的中国特色、民族化的路上。这又是为什么呢？

毛主席既提出“近代文化，外国比我们高”的警策的、富有现实感的论断，但他又充分注意文化这个范畴所包括的文学艺术的各个门类的特殊性，不做简单的一概而论。对小说，他直接承认外国的小说形式相较于中国固有的旧小说形式的先进性；而对诗歌，他在肯定了诗歌应以新诗为主的同时，则更多地谈到诗的民族形式、民族作风等民族化的问题。又如，他对艺术中音乐的特殊性，也予以更为充分的注意。对音乐的民族语言、表达方式、特殊风格、欣赏习惯，予以充分的强调。

毛主席1956年同音乐工作者的谈话，是在新中国的时代条件下提倡和发扬中华美学精神的一次重要讲话。他鲜明地指出：“艺术上‘全盘西化’被接受的可能性很少，还是以中国艺术为基础，吸收一些外国的东西进行自己的创作为好。现在各种各样的东西都可以搞，听凭人选择……但是在中国艺术中硬搬西洋的东西，中国人就不欢迎。”毛主席还进一步分析了“全盘西化”行不通的原因——由艺术自身发展规律，自身特性所决定了的原因。他说：“艺术的基本原理有其共同性，但表现形式要多样化，要有民族形式和民族风格。”他进一步分析说：“艺术有形式问题，有民族形式问题。艺术离不了人民的习惯、感情以至语言，离不了民族的历史发展。艺术的民族保守性比较强一点，甚至可以保持几千年。古代的艺术，后人还是喜欢它。”所以毛主席主张，中国文学艺术，“应该越搞越中国化，而不是越搞越洋化”。

毛主席这里提出的“艺术的民族保守性比较强一点”的论点，应该引起我们更多的重视。艺术的民族保守性的根源，在于民族的生活方式、生活情调、生活习惯、语言特性之中，尤其在于溶化、积淀了这一切的民族感情之中。文艺作品的创作，离不开情感的驱动，感觉的锐敏。文艺作品无疑要描写、表现人类社会生活中各种各样的斗争形式与生活方式，但是，如果不是浅表地而是深层地来看，文艺通过人的斗争形式、生活方式的绘状，表现出来的是人的情愫和情调，此所以文学被称为人学的原因之一。正是由于民族感情、民族生活情调决定着人们对艺术的喜厌、弃取，代代相传，就形成了艺术的民族保守性。

正是在毛主席对音乐工作者谈话的影响下，1959年国庆十周年献礼音乐作品中，诞生了后来成为世界名曲的小提琴协奏曲《梁祝》。这部交响音乐作品吸收、采用了大量浙江越剧中的曲调与演奏方式，使小提琴、交响音乐这些外来的音乐形式，和中国民族化的、地方色彩浓郁的音乐元素结合起来，产生了《梁祝》这样一部具有中国民族特点的交响音乐作品，用中国人民的音乐语言，演绎了中国一个优美而悲怆的民间故事，使广大中国听众真正听懂了交响音乐，开创了中国音乐历史上的新的篇章。这部音乐作品的主要创作者之一何占豪说："这首曲子并非一个或几个作者写的，它是我们浙江农民原创的，因为里面很大部分运用了越剧的表演、音乐元素。"而越剧则是一大批来自农民的表演艺术家和琴师创造的。小提琴协奏曲《梁祝》的这个创作过程和创作经验，对于我们今天弘扬中华美学精神，催生更多有民族特点的文艺作品，无疑是有意味深长的启示性的。

我看红色文化与美学

中国人民解放军总后创作室专业作家　刘烈娃

长期以来，我们的意识形态领域有一个误区，以为美或者美学这些都是与红色文化（主旋律）相去甚远的。这甚至会反过来影响到我们文化部门的某些领导（甚至学者），在评价某个艺术作品时，会因为其“不那么革命”或“过于唯美”而否定这些作品的社会价值及艺术高度，从而形成文化界奇怪的局面，这在电影圈里又是最为突出的。

比如当你要创作一部电影作品时，首先就会遇到投资方的疑问：“是主旋律还是商业片？”

真奇怪啊！什么时候，谁规定的，凡是主旋律的电影就一定不好看？从而就卖不了好价，也就是人们常说的“不是商业片”呢？

对于艺术的价值品定如此混乱，从古到今也真是少有。其实想想也不怪，都是时代的产物。那些金钱至上的年头，文化也早就跟着变形了。价值观的混乱和文化商人唯利是图，只看市场上什么好卖他们就做什么。长此以往，恶性循环。

那么主旋律又是什么样的状况呢？相当长的一段时间，“主旋律电影”大都是国家有关部门配合形势需要而推出的。由于这种电影基本是公家掏钱，拍摄者大可不必操心票房的事，只需把个人的钱赚到手，电影交差了就万事大吉。需要说明的是，这种指标不是所有的公司或个人能够得到的，也掌握在少数特权者手中。所以长此以往，怎么能不败坏“主旋律”的名声呢？

一位著名的科学家曾经给国家电影局的领导写信说，他有次在美国参加世界科学家大会，会后宣布看一部中国电影，当时他心里非常高兴。但是没想到，这部电影极尽丑化中国人之能事，当电影放完场灯亮起来，他看见许多欧美国家的同行用异样的眼光看着他窃窃私语：“瞧，他就是中国人。那么落后的国家，脏……”

这位中国科学家说他当时恨不得钻进地缝。末了，他的信的结尾说：“实际上，我们中华民族文化博大精深，为什么我们的电影工作者却会拍出这样的电影，让外国人看了以为我们只有贫穷落后的丑陋现实？所以我作为一个中国的科学家，诚恳地希望，我们的电影工作者尽快拍出能够反映我们国家美好、强盛、文明的电影，让我们在国外也能为此感到骄傲、为此能够抬头挺胸……”

电影是一个民族的灵魂。当人们不了解一个陌生的民族时，最好、最快捷的方法就是看这个民族的电影。从这个角度讲，我们的文化宣传部门的职能非常重要，起着一个引导全民精神往上提升还是往下降落的作用，是正能量还是负能量的风向标。

为什么要强调红色文化的美学作用？道理很简单：美，是人们喜欢的、欣赏的、容易接受的。越是美的东西，就越是容易被人接受。越美越柔软，越是“润物细无声”。

一位军事文化专家研究的某个课题中讲过一件有意思的事情：最初美军侵占伊拉克时，碰得头破血流。但是他们经过反思，经过高层智囊的研究，之后改变方案，派去了女兵。这些女兵来到伊拉克，和当地人民打成一片，并和孩子们一起跳舞、游戏……

不可思议的事情发生了，那些伊拉克人居然在很短的时间内就接纳了美国人，之后的战况世人皆知。这说明什么？软！软实力更加厉害！文化的力量是无穷的。

众所周知，最终使前苏联改革犯颠覆性错误的，主要有如下三点：

其一，意识形态上搞指导思想多元化；其二，政治经济改革走向歧路；其三，混乱错误的外交思维。

以上三点，多年来被认为“最难办”的是第一条。这次，笔者来参加会议，印象深刻的是会上一位专家还提到说：“文以载道，这个‘道’是什么道？争论几千年还没有权威的定论。”可见意识形态领域要从根本上梳理，刻不容缓。

康德说：“美是道德的象征。”就像“道”一样，什么是真善美，是由阶级立场的不同而定。笔者曾经拍摄了一部非常好的正能量的电影，但是由于这是被归类为“主旋律电影”的影片，所以难逃无票房的结局。其实根本不是无票房，是压根就没有进入“院线”（即以多个影院为基础，联合组成的电影配送、放映、统计、结算、集合体的电影院联盟）。因为基本上所有的院线老板都会抵触此类影片。这倒不是他们自身有多么堕落，而是出于无奈。国家对此事没有监管和支持，观众在媒体一边倒的舆论中盲目走进影院。这些受众又基本上都是八〇后九〇后，可想而知他们会主动购买哪些人导演、哪些人出演的电影。久而久之，形成了今天这样的局面：没有大牌导演和明星的不看；主旋律片子不看（前不久一部主旋律片零票房引起轰动，这奇怪吗？）；缺乏搞笑的、缺乏露点的，不看……

不能一一列举了。无法否认，现在社会上存在着一种“电影就是电影，供人娱乐而已，哪有那么多的社会功能，哪能承载那么多的教育任务”的认识，尤其严重的是，国家一些参与意识形态管理的同志竟然也多多少少受了这种认识影响。这样下去，必然导致整个国家机器在运转过程中出现种种故障。

拨开重重迷雾，今天的中国人已经开始看到了：如果这些貌似小事、貌似非主流的错误倾向不能得到及时纠正和处置，就有可能步前苏联后尘，如“温水煮青蛙”般，逐渐出现颠覆性错误，直至亡党亡国。一系列的恶果已经触目惊心地摆在我们眼前，难道这是危言耸听吗?

从这个意义上来说，我们的艺术家、作家、画家等一切从事意识形态领域工作的人们，在这个特殊的历史阶段，应该主动地、自觉地去做大量的有益于这个时代的工作；去讴歌我们民族文化美好的形象；去匡正那些被恶意颠覆的正确理论和思想；树立起民族的自信心，刻不容缓！义不容辞！

续写《文心雕龙》新篇章

中国诗歌学会理事、中国作家书画院书法家、中国音乐文学学会原副主席
北京军区政治部原创作室主任　石　祥

齐梁时代，文坛的唯美主义、形式主义倾向十分严重。刘勰的专著《文心雕龙》，强调儒家社会功能的文学主张，力图克服浮华绮靡的不良之风。刘勰在《序志》中，对书名是这样解释的，“文心者，言为文用心也”“古来文章，以雕缛成体”，如同“雕龙”。

联系我国近年来文艺创作的实际，有评论家说“还是雕龙的少，雕虫的多。我们的文艺工作者要跟上时代的步伐，续写《文心雕龙》新篇章”。

习近平同志在主持召开的文艺工作座谈会上指出，“推动文艺繁荣发展，最根本的是要创作生产出无愧于我们这个伟大民族、伟大时代的优秀作品。”

这个伟大时代的特点是什么？如何认识、把握和讴歌这个伟大的时代？这是摆在我们文艺工作者面前的一个新的课题。当今天下，已进入“同一个世界，同一个梦想”“你中有我，我中有你”的和平发展新时代。我们要实现中华民族伟大复兴的中国梦，这个大梦已融入全人类的共同大梦之中。

当习近平主席跨过太平洋与奥巴马总统握手的时刻，提出中国与美国建立新型大国关系。这就标志着中华民族以一个大国的身份自立于世界民族之林。我们的文艺工作者是否感到了胸脯为之一挺！我们要增强大国意

识、大梦意识、大爱意识、大美意识，增强社会主义大文化意识，才能促进文艺创作的大繁荣大发展。

我们的大国大梦意识，不是称王称霸，狂妄自大，而是胸怀大，海纳百川，情系天下。近年来，我国正在进行全面深化改革，以法治国，万众一心共筑中国梦。同时，习近平亲自倡导、开拓的“一带一路”战略构建了我国对外开放的新格局，海上、陆上丝绸之路经济带架起了中国与世界各国友好合作的桥梁。我国相继派出的联合国维和部队、医疗卫生团队、抢险救灾、援外帮建等及一系列和平友好的外交活动，体现了中国作为一个大国的责任和担当，受到全世界人民的欢迎和称赞。我们的文艺工作者，要与时俱进，以大胸怀、大视野、大手笔、大艺术来反映、表现这个伟大的时代。

我们的大爱大美意识，不是假、大、空，而是大爱无疆，大美无极。我们的文艺创作，思想要再解放一些，要摒弃那种“小脚意识”“小农意识”“帮派意识”以及唯我独尊和历史虚无主义、狭隘的民族主义。而要“环球同此凉热”，共筑和谐美好的世界。

当然，大与小是辩证统一的。大，往往寓于小之中，共性寓于个性之中，大我寓于小我之中。大处着眼，小处着手；大河奔流，源于点滴。

大国和每寸土地连在一起；大梦和每个人的梦想连在一起；大爱和每颗心连在一起；大美和每个灵魂连在一起。

中国梦、强军梦、我的梦也是连在一起的。梦在前方，路在脚下。人人从我做起，大梦之歌大家唱，大梦之路通天下。

我们的心胸既要比天大，又要脚踏实地接地气，扎根于人民群众的生活土壤，坚持以人民为中心的文艺创作，弘扬主旋律，释放正能量，以高度的文化自觉和文化自信，加强古今文化对接和中外融合，文心雕龙，继往开来，讲好中国的故事，发出中国的声音，创作出无愧于伟大时代的精品力作。

最近，我新创作的一首歌词《爱，没有距离》，抒发了大爱意识和普世情怀："谁说距离远隔千里？谁说距离历经风雨？只要心里充满阳光，爱，没有距离。谁说距离令人叹息？谁说距离凝成泪滴？只要心中有我有你，爱，没有距离。"

加强网络阵地建设，在转型融合中促进文艺发展

中国文化传媒集团监事会主席　庹祖海

北京邮电大学网络文化与传播研究中心主任、副教授　刘胜枝

习近平总书记在文艺工作座谈会上的重要讲话中要求，“要结合新的时代条件传承和弘扬中华优秀传统文化，传承和弘扬中华美学精神。”他还进一步指出，“只有坚持洋为中用、开拓创新，做到中西合璧、融会贯通，我国文艺才能更好发展繁荣起来。”习总书记的讲话不仅明确了新的条件下文艺发展的任务和要求，而且指出了路径与方法。当前网络上的文艺产品形态多样、数量庞大、使用经济便捷，已成为满足人们多样化文化娱乐需求的重要来源，它们在整个文艺创作生产和消费领域的份额越来越高，对社会审美生活的影响越来越大。网络文艺以其鲜活的生命力和蓬勃的发展态势冲击着传统文艺的殿堂，传统文艺经由网络的传播也在拓展着新的空间，可以说网络已经越来越成为文艺发展的主要阵地。同时一些网络文艺产品文化价值含量偏低，艺术质量不高甚至粗制滥造，有的还存在低俗色情以及错误的价值导向等问题，严重损害了文艺的健康发展。为适应社会网络化数字化的大趋势，我们需要大力加强网络阵地建设，以改革创新精神推进传统文艺与网络文艺的融合发展，为中华美学精神的传承发展创造新的载体和空间。

一、网络文艺发展的现状与趋势

网络文艺的范围非常广泛，网络技术的应用不仅可以在网络上生产、存储、传播和欣赏几乎所有传统的文艺样式和作品，如文学、音乐、动漫、影视等，而且还创造出了依托网络空间存在的全新的文艺样式，如网络游戏等。随着网络的普及，网络文艺以其海量的作品、经济便捷的使用、新颖的视听感受和开放互动，在短短的时间内就焕发出强大的生命力和影响力，重塑了文艺的版图，并开始改变文艺发展的方式和方向。

首先，从网民数量及其网络使用行为来看，网络已成为人们特别是青年人文艺欣赏和消费的主要形式。中国互联网络信息中心发布的报告显示，截至 2014 年 6 月底，中国网民规模达到 6.32 亿，网民人均周上网时长达 25.9 小时。在网民的上网消费中，网络文艺消费则是重点内容，从 2014 年百度十大搜索热词排行榜来看，有四部网络小说排名靠前，与人们常用的淘宝、QQ、微信等社交和购物平台同列。有报告显示，网络音乐使用率为 77.2%，使用人数达 4.87 亿。网络视频使用率为 69.4%，人数达 4.39 亿。网络游戏使用率为 58.2%，人数为 3.68 亿。网络文学使用率为 45.8%，人数为 2.89 亿。目前大部分高票房电影影院观影人次一般为 1000–2000 万之间，但同样的电影在网络上的点击普遍超过 5000 万以上。2013 年网络剧《万万没想到》累计播放量则达 2 亿人次。网易云阅读发布报告显示，当前移动阅读的用户规模已达到 2.42 亿，2014 年这 2 亿多用户电子书总阅读量已经超过 14 亿册，高出中国人阅读平均数。

其次，从网络文艺生产者的数量和结构来看，网络平台已经成为文艺生产的主要阵地。传统文艺的作者往往是少数文化水平较高的文艺群体，作品经过出版社、报社、电台、电视台等权威渠道的把关才能传播。而网络则是一个开放共享的平台，除了各类商业资本致力于网络文艺作品的生产和传播外，网络也给了每个网民以平等发表自己作品的机会，可以说每个人都拥有了自己的出版社、电视台和舞台。网络文艺的生产者在数量上变得不可估量，仅注册签约的网络文学作者就达250多万，还有大量个人网页、数亿博客与微信，他们的出现在结构上打破了传统的精英为主的模式，广大的草根网民能够轻而易举地发挥个体的智慧和才能，一展风采甚至成为明星。例如前几年农民工歌手组合旭日阳刚和最近的筷子兄弟都是因网络一曲走红，而前不久湖北“脑瘫”女农民余秀华的诗《穿过大半个中国去睡你》一夜风靡微信朋友圈和网络，导致记者云集家门，数家出版社争相出版其诗集，在相对冷僻的诗歌领域也凸显了网络的巨大威力。

第三，从网络文艺的作品形态和数量来看，网络已成为文化产业发展的主要阵地。由于宽带网络、云存储、大数据等互联网技术的发展，网络空间的传播力越来越突破了限制。仅百度索引的网页信息就相当于60000多个中国国家图书馆的藏书量。海量的消费者、海量的创作者必然带来海量的作品。如文学网站的日更新达1.5亿字，音乐网站的曲库有上千万首曲目，视频网站爱奇艺全站目前约有视频160余万条，涵盖20个频道，音乐内容8万余条，游戏视频4万余条。一款APP“内涵段子”目前所有作品约130万篇，其中短文章类作品50万篇，图片类作品80万篇。

第四，网络文艺管理体制基本建立。十多年来国家和有关部门出台了《互联网信息服务管理办法》《信息网络传播权保护条例》《互联网文化管理暂行规定》《互联网出版管理暂行规定》《互联网视听节目服务管理规定》《网络游戏管理暂行办法》等法规和一系列规范性文件，范围全面涵盖了网络文化的各领域，内容包括了从事经营活动主体准入、内容管理、市场秩序等各方面，建立了专门的管理执法机构以及行业协会，较好地维护了网络文化的健康快速发展。在管理比较滞后的网络文学领域，2014年国家开展“扫黄打非”专项行动，一批充斥色情淫秽内容的网站被关闭或整顿，之后国家新闻出版广电总局制定《关于推动网络文学健康发展的指导意见》，有扶持有要求，细化了网络文学的制度规范。

第五，网上网下融合发展已成为大趋势。网络空间和现实空间交叉融合在文艺领域十分抢眼。各种媒介的界限被打破，一个内容多种载体，现场演唱会也可以同时在网络付费观看，电影和动漫可以开发成网络游戏，网络游戏可以改编成影视剧、舞台剧和出版图书，还可以打造主题乐园。当前网络小说更是成为影视剧、游戏、舞台剧创意的重要来源，版权交易费用不断上涨。2014 年《人民文学》开发了“醒客”阅读 APP 并首次推出了网络文学作品专号，一些文学网站对作者提出了更高要求，不少文联组织提出建设网上文联的口号。截至 2014 年底，共 114 部网络小说被购买影视版权，90 部计划拍成电视剧，24 部拍成电影。如由同名网络小说改编、在江苏卫视和优酷热播的电视剧《何以笙箫默》，收视率高同时网络点播量也刷新纪录，单日网络播放量达到 2.82 亿。以网络企业为主体的并购十分活跃，腾讯、百度、阿里等公司大举投资传统文化产业，正在成为新型电影公司、电视台、出版社和演出公司。即使消费传统文艺，如买纸质书、看演出、看电影，现在也多是在网络获知信息、支付甚至订座，然后在网上发表评论。一句话，网络无处不在成了事物的基本特征，而这也意味着在不远的未来，所谓网上网下的区分将失去意义，因为一切都将离不开网络。

二、正确认识网络文艺的特点与问题

网络文艺发展时间不长，但与传统文艺相比已呈现出鲜明的特征，下面从受众感受、市场意识、价值取向几个方面对网络文艺和传统文艺进行比较分析。

（一）技术创新与受众感受。

科技与文化的融合推动着文化产业的转型与升级，网络为文艺作品的生产、传播和消费提供了广阔高效的平台。网络带给受众的新感受有两个最突出：一是超越以往媒体的视听享受，网络有着文字图片和音视频等丰富多彩的多媒体手段，与传统载体相比，它突破了媒介容量的有限性、时空限制以及传播的单向性，极大地丰富了文艺的表现形式和内容，大大增强了文艺带给读者或观众的视听感受和吸引力，使审美活动更多成为视觉文化。二是参与互动，网络不仅使创作生产传播与欣赏一体化、及时化、互动化，也使得无数欣赏者之间发生互动，使文艺活动社交化，并且还把单纯的欣赏者变成了创作的参与者和内容的提供者，在网络游戏中没有玩家的参与游戏就不能进行。网民通过跟帖、“弹幕”、微博等方式“吐槽”表达感受评论作品，另一方面以付费方式对作品进行市场评价。如在网上看小说，读者可以免费阅读部分章节，继续阅读则按照用户等级不同收费，并以网络货币支付，“粉丝”还可以通过“打赏”犒劳作者，作者根据读者反馈和意见进行大数据分析，获取素材与灵感，调整创作思路以达到市场认可。这都是传统媒体缺失或无法比拟的。

（二）资本力量与市场意识。

我国网络文艺的主体从一开始就是民营企业，从投资到经营管理市场化程度高，上市公司还建立了规范的现代企业制度。同时国家实行宽松的政策，在资金特别是风险投资的推动下，新技术和优秀人才高效结合，使企业及其员工充满创业创新活力，网络文艺的产业规模迅速扩大，数十家以网络文艺为主要业态或收入的网络公司在国内外上市。2013 年我国网络游戏市场规模 819 亿元，网络音乐市场规模为 74 亿元，网络文学市场规模达 46.3 亿元，网络视听产业总产值 378.4 亿元。网络文化产业初步形成了以网络游戏、网络动漫、网络文学、网络视频、网络音乐和表演等为主的产业发展格局，成为新的经济增长点。

与此形成鲜明对照的是传统文艺单位处境艰难。传统文艺单位大多是事业单位，经过文化体制改革，多数演出影视出版等机构在身份上成为文化企业，一些企业焕发出新的活力，不少企业已经上市。但从总体上看传统业态为主，资金不足，人才流失，市场机制不健全，市场意识和经营能力不强，加上国有文化企业还肩负着一些非市场的社会责任，尽管国家给了不少优惠政策，但在市场竞争中依然力不从心。随着文艺消费向网络的转移，传统文艺媒介的使用率则日渐减少，电视收视人数衰减，唱片业整体被颠覆，报纸期刊图书发行量下滑。

（三）把关机制与价值倾向。

网络空间的开放性给文艺发展提供了一个去中心化的、多元化的平台，这种多元化冲击着传统格局下主流文化的主导地位。所谓主流文化，是指一个社会、一个时代所倡导的起着主要影响的文化，是在文化竞争中形成的能够在诸多文化中起到主导地位并具整合和引领作用的文化，是保证社会统治稳定和秩序安定的意识形态力量。在文化生产中，网络文艺的商业化倾向不可避免地为文艺带来了一些不良影响。法兰克福学派把大众传媒时代资本主导下的文化生产看作文化工业，认为其借助于先进的文化生产和传播手段，提供的则是没有个性和思想的、适合大众口味的、方便面式的产品和流行文化。

在网络文艺领域，产品的数量、产业规模和产品的质量以及生命力往往不成正比。当前网络文艺在总体上呈现出娱乐化、平面化、低俗化的倾向。在各类网络应用中，除了信息搜索和沟通外，娱乐是网民最喜欢的文化消费。2013 年全国消费者购买图书报刊等出版物支出（757.6 亿元）还比不上花在网络游戏上的钱多（819 亿元）。一些宣传错误价值观念的文艺作品广泛传播，消费主义、拜金主义和享乐主义文化盛行，机械化生产和快餐式消费满足着也麻木着民众的审美味蕾。网络上流行的恶搞文化、屌丝文化、酷文化等各类青年亚文化消解着主流文化的正当性，这种情绪化倾向在价值观念上有着虚无、偏激甚至颓废的特征。网络空间中的色情、暴力、低俗文化比传统媒体更加难以防范，对网民尤其是青少年的价值观及其对社会的道德认知等都带来恶劣的影响。在商业利益追求主导的市场中，传统经典文艺作品在网络空间被边缘化。多样化的渠道、海量的作品、迅捷的传播速度给监管工作带来了挑战。数量众多的网民、企业可以通过网站、贴吧、论坛、个人主页、微博、微信朋友圈、QQ群、APP等各种渠道上传海量的作品，让政府管理部门传统的管理思路和方法无能为力。如最近在管理部门要求下电视剧《武媚娘传奇》停播并进行了重新剪辑，网络上引发了一场冷嘲热讽的“剪胸”舆论热潮和点击高潮。

究其原因，由于发展时间短，制度不健全管理不到位，一方面是网络的释放功能大开，人人都有麦克风，网民素质千差万别，但把关责任虚置；另一方面是传统主流队伍在网络上缺位不发声，有时甚至出现一边倒的情形。但根本原因还是整个社会的核心价值观教育不力。

三、加强网络文艺建设的思路与建议

互联网技术革命在某种程度上说也是一场生产力革命，使人们的生产生活以及社会各方面发生了巨大变革，我们只能适应和利用，文艺也不例外。按照中央确立的“积极利用、科学发展、依法管理、确保安全”的互联网方针，结合文艺发展实际，网络文艺建设应当注意以下几个方面。

（一）从以人民为中心的创作导向出发，以建设的姿态打造网络文艺阵地。

人民在哪里，文艺创作就应当在哪里；人民的需求在哪里，文艺服务就应当跟进到哪里。当前网络已经成为影响多数网民尤其是年轻网民的主要文艺阵地，表明人民在网络，文艺的未来在网络。有实力才有影响力，没有建设就无从发挥影响力。前几年微博兴起时，个人微博红火，主流媒体缺位，导致生态失衡内容失控，传统媒体与新兴媒体两个舆论场各说各话。经过几年大力建设和整顿，主流媒体和政务微博大举入住，打通了两个舆论场，现在已成为新兴媒体中最主要的信息源，起到重要的引领和主导作用。传统文艺领域有着丰富优秀的人才资源，但不少人对网络文艺重视不够，存在看不上或者看不懂的心理，这需要传统文艺工作者放下身段，还需要学习应用新技术新手段。更重要的是培育提高网络文艺队伍的素质与水平，这关系到网络文艺的未来。《国家“十二五”时期文化改革发展规划纲要》提出：“打造一批具有中国气派、体现时代精神的网络文化品牌。引导网络文化发展，实施网络内容建设工程，推动优秀传统文化瑰宝和当代文化精品网络传播，制作适合互联网和手机等新兴媒体传播的精品佳作，鼓励网民创作格调健康的网络文化作品。”必须转变观念与时俱进，将网络文艺阵地建设作为贯彻落实基本文艺方针的举措，将其提高到主流文化和民族精神建设的高度上来，策划和推出重点网络文艺工程和品牌文艺活动，加强和各类亚文化的对话，用传统文艺深邃的人文和美学思想以及精湛的艺术表现来引导提升网络文艺，使主流文化通过主流渠道传递给主流人群，提高主流文化和价值观念在网络领域的影响力。

（二）以融合为路径，在取长补短中创新发展文艺新形态。

文艺创作生产传播高度依赖于技术手段，近代以来印刷和电子技术的出现，对文学、电影和电视剧发展起到了不可替代的作用，而网络技术数字技术正对印刷与电子技术带来颠覆性更替。如何趋利避害创新发展，这是包括文艺在内整个媒体内容行业面临的重大转折。2014 年中央发布《关于推动传统媒体和新兴媒体融合发展的指导意见》，明确了媒体发展的方向与路径，指出推动媒体融合发展要强化互联网思维，坚持正确方向和舆论导向、坚持统筹协调、坚持创新发展、坚持一体化发展、坚持先进技术为支撑，要将技术建设和内容建设摆在同等重要的位置，推动传统媒体和新兴媒体在内容、渠道、平台、经营、管理等方面深度融合。从另一方面来说，无论新老媒体，相互排斥都是行不通的，都需要在相互借鉴和交融中进步，但融合的方向和主导力量是网络。在政策推动下，一批新型综合现代传媒集团正在崛起，成为文化建设的主力军。

（三）充分发挥市场力量的积极作用，加强对商业网站的引领和管理。

在网络文艺的蓬勃发展中，以商业网站为代表的市场力量起到了主导性的作用，但是在商业利益的驱使下，网络文艺产业的氛围一直比较浮躁，追求短期经济效益、产品内容良莠不齐、同质化现象比较严重，甚至一些商家利用低俗内容和炒作方式来吸引网民，网络文艺有些细分产业的盈利模式不清晰。对于这种状况，需要健全文化产业链和相关配套体系，鼓励商业网站进行技术和商业模式创新，借鉴传统文艺单位严格的内部审核等把关人制度，建立网络企业自我把关机制。支持传统文艺单位与网络企业以混合所有制等形式结盟转型，使商业网站资金、人才与市场优势和传统文艺单位的资源优势、品质追求和社会担当相结合。

（四）大力培育网上文艺批评队伍，打造良性互动的网络文艺生态。

文艺批评是引导文艺创作多出精品、提高文化和审美内涵、引领文艺风尚的重要力量。以往文艺界和批评界对网络文艺关注较少，或者对于网络文艺现象难以下手，心有余而力不足，导致缺少严肃的网络文艺研究和批评成果，少量的研究成果也往往发表于传统媒体，在网络上没有影响力。一些商家为了利益没有底线地进行宣传炒作，加上网民的评论数量巨大泥沙俱下，使网络文艺舆论处于放任自流的状态。对此，必须以中青年为主，培养一支忠实于社会主义核心价值观，又能很好地掌握网络话语权的文艺批评队伍，不是站在岸上指点江山，而是投身中流激扬文字，广泛利用微博微信等新媒体新技术，线上线下相结合，深入开展网络文艺理论研究，广泛进行网络文艺评论，赢得网络文艺创作和消费者的认同，打造良性互动的网络文艺舆论生态。

（五）完善网络文艺法律法规，规范网络文艺市场秩序。

虽然网络文艺的法规制度已经有了基本框架，但依然不能适应网络文艺的独特性和快速发展，需要进一步修订完善，并细化落实。网络文艺具有内容海量、易变易藏等特点，传统文艺管理的方法，如政府为主事前为主和手工操作，在网络上显得事倍功半甚至无能为力。对网络空间的管理需要开放性思维，依靠技术管控、网民自律和社会监督。2013 年文化部出台《网络文化经营单位内容自审管理办法》，要求网络文化经营单位设立专门的内容管理部门，配备审核工作人员，明确内容审核工作职责、标准、流程及责任追究办法，对拟提供的文化产品及服务的内容进行事先审核。文化部门则搭建技术平台，提供培训教材，培训审查人员，并对执行情况进行督查和处罚。这一规定的核心就是抓住内容建设和管理这个总纲，明确网络文艺经营主体在内容管理上的法律责任，统一网上网下内容标准，引入技术监管，严格责任追究。对同一内容的多种数字化表现形态，要改变多部门分割管理的体制，简政放权，实行统一管理；创新网络知识产权保护方式，加大执法力度，规范市场秩序。

（六）积极推动公共文化服务数字化网络化，拓展网络文艺发展新空间。

数字化网络化是整体推进过程，也包括公共文化服务。它由政府主导，多方提供服务，满足公民基本文化需求，与文化市场提供的多样化个性化服务相互补充。最近中央印发《关于加快构建现代公共文化服务体系的意见》提出，提高网络文化产品和服务供给能力，促进优秀传统文化瑰宝和当代文化精品网络传播，加快推进公共文化服务数字化建设，统筹实施全国文化信息资源共享、数字图书馆博物馆建设、直播卫星广播电视公共服务、农村数字电影放映、数字农家书屋、城乡电子阅报屏建设等项目，在基层实现共建共享，提高资源供给能力，开发特色数字文化产品。这些措施可以免费或者低廉的价格便捷的方式给公民提供健康优质的文化服务，从而为网络文艺的发展提供稳定的动力和广阔空间。

学习习近平同志讲话　弘扬中华美学精神

中国艺术研究院研究员　李荣启

高度重视传承和弘扬中华优秀传统文化，传承和弘扬中华美学精神，提出了一系列新论断和新思路。2013 年 8 月 19 日，习近平同志在全国宣传思想工作会议上，提出了“四个讲清楚”，高屋建瓴而又生动具体地指明了中华文化深厚的内涵和重大的价值。2013 年 11 月 26 日，习近平在山东考察时在曲阜座谈会上指出:“一个国家、一个民族的强盛，总是以文化兴盛为支撑的，中华民族伟大复兴需要以中华文化发展繁荣为条件。”2014 年 2 月 24 日，在中共中央政治局第十三次集体学习时，习近平精辟地指出:“培育和弘扬社会主义核心价值观必须立足中华优秀传统文化。”2014 年 10 月 15 日，在文艺工作座谈会上习近平强调:“中华优秀传统文化是中华民族的精神命脉，是涵养社会主义核心价值观的重要源泉，也是我们在世界文化激荡中站稳脚跟的坚实根基。”“要结合新的时代条件传承和弘扬中华优秀传统文化，传承和弘扬中华美学精神。”这说明，党中央高度重视弘扬中华优秀传统文化和中华美学精神及在此基础上实现文化强国的重要目标。

认真学习和深入领会习近平同志一系列重要讲话精神固然重要，但更重要的是在实践中落实和践行。那么，如何践行习近平同志重要讲话，弘扬中华美学精神，本人认为应重视以下两个层面:

一、在思想道德建设层面，传承和弘扬中华优秀传统文化和中华美学精神

中华优秀传统文化及中华美学精神是社会主义核心价值体系建设的血脉和源泉。中华民族在几千年的历史发展中，逐渐形成的中华优秀传统文化及美学精神，即：中华民族特有的价值观念、思维方式、风俗习惯、传统美德等精神意识，是中华民族凝聚的精神纽带和心理归宿。社会主义核心价值体系建设要以中华优秀传统文化及美学精神为重要源泉，科学扬弃、萃取精华、开掘其现代意义，并紧密结合中国当代和谐社会建设的实际，转化升华、创新出社会主义核心价值观的理论体系。

中华传统文化及美学精神中有许多宝贵的思想资源和传统美德，值得挖掘、弘扬和利用，如“刚健有为、自强不息”“厚德载物、和而不同”“见利思义、诚信为本”“俭以养德、宁静致远”“勤政廉洁、爱国忧民”“仁爱孝悌、谦和好礼”“克己奉公、修身慎独”“敬畏自然、天人合一”等精神及“仁义”“和合”“积善”“感恩”“敬老”“孝亲”等中华传统美德，都具有不可低估的价值。我们应将古人留下的思想精华及传统美德，全面系统地梳理研究、解读认识并赋予新的时代内涵，为构建社会主义核心价值体系服务。

传承和弘扬中华优秀传统文化及美学精神，应避免说教式的灌输，宜采用生动形象、丰富多样的形式，使民众在喜闻乐见的各种活动中、在日常生活中，受到润物细无声式的熏陶、浸润和洗礼。目前这方面已经引起了各级宣传文化部门的重视并做了一些卓有成效的工作。如由中央电视台组织拍摄的百集大型纪录片《记住乡愁》，从 2015 年 1 月 1 日开始在中央电视台中文国际频道（CCTV4）播出，每天一集，一集一村落，每一集都有一个主题：诸葛村——宁静致远；白鹭村——积善成德；屏山村——孝道

传家；哈南村——尽忠报国，等等。该片选取了一百个传统村落进行拍摄，采取纪实手法，实地走访，围绕“忠孝勤俭廉，仁义礼智信”等中华民族传统美德在传统村落的千百年传承，以感人至深的事例诠释着中华传统美德。该片不仅展现了传统村落优美的自然风貌、和谐的人文景观、古朴的民俗民风，而且探寻出了孕育其中的文化传统和精神血脉；不仅讲述了一则则鲜活生动的故事，而且彰显出了中华传统美德在当代的传承与弘扬。此片值得大家关注。

要把传承和弘扬中华优秀传统文化及美学精神落到实处，就要立足于最基层的村落、社区乃至家族，注重从古代流传至今的乡规民约、族谱家训中研究、挖掘优秀的文化传统和美学精神，去其糟粕、取其精华，融入当代核心价值观的新理念，形成新的行为礼仪准则和乡规民约等，在推动形成崇德向善的精神力量和知荣辱、讲正气、促和谐的社会风尚中，潜移默化地塑造当代人的品行。

二、在融入民众日常生活层面，传承和弘扬中华优秀传统文化和中华美学精神

中华优秀传统文化和美学精神是中华文明的血脉和基因，是中华民族发展壮大的精神动力和智慧源泉，是一座有待后人挖掘的宝藏。当代国人的文化创新和审美创作都离不开中华传统文化和美学的滋养，传统文化和美学的元素早已渗透到了人们生产生活及艺术创作等各个领域，并形成了独有的风格与特色。为了繁荣发展当代中国艺术，丰富美化民众的日常生活，当代人应重视从中华传统文化和美学宝藏中提取文化基因和审美元素，如中国传统文化艺术形态、文化符号、各民族的文字、传统图案、纹饰、线条、色彩、形体等，进行系统地收集、梳理、分类、研究，可建立一个中华美学基因数字库。若有了这个资源库，人们就可以根据需要提取

所需要的美学元素，结合当代人的审美需求，创造出各种艺术品和日常用品，使中华传统美学元素融入到当代人的日常生产生活的各个方面，如艺术创作、产品设计、房屋装修、瓷器纹饰、装饰图案、服装色彩、器物造型等，体现出中国人对美的追求和各民族文化的相通相融性。

传承至今的中华文化和中华美学，不是固化的遗产，而是活态文化，并在与时俱进地不断向前发展。因此，在保护、传承、弘扬中华优秀传统文化和美学精神时，要立足于继承基础上的创新发展，方能使中华文化和中华美学具有生生不息的活力。目前，在利用非物质文化遗产代表性项目中的某些传统美学元素，创造出新的文化艺术品方面，已经涌现出了不少成功的范例。如黎族传统纺染织绣技艺（简称黎锦技艺），历史悠久，堪称中国纺织史上的“活化石”，至今已有三千年历史。黎锦技艺是海南黎族人民智慧创造的结晶，它充分体现了因地制宜、师法自然。其原料、染料都源于大自然，其织锦图案极为丰富多样，有一百六十多种，既有人形纹、动物纹、植物纹、几何纹，又有反映日常生活生产用具、自然界现象和汉字符号等纹样；黎锦的色彩简洁明快、对比鲜明，织绣风格多样，具有很高的艺术和审美价值。为了培养黎锦技艺的创新型人才，海南师范大学美术学院于2009年被教育部、财政部批准为“基于黎锦文化传承的艺术设计人才培养模式创新试验区”，其核心理念是要走“产学研一体化”的培养模式。该学院将黎锦文化艺术延伸到课堂教学中，在艺术设计专业中开设了黎锦装饰与服装设计方向，经过几年的实践和教学探索，取得了很好的成效。学生在充分了解黎锦文化内涵的基础上，激发创作灵感，将黎锦纹样元素和文化符号提炼出来并巧妙地运用到现代生活物品的设计之中，体现了传统审美元素与现代时尚的紧密结合。学生设计的作品（家居软装饰、服装图案、饰品、灯具、壁挂等），很受欢迎，有许多被海南黎锦开发公司采用或被公司订购。这种保护传承中的创新是值得借鉴的。

总之，学习和贯彻习近平同志的重要讲话，弘扬中华优秀传统文化和中华美学精神，重在落实和践行。应在立足实践、融入生活中，保护好、传承好、利用好、发展好中华传统文化和美学，使中华民族创造的人类文明的瑰宝，在当代放射出更加璀璨夺目的光芒。

“太湖世界文化论坛中华美学精神高层研讨会”会议综述

太湖世界文化论坛是中国自主创立的一个高层次、非官方的国际文化论坛，是目前中国唯一一个以论坛为组织名称的全国性社会团体，于2008年3月由民政部批准正式成立，常务理事会设在北京。它立足中国，走向世界，是服务于党和国家发展大局的一支积极、坚强的人文外交、公共外交民间力量。论坛主要的工作方式是为促进中外文化交流提供一个开放、包容、多元的高端平台，诚邀全球各界人士共商不同文明对话与合作之大计，共建和谐文化和和谐世界。

论坛自成立以来，先后于2011年、2013年、2014年在苏州、杭州、上海举办了主题为“加强文明对话与合作，促进世界和谐与发展”“加强国际合作，建设生态文明”“加强文化软实力互动，促进世界和平与发展”的三届年会。中央政治局常委、全国政协主席俞正声，中央政治局委员、国务院副总理刘延东等党和国家领导人出席会议并致辞。论坛活动获得了国内外与会嘉宾的广泛好评，为提升我国文化软实力、推动世界持久和平与共同繁荣做出了积极努力。

2015年1月23日，为深入学习贯彻落实习总书记在文艺工作座谈会上的重要讲话精神，研究如何从学理上领会学习习总书记讲话包含的精神实质和丰富内涵，推动构建中国特色学术话语体系、繁荣社会主义文化，以“传承和弘扬中华美学精神，推动社会主义文化繁荣发展”为主题的太湖世界文化论坛中华美学精神高层研讨会在京举行。

本次研讨会由中国作家出版社作为支持单位，由太湖世界文化论坛主办，由太湖世界文化论坛常务理事会、华欣文化发展（上海）有限公司承办。太湖世界文化论坛高级顾问、中央政策研究室原副主任郑科扬，太湖世界文化论坛主席严昭柱，太湖世界文化论坛秘书长郑传爀出席会议。会议由太湖世界文化论坛副秘书长、中国作家出版社总编辑张陵主持。

中国社科院原副院长汝信、中央文献研究室副主任陈晋等四十多位专家与会研讨。与会专家围绕着“中华美学精神的内涵、源流与发展历程”“中华美学精神的当代价值”和“传承、弘扬中华美学精神的实践探索”等话题展开了深入讨论，成果丰硕。

太湖世界文化论坛

2015年3月20日